Die Akte Labskaus

Hauke Lindemann, geboren 1971 im schleswig-holsteinischen Rendsburg, arbeitet als Berufsoffizier bei der Bundeswehr. Er lebt mit Frau und zwei Töchtern in Elmshorn, wo er sich von der weiblichen Dominanz in seinem Haus überhaupt nicht unterdrückt fühlt. Im Emons Verlag erschienen bereits die Fantasy-Romane »Bote ins Jenseits« und »Wenn Engel morden«.

Der Autor entschuldigt sich ausdrücklich bei allen Friedrichskoogern, die für die Ansiedlung der Figuren dieses Romans aus ihren Häusern vertrieben wurden.

Des Weiteren wird für kleinere Veränderungen im Erscheinungsbild des Ortes ebenfalls um Entschuldigung gebeten. Es geschah immer im Sinne der Geschichte.

HAUKE LINDEMANN

Die Akte Labskaus

KÜSTEN KRIMI

emons:

Bibliografische Information der Deutschen Nationalbibliothek
Die Deutsche Nationalbibliothek verzeichnet diese Publikation in der Deutschen Nationalbibliografie; detaillierte bibliografische Daten sind im Internet über http://dnb.d-nb.de abrufbar.

FSC
www.fsc.org
MIX
Papier aus verantwortungsvollen Quellen
FSC® C083411

Umschlagmotiv: photocase.com/suze
Umschlaggestaltung: Tobias Doetsch
Gestaltung Innenteil: César Satz & Grafik GmbH, Köln
Lektorat: Jutta Schneider
Druck und Bindung: CPI – Clausen & Bosse, Leck
Printed in Germany 2016
Erstausgabe 2015
ISBN 978-3-95451-529-5
Küsten Krimi
Originalausgabe

Dieser Roman wurde vermittelt durch die EDITIO DIALOG Literary Agency, Dr. Michael Wenzel, Lille, Frankreich.

Für all diejenigen unter euch, die nicht müde wurden zu fragen, wann es endlich wieder etwas Neues von mir gibt. Ohne euch hätte ich den Weg, der aus dem Tal führte, vielleicht nicht mal gesucht.

Nächtliche Ruhestörung – Der Neue – Es liegt was in der Luft – Klatschweib – Polizistenverstand

Die Schlaggeräusche waren scheppernd und durchdringend. Wahrscheinlich Metall auf Metall. Es war bereits mitten in der Nacht, kurz vor eins, doch Kommissarin Liane Maschmann hatte sich wieder einmal in der Aufarbeitung von Papierkram verloren und war deswegen gerade erst heimgekehrt. Als sie vor wenigen Minuten die Polizeistation verlassen hatte, war die Streife gerade in Friedrichskoog-Spitze unterwegs gewesen. So entschied Liane kurzerhand, der Ursache des Geräusches selbst auf den Grund zu gehen, auch wenn sie längst Dienstschluss hatte. Sie nahm ihre Dienstjacke aus dem Auto, zog sie über und ging los.

Trotz des andauernden Lärms rührte sich nichts in der Nachbarschaft. Fenster und Türen der umliegenden Häuser blieben dunkel. Liane konnte nicht abschätzen, wie weit die Quelle des enervierenden Lärms entfernt war, aber sie lag ganz eindeutig in nordwestlicher Richtung. Liane knipste ihre Stablampe an, die zur Not auch eine brauchbare Schlagwaffe abgeben würde, und ging in Richtung des Geräusches. Ihre Dienstwaffe ließ sie im Holster. Schließlich war sie hier im kleinen, beschaulichen Friedrichskoog.

Kurz bevor sie vom Altfelder Weg rechts in den Friesenring abbiegen wollte, verstummte der Lärm. Liane blieb stehen und horchte in die plötzliche Stille hinein.

»Mach schon«, erklang eine männliche Stimme. Sie schien aus derselben Richtung zu kommen wie vorher die Schlaggeräusche.

Liane ging weiter in den Friesenring, dessen Häuser ebenfalls nicht erleuchtet waren. Im spärlichen Licht des fast vollen Mondes erkannte sie zwei Gestalten in hektischer Betriebsamkeit, knapp fünfzig Meter von ihr entfernt. Sie knipste die Lampe aus und blieb stehen. Die eine Gestalt stieg gerade in einen Wagen, einen weißen 3er Golf, soweit Liane das erkennen konnte, und ließ den Motor an. Nur die Rückfahrlichter des Wagens leuchteten auf, kein Abblend- oder Standlicht. Der Fahrer rangierte rückwärts in die nächste Auffahrt, während die andere Gestalt ihm dabei mit Sichtzeichen half und schließlich das Erreichen der perfekten Position signalisierte.

Als der Fahrer wieder ausstieg, hielt er etwas in der Hand, das Liane nicht erkennen konnte. Sie ging weiter, etwas schneller als vorher. Direkt neben den beiden stand ein Zigarettenautomat, an dem sie sich jetzt, ohne ein Wort auszutauschen, zu schaffen machten. Die Geräusche von vorhin mussten die beiden bei dem Versuch, den Automaten aufzubrechen, verursacht haben. Wahrscheinlich hatten sie dabei einen Hammer verwendet. Offensichtlich nur ein paar dumme Jungs, die Liane möglicherweise auch noch kannte.

Als sie sich bis auf zwanzig Meter genähert hatte, konnte Liane zwei Dinge erkennen: zum einen das Pinneberger Kennzeichen am Auto, was ihre Vermutung widerlegte, die beiden zu kennen, zum anderen das Seil, das die zwei gerade um den Automaten gebunden hatten. Anscheinend war Plan B der beiden Asse, das Ding einfach mit Hilfe des Autos aus der Verankerung zu reißen.

Liane richtete ihre ein Meter fünfundachtzig voll auf, knipste die Lampe wieder an und lenkte den Lichtkegel auf die beiden Automatendiebe. »Polizei! Verratet mir doch mal, was das hier werden soll.«

Die Typen drehten sich langsam in ihre Richtung um. Während Liane behutsam weiter auf die beiden zuging, konnte sie erkennen, dass es sich wie erwartet um junge Männer handelte, höchstens zwanzig Jahre alt, wenn überhaupt.

Zu ihrer Überraschung kamen die Kerle ihr nun entgegen.

»Halt! Stehen bleiben!«, rief sie und griff an ihr Holster.

Die jungen Männer waren jedoch schneller. Unbeeindruckt von der Aufforderung überbrückten sie die verbliebene Distanz mit einem kurzen Sprint.

Bevor Liane ihre Waffe ziehen konnte, war sie mit dem größeren der beiden in einen Ringkampf verwickelt. Er versuchte, sie in den Schwitzkasten zu nehmen. Sie wusste das zwar zu verhindern, musste jedoch ihre ganze Konzentration aufbringen, da er schnell, kräftig und geschickt kämpfte. Dadurch gelang es dem anderen Mann, während des Kampfes ihrer Waffe habhaft zu werden.

»Hände hoch, Bullentusse«, zischte dieser, zielte auf sie und entsicherte.

Sein Kumpan ließ von Liane ab und trat neben ihn. Beide Männer grinsten überheblich.

Entwaffnet wie eine blutige Anfängerin sah Liane mit erhobenen Händen in die Mündung ihrer eigenen Pistole. An der Art, wie der Mann die Waffe hielt, konnte sie erkennen, dass er dies nicht zum ersten Mal tat – und wurde nervös.

»Seid nicht dumm, Jungs. Ich weiß, wie ihr ausseht, ich kenne euer Autokennzeichen, und ich habe euch gerade bei einer versuchten Straftat beobachtet. Das ist schon übel genug. Macht es nicht noch schlimmer, indem ihr eine Polizeibeamtin mit einer Waffe bedroht.«

»Wer hier wohl dumm ist? Meiner kleinen Schwester die Barbie wegnehmen ist schwieriger.«

Liane verfluchte sich für ihre Fahrlässigkeit. Da sie allein war, hätte sie die Waffe rechtzeitig ziehen müssen. Der kleine Mistkerl hatte es treffend auf den Punkt gebracht.

»Die Alte hat recht. Die hat uns gesehen, Mann. Die muss weg«, sagte der, mit dem sie eben gekämpft hatte. Ein gut aussehender, geradezu schöner junger Mann, wahrscheinlich mit mediterranen Wurzeln.

Der Waffenträger schien kurz in sich zu gehen, wobei er die Pistole ein wenig sinken ließ, sie dann aber wieder hochriss und den Abzug durchzog.

Statt eines Knalls ertönte ein Klingeln.

Liane schlug mit rasendem Herzen die Augen auf. Die Bettdecke umhüllte nur noch ihre Unterschenkel. Sie hatte sich im Schlaf frei gestrampelt und schwitzte am ganzen Körper.

Nur eine Erinnerung, wiedererweckt in einem Traum. Schon wieder.

Das Telefon auf ihrem Nachttisch klingelte unaufhörlich weiter. Liane stöhnte und wusste genau, was ihr blühte, wenn sie abnehmen würde. Sie richtete sich auf und tat es trotzdem. »Was?«, rief sie genervt.

Nach kurzem Zögern hörte sie eine verunsichert klingende Frauenstimme. »Frau Kommissarin Maschmann?«

»Nein. Die Bodyworkerin Liane Maschmann. Wollen Sie einen Termin?«

»Einen Termin? Nein, ich will doch nur was melden. Ist da denn nicht die Polizei?«

»Nein, eigentlich nicht. Haben Sie die 110 gewählt?«

Die Frau am anderen Ende blieb stumm.

Liane seufzte. »Mit wem spreche ich denn?«

»Bin ich denn nicht bei der Polizei gelandet? Sind das nicht Sie, Frau Maschmann?«

»Nein! Und doch. Ist jetzt auch erst mal egal. Sagen Sie mir doch bitte Ihren Namen.«

»Angelika Meister. Ich wollte was melden. Das sind doch Sie, Frau Maschmann?«

Liane dachte nach. Als ehemalige Leiterin der örtlichen Polizeistation kannte sie jeden einzelnen Friedrichskooger und wusste immer noch sofort zu sagen, wo die entsprechende Person wohnte. Auch Frau Meister konnte sie sofort zuordnen. Sie war eine Frau in den späten Fünfzigern, deren Kinder inzwischen aus dem Haus waren. Sie lebte mit ihrem schwerbehinderten Mann zusammen in der Straße Am Sportplatz.

»Ja, ich bin's, Frau Meister. Liane Maschmann. Ich arbeite aber –«

»Na, Gott sei Dank, ich dachte schon. Ich muss was melden, Frau Kommissarin! Ich bin eben von einem lauten Geräusch aus dem Schlaf geschreckt worden. Ich weiß nicht genau, was es war, ich habe ja geschlafen. Immerhin ist es mitten in der Nacht, nicht wahr? Jedenfalls bin ich gleich auf und ans Fenster. Da sehe ich, wie jemand um das Haus der Familie Willers schleicht. Licht war auch an, im Obergeschoss.«

»Frau Meister, vielleicht waren die Willers einfach länger draußen, um den lauen Sommerabend zu genießen.«

»Nein, die Willers sind doch auf Mallorca. Schon seit einer Woche.«

»Wer hat denn noch Zugang zum Haus?«

»Na ich. Ich habe den Schlüssel fürs Blumengießen und die Post und die Wellensittiche.«

Liane verlor langsam die Geduld, versuchte aber, sich das nicht anmerken zu lassen. »Verstehe. Frau Meister, hören Sie mir jetzt bitte ganz genau zu, ja?«

»Ja, ich höre zu. Muss ich mir was notieren?«

»Nein, nicht nötig. Alles, was Sie mir gerade erzählt haben, müssen Sie unbedingt der Polizei erzählen. Sie wählen gleich einfach die 110. Da wird sich sofort ein Bediensteter melden, und dem erzählen Sie das alles noch mal. Haben Sie verstanden?«

»Ja. Nein. Ich habe es doch gerade Ihnen erzählt. Warum denn noch mal?«

»Herrgott, Frau Meister! Ich *bin* doch nicht mehr bei der Polizei. Bitte glauben Sie mir, ich kann Ihnen wirklich überhaupt nicht helfen. Auch wenn ich es wollte. Bitte rufen Sie jetzt die Polizei an.«

»Ja, gut. Dann – schönen Abend noch. Ich leg dann jetzt auf, ja?«

»Richtig. Gute Nacht, Frau Meister.«

Liane beendete das Gespräch, ließ sich entnervt auf ihr Bett fallen und fragte sich zum x-ten Mal, wie lange es noch dauern mochte, bis ihre Mitbürger endlich begreifen würden, dass sie den Polizeidienst vor über zwei Jahren quittiert hatte.

***

In der Marner Zeitung war ein halbseitiges Interview mit dem neuen Leiter der Polizeidienststelle Friedrichskoog abgedruckt. Während Liane ihr Müsli löffelte und ihren Kaffee trank, las sie es durch, diesmal in Ruhe. Bei der ersten Sichtung am frühen Morgen, gleich nach dem Reinholen der Zeitung, hatte sie es nur grob überflogen und entschieden, es sich als Lektüre-Highlight fürs Frühstück aufzusparen.

Sie konnte sich ein Lächeln nicht verkneifen. Der Bursche sah gut aus, wie er da so selbstgefällig in die Kamera lächelte.

Liane selbst hatte schon des Öfteren zu hören bekommen, große Ähnlichkeit mit der Schauspielerin Scarlett Johansson zu haben. Natürlich eine reifere Version, größer und mit einer schmaleren Nase. Ein Kompliment, mit dem sie in jeder Hinsicht leben konnte. Wenn sie also als Double für Scarlett Johansson durchging, dann konnte der neue oberste Polizist im Ort einem Vergleich mit dem Schauspieler Timothy Olyphant standhalten.

Polizeikommissar Jan Saalfeld, sechsunddreißig Jahre alt, war zuletzt als Stellvertreter des Stationsleiters bei der Polizei in Salzbergen tätig gewesen. Keine Beziehung, keine Kinder, dafür eine Vielzahl von Hobbys, von Fußballspielen über Mountainbiking bis hin zum Motorradfahren. Als Polizist dürfte er wohl kaum ausreichend Zeit zur Verfügung haben, um all diesen Beschäftigungen gerecht zu werden. Die Versetzung nach Friedrichskoog, wo er sich als neuer Stationsleiter beweisen durfte, kam ihm angeblich in erster Linie deswegen entgegen, weil er sich dem äußersten Norden der Republik schon immer verbunden gefühlt hatte. Liane fragte sich, nicht ohne einen heimlichen Vorschuss an Schadenfreude, wie lange die Friedrichskooger brauchen würden, um ihm diese Verbundenheit madig zu machen.

Kommissar Gräfe, Lianes Nachfolger und somit Saalfelds Vorgänger, hatte sich zwei lange Jahre tapfer im Sattel gehalten, ehe er sich abwerfen ließ. Liane fand, dass er für dieses lange Durchhalten eine Belobigung verdient hätte. Der Menschenschlag im Kreis Dithmarschen war von ganz spezieller Natur. Die herzliche Kauzigkeit erschloss sich Nicht-Dithmarschern manchmal nur mit viel Geduld und eisernem Willen. Zusätzlich erschwerte das ständig präsente Phantom der Vorgängerin, die noch dazu ein Kind des Ortes war, den Kampf um die Wertschätzung der Bevölkerung. Kommissar Gräfe, eigentlich ein hartgesottener Polizeibeamter, hatte dieser vergeblich geführte Kampf an seine Grenze gebracht.

Liane war es lange Zeit ausgesprochen unangenehm gewesen, dass ausgerechnet sie dieses Phantom verkörperte. Sie war hier geboren, hier aufgewachsen – und hier geblieben. Ihre mehr als deutlichen Hinweise und Belehrungen, mit dem Polizeidienst nichts mehr zu tun zu haben, waren ihrem Nachfolger aber zum Glück nicht entgangen.

Nun war der Neue da, seit ziemlich genau zwei Wochen. Abgesehen von einer noch ungebrochenen Zuversicht und einem ansehnlicheren Äußeren unterschied er sich in einem ganz wesentlichen Punkt von seinem Vorgänger: Er suchte Kontakt zu Liane. Gleich mehrfach war er in den vergangenen vierzehn Tagen aus den unterschiedlichsten Gründen bei ihr vorstellig geworden. Und fast jedes Mal hatte er versucht, Informationen von ihr zu bekommen – über den Ort, die Bürger, die Zusammenarbeit mit der Zentralstation in Marne, mit der Direktion in Itzehoe und mit den umliegenden Gemeinden. Und so weiter und so fort. Eigentlich hielt sie es für kontraproduktiv, dass er so unverhohlen ihren Rat suchte, aber da seinem Vorgänger damals der entgegengesetzte Weg keinen Vorteil verschafft hatte, wollte sie nicht vorschnell urteilen und hielt mit ihrer Meinung zu seinem Vorgehen hinterm Berg.

Bevor sie die Spuren des Frühstücks beseitigte, checkte Liane in ihrem iPad die Termine für den Tag. Es waren drei, immerhin. Um die Mittagszeit eine Reiki-Sitzung mit einer Frau aus Marne, einer Erstkundin, die über Lianes Website auf sie aufmerksam geworden war. Am frühen Nachmittag dann eine Tiefengewebsmassage für ihre Freundin Beate und zum Abschluss, am späten Nachmittag, einmal Massage einfach für eine treue Kundin aus dem Ort. Diese war ebenfalls eine Freundin, nicht so eine enge wie Beate, dafür aber schon deutlich länger mit Liane bekannt.

Lukrativ war ihre neue Profession noch nicht. Da gab es noch eine Menge Luft nach oben, weshalb das Einkommen ihres Mannes, eines Stabsfeldwebels der Bundeswehr, seit zwei Jahren im Wesentlichen das Auskommen sicherte. Finanziell hatte es sicherlich schon besser ausgesehen, doch ihr Schritt weg vom Polizeidienst war unumgänglich gewesen.

Als sie endlich ihr schmutziges Geschirr zur Spüle trug, klingelte es an der Tür. Liane blickte zur Küchenuhr. Schnell ließ sie noch einen Schwall Wasser durch die Müslischüssel laufen und ging dann in den Flur. Durch das Bullauge der Tür sah sie eine neu aussehende Schirmmütze und musste lächeln.

»Das ist ja mal eine Überraschung«, behauptete sie gedehnt, als sie die Tür öffnete.

Saalfeld zog die Augenbrauen hoch. »Tatsächlich? Dabei war ich in letzter Zeit doch ziemlich oft hier.«

»Tja, jetzt, wo Sie es sagen. Möchten Sie reinkommen?«

Saalfeld nahm die Mütze ab, nickte lächelnd und folgte Liane in die Küche. Ihr Angebot auf einen Kaffee und einen Muffin vom Vortag nahm er dankend an.

»Wenn das so weitergeht, muss ich wohl über eine Erweiterung meines Leistungsangebotes nachdenken«, stichelte Liane, während sie ihm beim Verzehr des Gebäckstücks zusah.

Saalfeld verschluckte sich beinahe. »Sie fühlen sich von mir doch nicht belästigt? Oder ausgenutzt? Das liegt wirklich nicht in meiner Absicht.«

»Nein, schon gut. Ich habe nur versucht, das Gespräch ein wenig in Gang zu bringen.«

Saalfeld starrte auf seinen Kaffee und den Rest des Muffins. »Oh, das war jetzt ein wenig unhöflich, oder? Ich bitte um Entschuldigung. Platze hier so einfach rein, noch dazu früh am Morgen, lasse mich bewirten und sage –«

Sie unterbrach ihn mit einem lauten Seufzer und fragte sich, ob sie bei seinem Vorgänger auch so viel Geduld aufgebracht hätte. »Sie haben noch Welpenschutz, Herr Saalfeld. Weil Sie der Neue sind. In ein paar Wochen wird sich das sicherlich ändern.«

Der neue Stationsleiter sah sie ehrlich überrascht an.

»Was haben Sie auf dem Herzen?«, fragte sie schnell, um von ihrer indirekten Kritik abzulenken.

»Ja, richtig. Es geht um die Meldung von Frau – Moment bitte.« Er klopfte Hemd- und Hosentaschen seiner Uniform ab und fand den gesuchten Notizblock schließlich in der Gesäßtasche. »Genau, die Meldung von Frau Meister. Die Dame hat gestern Abend telefonisch einen Einbruch im Hause der Willers angezeigt. Jutta Willers, Steuerfachgehilfin, und Heiko Willers, zurzeit arbeitslos.« Saalfeld schnaubte belustigt. »Ich wusste gar nicht, dass man als Steuerfachgehilfin so gut verdient.«

»Wie meinen Sie das?«, wollte Liane wissen.

Saalfeld warf ihr einen prüfenden Blick zu. »Na ja, eigenes Haus mit allem Zipp und Zapp, direkt an der Küste, da, wo andere Urlaub machen. Und dann mal eben eine Urlaubsreise nach Mallorca, mitten in der Hauptsaison. Das muss man sich erst mal leisten können.«

Liane verkniff sich ein Lächeln, hielt ihm seine Bemerkung jedoch zugute. Genau die Gedanken, die man sich als guter Polizist machen sollte. »Heiko Willers verdient trotz Arbeitslosigkeit sein eigenes Geld. Er nimmt schon seit ein paar Jahren an Pokerturnieren teil. Angeblich recht erfolgreich.«

»Schau an«, murmelte Saalfeld und ergänzte diese Information umgehend in seinem Notizbuch. »Gut zu wissen. Nun aber zurück zur Meldung von Frau Meister. Die wollte wie gesagt den Einbruch anzeigen und hat dabei mehrfach ausdrücklich angemerkt, dass der ganze Sachverhalt schon der Kommissarin Maschmann gemeldet worden war. Dass sie überhaupt noch mal die 110 wählte, geschah aus reiner Gutherzigkeit – vor allem aber wohl, weil Frau Kommissarin Maschmann das so von ihr verlangt hatte.«

Liane schloss die Augen und atmete tief durch. »Herr Saalfeld, das tut mir wirklich leid. Bitte glauben Sie mir, ich habe mich seit meiner Kündigung nicht mehr als Kommissarin ausgegeben. Ich mache sogar bei jeder sich bietenden Gelegenheit darauf aufmerksam, dass ich beruflich etwas völlig anderes mache, aber diese Botschaft ins Ziel zu bringen gestaltet sich, nun ja, schwierig.«

Saalfeld wirkte nachdenklich, erwiderte aber nichts.

»Die Friedrichskooger sind liebe und nette Menschen, ganz im Ernst. Aber was ihre Gewohnheiten angeht, sind sie leider auch ein wenig schrullig. Vor allem die etwas älteren unter ihnen. Sie haben Schwierigkeiten damit, sich an neue Amtspersonen zu gewöhnen, und lassen mich deshalb aus der Nummer mit der Kommissarin nicht raus. Es wäre wohl besser gewesen, wenn ich Ihnen das längst mal gesagt hätte.«

»Ich weiß darüber Bescheid«, gab Saalfeld zurück. »Ehrlich, ich weiß es schon länger. Das war so ziemlich das Erste, was mein Vorgänger mir mit auf den Weg gegeben hat. Es stört mich aber nicht.«

»Nicht?«

»Ach was. Salzbergen ist im Prinzip auch nur ein Dorf, wenn auch etwas größer als Friedrichskoog. Aber mir ist bewusst, wie das in solchen Orten läuft.«

Liane war beeindruckt. Mit dieser Reaktion hatte sie nicht gerechnet. »Demnach sind Sie nicht hier, um mich zu fragen, warum ich bei einigen immer noch die ›Kommissarin Maschmann‹ bin?«

»Gott, nein. Wie gesagt, ich kenne mich mit Dorfmarotten ganz gut aus. Nein, der Grund, warum ich hier bin, ist die Aussage von Frau Meister. Es sind natürlich sofort ein paar Kollegen zum Haus der Willers gefahren. Die mussten dann feststellen, dass der gemeldete Einbruch tatsächlich stattgefunden hatte. Die Scheibe des Gästezimmers ist eingeschlagen worden, was wohl das Geräusch verursacht hat, von dem Frau Meister aufwachte. Die Kollegen fanden den mutmaßlichen Einbrecher dann tot im Haus auf.«

»Ach herrje«, entfuhr es Liane.

Saalfeld nahm ihren Kommentar mit einem wissenden Nicken zur Kenntnis und schien auf etwas zu warten.

Natürlich gab es eine Frage, die Liane sofort in den Sinn kam und die sie nur allzu gern gestellt hätte. Der Prozess, sich von den Fesseln ihrer Polizeivergangenheit zu lösen, war anscheinend noch immer nicht abgeschlossen. Dass der neue oberste Polizist von Friedrichskoog nun zum wiederholten Male in ihrer Küche saß und sie noch dazu mit Informationen versorgte, die eigentlich gar nicht für sie bestimmt waren, war dabei keine Hilfe. Trotzdem hätte sie sich lieber die Zunge abgebissen, als ihr Interesse an Dingen zu bekunden, die sie nichts mehr angingen.

»Wollen Sie denn nicht wissen, woran der Mann gestorben ist?«, fragte Saalfeld schließlich.

»Herr Saalfeld. Bitte, ich –«

»Schon gut. Ich sag's Ihnen. Gebrochenes Genick. Er lag tot am Fuße der Treppe. Wie es scheint, ist er beim Auf- oder Abstieg gestolpert und hinuntergestürzt. Wir vermuten, dass ihm die Dunkelheit und ein kleiner Teppich, der etwas unordentlich auf der obersten Stufe lag, zum Verhängnis wurden.«

»Frau Meister hat aber Licht gesehen«, platzte es aus Liane heraus, ehe sie sich selbst bremsen konnte.

Saalfeld sah kurz in sein Notizbuch. »Stimmt, hat sie. Aber als die Kollegen das Haus betraten, war wieder alles dunkel.«

»Verstehe. Tja. Das ist für unseren Herrn Einbrecher dann wohl so richtig schiefgegangen.«

»Dem gibt es nichts hinzuzufügen«, bestätigte Saalfeld. »Um nun aber zu Frau Meister zurückzukommen: Ich habe ihre Zeugenaussage persönlich aufgenommen und … na ja, ich habe ja schon angedeutet, mich mit den Besonderheiten des Dorflebens auszukennen.«

Saalfeld wirkte verlegen und nahm einen Schluck Kaffee. »Wie drücke ich es am besten aus? Ich hatte den Eindruck, dass mir die gute Frau nur sehr widerwillig Rede und Antwort gestanden hat. Wissen Sie, worauf ich hinauswill? Weil ich doch der Neue bin, den sie praktisch noch gar nicht kennt. Da war so eine Art gesundes Misstrauen. Und wenn ich es gewagt habe, an dem einen oder anderen Punkt nachzuhaken, zum Beispiel wie sie die Person beschreiben würde, die sie ums Haus hat schleichen sehen, hat sie mir sehr eindrucksvoll das Gefühl vermittelt, ihr persönlich zu nahe getreten zu sein. Als ob es mich nichts anginge. Dorfmarotte eben.«

Liane verwendete ihre ganze Konzentration darauf, bei der Vorstellung dieses Verhörs und einer empörten Frau Meister nicht zu lachen, während sie auf die eigentliche Aussage wartete.

»Ich bin eigentlich nur hier, um mich zu vergewissern, Frau *Kollegin*, dass mir Frau Meister nicht versehentlich eine möglicherweise wichtige Information vorenthalten hat.«

Liane schluckte den Anflug von Albernheit herunter und wurde schlagartig ernst. Sie sollte hier einen Schlussstrich ziehen und dieser Einmischung in die Polizeiarbeit endgültig ein Ende setzen. »Nein, Herr Saalfeld, so geht das nicht«, protestierte sie beinahe leidenschaftlich. »Ich weiß, dass Sie mich nur ein wenig aufziehen wollen, wenn Sie mich Frau Kollegin nennen, aber ich finde das überhaupt nicht amüsant. Nicht mehr. Ich gebe mir wirklich die allergrößte Mühe, mit dem Thema endlich abzuschließen, was mir jedoch leider nicht zu gelingen scheint. Wenn sich nun auch noch die Polizei daran beteiligt, dann wird es mir langsam zu viel.«

Sie konnte sehen, dass sie Saalfeld vor den Kopf gestoßen hatte, trotzdem musste sie das jetzt durchziehen. »Nehmen Sie es mir nicht übel, aber ehrlich gesagt wäre es mir eigentlich am liebsten, wenn Sie mich, wie soll ich sagen, nicht so einbinden würden. Verstehen Sie? Ich fühle mich durch Ihr Vertrauen zwar geschmeichelt, aber unser Kontakt sollte sich darauf beschränken, dass Sie anlassbezogen eine Zeugenaussage von mir einfordern oder mich wegsperren, wenn ich jemandem, der mich mal wieder Frau Kommissarin genannt hat, aus Wut eins übergebraten habe.«

Sie hatte sich aufgerichtet und straffte die Schultern. »Das hier muss aufhören. Wirklich. Ich werde Ihnen jetzt noch helfen, was Frau Meisters Aussage angeht, aber diese Vertraulichkeit ist nicht gut.«

Einen Moment sah Saalfeld Liane betreten an, um kurz darauf wieder sein ehrliches Lächeln strahlen zu lassen. »Ist schon in Ordnung. Ich verstehe das sehr gut und weiß Ihre Hilfe trotzdem wirklich zu schätzen.«

Während Liane das Telefongespräch mit Frau Meister rekapitulierte, machte Saalfeld sich Notizen und steckte schließlich zufrieden sein Notizbuch wieder weg. »Nochmals vielen Dank für Ihre Hilfe. Und den Kaffee. Und den Muffin, beides übrigens sehr lecker«, sagte er aufgeräumt.

Liane lächelte verlegen und wollte ihn zur Tür begleiten, aber er machte eine abwehrende Geste.

»Nein, schon gut. Ich habe Sie lange genug aufgehalten und finde allein raus. Tschüss, Frau Maschmann.«

***

»Und? Hat unser neuer Kommissar dich inzwischen mal wieder beehrt?«

»Ja, war heute hier«, bestätigte Liane beiläufig, während sie ihre kräftigen Hände unter Zuhilfenahme ihres ganzen Gewichts tief in den Rücken ihrer Freundin Beate grub. »Ab jetzt tief und langsam ein- und ausatmen.«

»Uuuh … Herzchen! Hast du einen Griff.«

Beate Klein war Krankenschwester in Frührente. Unter dem Pseudonym Ludmilla Achmatova besserte sie sich ihre Haushaltskasse mit Kartenlegen und der Durchführung von Séancen auf. Das russische Pseudonym verwendete sie, weil sie sich davon Vorteile bei der Kundengewinnung versprach.

Liane massierte schweigend weiter und wartete auf Kommentare oder Fragen zum Thema neuer Kommissar.

Beate stöhnte jedoch lediglich unter Lianes kundigen Händen und gab sich vorerst ganz dem Genuss hin. Zumindest kurzzeitig. »Er ist niedlich, oder?«

»Hast du letztens schon gefragt. Nicht quatschen, konzentrier dich auf die Atmung.«

»Ich atme ja. Du hast aber nicht geantwortet.«

»Weil ich auf so etwas nicht achte.«

»Nein, natürlich nicht. Du bist ja verheiratet und hast deine Libido noch am Traualtar mit der Bibel erschlagen.«

Der nächste Griff war Absicht.

»Au! Zu fest.«

»Entschuldige, Schatz«, flötete Liane unschuldig. »Und schön weiteratmen.«

»Wie kann man nur so empfindlich sein?«, murmelte Beate

beleidigt. »Und ob der Kerl niedlich ist. Ich hatte schon drei Kundinnen, die von mir wissen wollten, ob sie bei ihm landen werden. Ich konnte übrigens keiner das sagen, was sie hören wollte, nur der Vollständigkeit halber. Wenn ich nicht viel zu alt für ihn wäre, hätte ich die Karten schon selbst befragt.« Sie machte eine kurze Pause. »Ich bin doch zu alt für ihn, oder?«

Nachdem Liane gerade so fest zugepackt hatte, hielt sie es für angebracht, nun etwas Nettes zu sagen. »Er ist nicht reif genug für dich.« Dann nahm sie den Faden wieder auf. »Diesmal hatte der Gute sogar einen richtigen Anlass. Nicht so wie sonst, wenn er mich nur mit Fragen gelöchert hat, die er auch den Kollegen hätte stellen können.«

Sie erzählte Beate von Frau Meisters Anruf und deren Argwohn Saalfeld gegenüber, als er bei ihr die Zeugenaussage aufnehmen wollte.

»Bei Willers ist eingebrochen worden?«

»Sieht so aus«, bestätigte sie, sparte aber den Tod des Einbrechers aus.

»Wissen die das denn schon? Die sind doch verreist, oder?«

»Angeblich ja. Maria Hinrichsen kommt heute auch noch zum Kneten. Die werde ich mal fragen, weil sie ja ziemlich dicke mit denen ist. Das kann jetzt gleich ein wenig ziehen.«

Beate lachte auf. »Die geile Maria. Ich … aua … ich behaupte mal, dass die auch nicht lange fackeln wird, wenn sie mitbekommt, dass unser neuer Dorfschönling noch Single ist.«

»Was hast du nur für eine Meinung von deinen Mitmenschen? Maria und Gerold machen doch einen ganz glücklichen Eindruck.«

»Die lassen beide nichts anbrennen, wenn du mich fragst. Speziell für sie würde ich meine Hand nicht ins Feuer legen.«

Es widerstrebte Liane, so über ihre Mitmenschen zu lästern. Sie mochte Maria Hinrichsen, nicht nur als Kundin, sondern als Freundin aus Kindheitstagen. Also ging sie über Beates letzte Bemerkung hinweg, in der Hoffnung, dass das Gespräch eine andere Wendung nehmen würde.

»Was wohl dein Gemahl sagen würde, wenn er wüsste, dass du fast jeden Tag Besuch von deinem gut aussehenden zweiten Nachfolger bekommst?«

Liane verdrehte die Augen und widerstand der Versuchung, einen weiteren Schmerzreiz zu setzen. »Erstens weiß er das, und es juckt ihn nicht«, log sie. »Zweitens wird das nicht mehr passieren, weil ich Herrn Saalfeld vorhin aufgefordert habe, das zukünftig zu unterlassen.«

»Na, du bist ja vielleicht fies«, empörte sich Beate und hob den Kopf von der Massagebank.

»Liegen bleiben. Was ist denn daran so schlimm? Du weißt doch um meine Situation hier. Es ist eindeutig keine Hilfe, wenn der neue Stationsleiter ständig bei mir auf der Matte steht. Wie soll ich beruflich richtig auf die Beine kommen, wenn mich alle immer noch für die Polizistin halten?«

»Ist dir schon mal der Gedanke gekommen, dass er vielleicht einfach nur in dich verknallt ist, du Eisklotz? Und du verjagst ihn. Der arme Mann. Jetzt wird er bestimmt Trost brauchen.«

Für gewöhnlich genoss Liane Beates Gegenwart. Deren ausgeprägtes Interesse für den neuen Leiter der Polizeidienststelle ging ihr jedoch gehörig gegen den Strich, sodass sie sich heute ausnahmsweise das Ende der Sitzung herbeisehnte.

Nachdem es endlich so weit war und Beate sie ohne weitere Anspielungen verlassen hatte, blieben Liane noch gute zwei Stunden Zeit, bis Maria Hinrichsen zur Behandlung kommen würde. Da ihr die Decke auf den Kopf fiel und sie ohnehin noch ein paar Besorgungen machen musste, nutzte sie die Zeit, um zum Supermarkt zu gehen.

Anstatt die direkte Route über den Schleusenweg und die L 177 zu nehmen, entschied sie sich, zumindest beim Hinweg eine Schleife über den Seedeich, den Seeweg und den Süderdeich zu gehen. Ein Umweg von immerhin vier Kilometern, bevor sie wieder auf die L 177 treffen würde. Da Liane aber seit der Kündigung bei der Polizei einigen Aufwand betrieb, um ihre körperliche Fitness aufrechtzuerhalten, würde die Strecke sie nur wenig mehr als eine halbe Stunde Zeit kosten.

Es war beeindruckend, wie schnell sie von der Zivilisation in die freie Natur gelangen konnte. Praktisch direkt vor ihrer Haustür befand sich eine karge und fast unbebaute Landschaft, die beweideten Salzwiesen. Auch wenn die Spuren menschlichen Wirkens, nämlich die Beetstrukturen und die Entwässerungsgräben, nicht zu leugnen waren, konnte man sich hier der Vorstellung hingeben, dass es weit und breit keine anderen Menschen gab. Vorausgesetzt, man blickte in die richtige Richtung. Sie mochte die Ruhe, die sie dort in der Regel umgab. Das machte den Kopf frei und half im Idealfall dabei, den Unmut über allzu vorlaute Freundinnen zu vergessen.

Speziell in den Ferienmonaten des Sommers kam es immer wieder vor, dass sie auf dieser Route auch anderen Menschen begegnete, vorwiegend Urlaubern, vereinzelt auch Einheimischen. So auch an diesem Tag. Die Urlauber, einige davon auf Segways unterwegs, ließen Liane naturgemäß in Ruhe. Ein Mann, den sie auf Anfang fünfzig schätzte, groß und gut aussehend, gekleidet in eine hellbraune Cordhose und ein weißes kurzärmeliges Hemd, warf ihr einen verstohlenen und irgendwie befremdeten Blick zu. Liane bemerkte ihn bei aller Heimlichkeit trotzdem. Sie war sich ziemlich sicher, dass dieser Blick der Diskrepanz zwischen ihrem attraktiven Antlitz und ihrer derzeitigen Aufmachung gegolten hatte. Auch wenn sie bislang nur wenige Kunden hatte, kleidete sie sich doch für jeden Termin in Weiß. Eine dünne weiße Stoffhose, ein weißes Oberteil, entweder Pullover oder T-Shirt, je nach Wetterlage, und weiße Sandalen oder Turnschuhe, ebenfalls witterungsabhängig. Da die Sonne, wie schon während der letzten zwei Wochen, unbeirrt vom Himmel strahlte, lief es an diesem Tag auf ein zu groß geratenes T-Shirt und ein Paar ausgelatschte Sandalen hinaus. Nur um ein paar Meter zu gehen und einige Besorgungen zu machen, hatte Liane sich nicht extra umziehen wollen. Das mochte nicht übermäßig ansehnlich sein, aber Liane war vor allem pragmatisch veranlagt und nur selten eitel. Friedrichskoog war eben nicht Blankenese.

Die Friedrichskooger, die ihren Weg kreuzten, grüßten alle herzlich und respektvoll. Und wie nicht anders zu erwarten, ließ manch einer seine Grußformel mit »Frau Kommissarin Maschmann« enden. Liane war jedoch immer noch über Beates Bemerkungen verärgert und somit nicht in der Stimmung, um Gegenwehr zu leisten. Sie entschied daher, es ausnahmsweise dabei zu belassen.

Wieder im Ortskern angekommen, kam sie am Grundstück der alten Frau Borchardt vorbei, von der alle immer nur als

Witwe Borchardt sprachen, schon damals, als Liane noch ein Kind gewesen war. Die Witwe schien sie heute ausnahmsweise nicht zu bemerken. Regungslos stand sie in ihrem Vorgarten und betrachtete ihre Hortensien und Clematis mit einem Blick, in dem tiefste Trauer lag. Jedermann wusste, dass ihr Garten und speziell ihre Blumen ihr Ein und Alles waren, da sie weder Enkel noch Kinder hatte und somit all ihre Energie in die Gartenarbeit stecken konnte. Deshalb überraschte es niemanden mehr, wenn unbefriedigende Farbintensität oder gar Schädlingsbefall die alte Frau in eine Krise zu stürzen vermochten. Liane, die selbst keinen grünen Daumen und auch grundsätzlich kein Interesse an Gartenarbeit und Blumenzucht hatte, maß der offensichtlichen Niedergeschlagenheit Frau Borchardts daher keine große Bedeutung bei. Noch dazu gehörte sie zu jenen, für die Liane wohl bis zum bitteren Ende die Frau Kommissarin bleiben würde. So schlenderte sie möglichst unauffällig weiter und bemerkte darüber kaum den in der Luft hängenden penetranten Benzingeruch.

Als sie eine knappe Stunde später wieder heimkehrte, hatte sich an Lianes schlechter Stimmung nichts geändert.

Drei Mal war sie im Supermarkt gefragt worden, ob sie einen neuen Kollegen habe. Die Dame an der Kasse hatte sogar betont, was für ein ausnehmend schneidiger und gut aussehender Mann er doch sei.

Pflichtschuldig belehrte Liane jeden Einzelnen, dass es sich bei Kommissar Saalfeld nicht um einen neuen Kollegen handelte, da er ja Polizist und nicht Bodyworker sei, so wie sie. Da sie von der Kassiererin daraufhin ein zwar freundliches, aber verständnisloses Lächeln erntete, ergänzte sie noch, dass sie sich schon seit Langem nicht mehr im Polizeidienst befinde. Ihre Hoffnung, dass sich diese Neuigkeiten verbreiten würden, war eher schwach.

Auf dem Rückweg hätte sie sich fast dazu hinreißen lassen, der Witwe Borchardt Gesellschaft zu leisten, die immer noch das namenlose Unglück in ihrem Garten betrauerte. Sie hatte sich kaum bewegt, stand jetzt nur wenig näher am Zaun, auf Höhe ihrer Stockrosen, und befand sich offensichtlich wohl immer noch in einer ähnlichen Gemütslage wie Liane selbst. Schließlich hatte sie sich aus reinem Selbstschutz dann doch dazu entschlossen,

Frau Borchardt mit ihrem Schicksal allein zu lassen. Liane tat, als würde sie die unzähligen Möwen beobachten, die auf der Suche nach einem Snack den Himmel bevölkerten, und schlich, genau wie auf dem Hinweg, an dem Garten der alten Dame vorbei.

***

Nach zwanzig Minuten Sitzung mit Maria wurde Liane klar, dass sie Beate unrecht getan hatte. Irgendwie. Ihre heimliche Empörung und das Eintreten für Maria Hinrichsens Ruf kamen ihr im Nachhinein scheinheilig und unangebracht vor.

Sie mochte Maria, keine Frage. Aber aus irgendeinem Grund vergaß sie immer wieder, was für ein ungleich schlimmeres Plappermaul diese Frau selbst war, die jedes Gerücht, dessen sie habhaft werden konnte, mit großem Eifer verbreitete. Zudem schreckte sie nicht davor zurück, über ihre Mitbürger zu lästern und wilde Spekulationen zu verbreiten. Was Liane jedoch am meisten aufregte, war die traurige Tatsache, dass sie sich davon anstecken ließ. Und während sie so darüber nachdachte, in einem kurzen und seltenen Moment des Schweigens, erkannte sie, dass dies so ziemlich jedes Mal der Fall war, wenn sie Maria traf. Tatsächlich schien es ihr dann sogar Spaß zu machen. Anscheinend brachte die Gegenwart dieser Frau den Pharisäer in ihr zum Vorschein.

»Weißt du eigentlich etwas über das Polizeiaufgebot am Sportplatz heute Morgen? Gerold ist da zufällig vorbeigefahren und hat es mir getextet. Natürlich hat er nicht so genau hingesehen, mal wieder typisch für ihn. Als hätte er kein Interesse daran, was um ihn herum passiert. Ist das zu fassen? Sieht, dass da was los ist, aber unternimmt nichts, um mehr herauszufinden. Manchmal wirkt er regelrecht gleichgültig auf mich. Zumindest in letzter Zeit.«

Liane war noch mit ihren eigenen Gedanken beschäftigt und hatte nur halb zugehört. Deshalb antwortete sie nicht sofort.

»Du weißt also auch nichts darüber?«, hakte Maria nach.

»Wie? Oh, entschuldige bitte, ich war gerade woanders. Was war deine Frage?«

»Das Polizeiaufgebot am Sportplatz. Heute Morgen. Ob du was darüber weißt.«

»Na ja, ehrlich gesagt, ja. Du etwa nicht?«

Maria hob den Kopf. »Sollte ich denn?«

Liane wog kurz ab, wie sie reagieren sollte. »Nein, eigentlich nicht, du hast recht. Bei Heiko und Jutta ist eingebrochen worden. Ich hatte wohl automatisch angenommen, dass du es wissen müsstest, weil ihr euch so nahesteht. Dabei bin ich mir nicht mal sicher, ob sie es überhaupt schon selbst wissen, weil sie ja gerade auf Mallorca sind.«

Liane spürte, wie Maria sich bei der Erwähnung des Einbruchs anspannte, bevor sie den Kopf wieder sinken ließ und ein paar Sekunden lang nichts mehr sagte. »Du meine Güte! Ein Einbruch also?«, brach es dann aus ihr hervor. »Nein, das wusste ich nicht. Was ist denn weggekommen?«

»Keine Ahnung. Ich weiß es auch nur durch Zufall. Frau Meister hat den Einbruch bemerkt und mich angerufen, anstatt die Polizei zu kontaktieren.«

»Ach Gott, die alte Meister. Ist sie also auch eine von denen, die es noch nicht begriffen haben?«

»So sieht's aus.«

»Dieses neugierige Klatschweib! Hat bestimmt die ganze Nacht am Fenster verbracht und drauf gewartet, dass etwas passiert. Konnte sie denn was erkennen?«

»Licht im Dachgeschoss. Und jemanden, der ums Haus lief. Sie hat aber behauptet, von einem lauten Geräusch geweckt worden zu sein, du tust ihr also unrecht«, antwortete Liane und dachte sich ihren Teil zum Thema neugierige Klatschweiber.

Maria hob erneut den Kopf an. »Echt, die hat den Einbrecher gesehen? Konnte sie ihn beschreiben?«

»Weiß ich nicht. Bevor sie mit der Personenbeschreibung anfangen konnte, gelang es mir, sie zu einem Anruf bei der Polizei zu überreden.«

Maria ließ den Kopf wieder auf die Massagebank sinken und schwieg.

Sie war so lange still, dass es Liane fast unheimlich wurde. Eine minutenlang schweigende Maria Hinrichsen war eine völlig neue Erfahrung für sie. Der Einbruch bei ihren Freunden schien sie wirklich erschreckt zu haben.

»Hast du eigentlich schon mal mit dem neuen Sheriff gesprochen?«

Liane spürte Marias Betroffenheit und hatte daher grundsätzlich nichts gegen einen gezielten Themenwechsel einzuwenden. Dass es jedoch ausgerechnet dieses Thema sein musste, behagte ihr gar nicht, nachdem Beate sich zuvor schon darüber ausgelassen hatte.

»Ein paarmal. Immer nur kurz«, gab sie als knappe Antwort zurück und hoffte, Marias Neugierde damit gestillt zu haben.

»Knackig«, warf die jetzt in den Raum.

»Zumindest hübscher als sein Vorgänger. Was ja nicht schwer ist.«

Maria hüllte sich erneut in genussvolles Schweigen.

Offensichtlich hatte Liane das Gesprächsthema ihrer Kundin erfolgreich sabotiert. Während sie noch über ein geeignetes Thema zur Kompensation nachdachte, meldete Maria sich wieder zu Wort.

»Weißt du, was verrückt ist? Vorgestern habe ich Heiko in Marne gesehen.«

Liane brauchte einen Moment, um die Bedeutung dieser Behauptung vollständig zu erfassen. »Das kann nicht sein.«

»Doch, ganz bestimmt. Er lief im Ausstellungsraum des Mercedes-Händlers zwischen den Autos herum.«

»Du musst dich irren. Er ist doch auf Mallorca. Die haben ihren Schlüssel doch extra Frau Meister in die Hand gedrückt, damit sie Blumen gießen und die Vögel füttern kann.«

»Die haben Frau Meister den Schlüssel gegeben?«, platzte es aus Maria heraus.

»Das hat sie mir zumindest gesagt. Und warum auch nicht? Sie ist eine direkte Nachbarin.«

»Ach, weil die Alte ständig am Fenster klebt und alles beobachtet? Würdest du jemandem dein Haus anvertrauen, der so neugierig ist?«

Liane wusste nicht, was sie darauf erwidern sollte.

»Egal. Ihre Entscheidung, ihr Problem. Jedenfalls bin ich mir sicher, dass es Heiko war, den ich gesehen habe. Ich bin extra stehen geblieben und habe genau hingeschaut, weil ich mich gewundert habe. Es war Heiko. Hat so ein richtig dickes Schlachtschiff unter die Lupe genommen und mich darüber wohl nicht bemerkt. Ich war drauf und dran, reinzugehen und ihn anzusprechen, aber ich kam schon mit Verspätung aus Itzehoe zurück und hatte in Marne noch einen Arzttermin.«

Liane spürte, wie etwas in ihr wach wurde. Ein Mechanismus, entwickelt, um Sachverhalte miteinander zu verknüpfen, um Situationen einzuschätzen, um Fragen zu generieren, die es wert waren, gestellt zu werden. Um einfach alles, selbst vermeintlich belanglose Erzählungen und Berichte, auf Informationen von Relevanz zu scannen und um all diese Dinge zu archivieren und abrufbar zu machen. Diese Maschine hatte sie vor zwei Jahren deaktiviert, weil sie glaubte, es sei notwendig. Doch sie funktionierte noch, wie Liane nur zu gut wusste. Sie hatte das Knirschen der Zahnräder immer wieder gehört – jedoch noch nie so laut wie in diesem Moment. »Hast du denn hinterher versucht, Kontakt zu ihm aufzunehmen? Um ihn zu fragen? Per SMS oder so?«

Maria zögerte, bevor sie antwortete. »Ich habe schon darüber nachgedacht. Aber dann wollte ich ihn lieber nicht in Verlegenheit bringen. Wenn er das so vorbereitet, seine Urlaubsreise ankündigt und sein Haus verlässt, dann muss es dafür ja einen Grund geben. Ich wollte ihn einfach nicht zwingen, mich anlügen zu müssen. Weißt du, was ich meine?«

»Wenn es tatsächlich Heiko war, den du da gesehen hast, hat er das bereits getan, als er dir von der Reise nach Mallorca erzählte.«

Maria verkrampfte sich erneut. Nur kurz, aber von Liane sofort registriert. »So habe ich das noch gar nicht gesehen.«

Die Maschine lief. Noch auf kleinster Stufe und auch noch etwas unkoordiniert, aber sie lief. Erinnerungen und Bilder kamen hoch. Gespräche, in denen es um Heiko Willers ging. Der Einbruch von letzter Nacht. Der Tod des Einbrechers, von dem sie noch niemandem etwas erzählt hatte. Die Gedanken rasten durch ihren Kopf, und Liane musste kurz innehalten, um sich zu sammeln. Vor allem musste sie sich bremsen, um Maria jetzt nicht ganz gezielt Fragen zu stellen.

»Was ist? Sind wir schon fertig?«.

»Nein, geht gleich weiter. Mein Kreislauf ist gerade kurz in den Keller gegangen. Ich habe meinen Flüssigkeitshaushalt heute etwas vernachlässigt«, log Liane und begann wieder zu kneten.

Es wurde wieder ruhiger in ihrem Kopf, aber die Gedanken ließen sich nicht völlig ausblenden. Wenn es still war, so wie im Moment, war es schwierig, sich davon zu lösen.

»So, unser neuer Herr Kommissar. Der ist tatsächlich einen

zweiten Blick wert, oder? Hättest du gedacht, dass er noch Single ist?«

***

Liane fragte sich, ob es zurzeit wohl irgendwo im Landkreis Dithmarschen ein Haus geben mochte, in dem Küche und Bad so sauber waren wie in ihrem. Ihr Ehemann Timo, von Montag bis Freitag Kasernenschläfer, würde sich wohl erst vergewissern müssen, ob er wirklich im richtigen Haus gelandet war, falls er sich ausgerechnet an diesem Tag zu einer Überraschungsheimfahrt mitten in der Woche entschlossen hätte. Die Wahrscheinlichkeit dafür war allerdings eher gering, irgendwo im einstelligen Prozentbereich. Und die Wahrscheinlichkeit, dass sich dieser Zustand nahezu perfekter Sauberkeit bis zu seiner Heimkehr am Freitag halten würde, lag noch darunter. Liane mochte es sauber, hasste es aber, sich selbst darum zu kümmern. Was häusliche Pflichten anging, war sie oft nachlässig, wie sie sich selbstkritisch eingestehen musste.

An diesem Abend hatte sie sich aus purer Verzweiflung trotzdem in die so verhasste Arbeit gestürzt, weil die Maschine in ihrem Kopf einfach keine Ruhe geben wollte. Es war zum Verrücktwerden. Hausputz schien eine geeignete Methode zu sein, um sich von den ständig kreisenden Gedanken abzulenken. Das hatte im Grunde auch eine Zeit lang ganz gut funktioniert. Dauerhaft verhindern ließ es sich allerdings nicht.

Liane saß auf der zugeklappten Toilette, die selbst beim Einbau nicht so keimfrei gewesen sein konnte wie jetzt, und kämpfte frustriert gegen die innere Unruhe an.

Sie stand auf und ging zum Telefon. Der einzige Mensch, dem sie sich in diesem Zustand anvertrauen mochte und von dem sie sich einen brauchbaren Rat versprach, war Beate. Sie ließ es lange klingeln, doch ihre Freundin schien nicht zu Hause zu sein. Leise fluchend legte Liane auf, verschränkte die Arme und sah sich in ihrem Wohnzimmer um.

Zehn Minuten später befand sie sich schon wieder in der Schleife, die sie schon am Vormittag gegangen war, genauer auf dem Seedeich. Wenn sie schon niemanden hatte, bei dem sie

Dampf ablassen konnte, brauchte sie wenigstens frische Luft und etwas Bewegung, um nicht durchzudrehen.

Im Gegensatz zu ihrem Marschtempo vom Vormittag war sie nun in einer sehr gemächlichen Geschwindigkeit unterwegs. Locker schlendernd, die Arme verschränkt, den Blick auf den Horizont gerichtet. Sie war inzwischen auch besser gekleidet, aber das war nach ihrem morgendlichen Outfit keine große Kunst. Gemessen an dem, was ihr Kleiderschrank durchaus herzugeben vermochte, war sie mit einer verwaschenen Bluejeans und einem hellgrauen Kapuzenshirt immer noch eher schlicht unterwegs. Da es aber bereits elf Uhr nachts war, schien es ihr für einen Spaziergang im Dunkeln ausreichend.

Nachdem sie in der angenehm kühlen Seeluft etwa einen Kilometer zurückgelegt hatte, fühlte sie sich endlich stabil genug, um sich ihrem Polizistenverstand stellen zu können.

Von den an einer Hand abzuzählenden Versicherungsvertretern im Ort war Christian Pöhls wohl derjenige, der die meisten Friedrichskooger als Kunden auf sich vereinen konnte. Auch Liane und ihr Mann gehörten dazu. Pöhls galt als vertrauenswürdig, war ein sympathischer Kerl, kümmerte sich um seine Kunden und genoss gleichzeitig den Ruf, ihnen nichts aufzuschwatzen. Seine Frau Britta hatte sich vor einem knappen Vierteljahr das erste Mal von Liane massieren lassen, was sie seitdem einmal pro Woche wiederholte.

Liane führte es auf die wohltuende Entspannung zurück, die sie ihren Kunden verschaffte, dass diese sich während der Sitzungen so bereitwillig offenbarten. Selbst jene, die für gewöhnlich als verschlossene Charaktere galten, legten nach nur wenigen Minuten Behandlung eine regelrechte Kommunikationslust an den Tag, die sie selbst wohl kaum für möglich gehalten hätten, wäre es ihnen bewusst gewesen.

So hatte sich Britta Pöhls bei ihrer letzten Sitzung zu einer Aussage hinreißen lassen, die sich nun durch Lianes Verstand arbeitete. Während Lianes Hände an jenem Tag die Rückenmuskulatur der Kundin bearbeiteten, hatte diese erneut einen von unzähligen wohligen Seufzern erklingen lassen und dann einen Dialog begonnen, an dessen Verlauf Liane sich noch sehr genau erinnern konnte.

»Ich wünschte, dass mein Mann sich auch mal einer mehrwöchigen Behandlung bei dir unterziehen würde. Er hätte das bitter nötig, so verspannt und unausgeglichen, wie er im Moment ist. Aber freiwillig käme der sture Kerl niemals auf den Gedanken. Dann müsste er ja zugeben, dass es ihm nicht gut geht.«

»Schenk ihm doch einfach eine Behandlung«, hatte Liane vorgeschlagen. »Einen Gutschein habe ich dir ganz schnell ausgestellt.«

»Nein, keine gute Idee. Dann wird er nur sauer. Gerade im Moment, wo ihn irgendwie alles auf die Palme bringt.«

»Klingt aber so, als hätte er es dringend nötig. Hast du mal mit ihm darüber gesprochen?«

»Ach, natürlich. Gleich nach der ersten Sitzung bei dir. Er hat meine Begeisterung auch bemerkt, meinte die dann aber mit seinen üblichen Macho-Klischees abwerten zu müssen. So nach dem Motto, dass dieser – wie hat er es gleich genannt? –, ach ja, dieser ganze esoterische Entspannungs- und Selbstfindungskram nur bei Frauen funktioniert, weil die einfach genetisch dazu veranlagt sind, vorurteilsfrei an so etwas zu glauben. Allein der Begriff Bodyworking ist ihm Beweis genug, dass es sich dabei um einen weiteren neuen Esoterik-Trend handelt, der uns Frauen angeblich magisch anzieht. Wie Krähen, die in der Sonne etwas glitzern sehen.«

»Das hat er nicht gesagt«, hatte sich Liane empört.

»Leider doch. Mein Christian ist wirklich ein lieber Kerl, aber an gewissen Vorurteilen gegenüber Frauen hält er so unbeirrbar fest, dass ich ihn manchmal gegen die Wand klatschen könnte.«

»Also wirklich. Wenn meiner sich so etwas leisten würde, wäre hier aber Feuer unterm Dach. Weißt du denn, warum er momentan so leicht reizbar ist? Oder ist er eher der Typ Einzelkämpfer, der alles mit sich selbst ausmacht, nur um uns zerbrechliche Frauen nicht mit Problemen zu konfrontieren, die unseren zarten Verstand überfordern? Würde ins Bild passen.«

»Nein, so schlimm ist es dann auch wieder nicht. Wenn ihn was bedrückt oder beschäftigt, spricht er schon mit mir darüber. Es lief halt in letzter Zeit nicht so optimal. Seine Abschlussquote war leicht rückläufig, und das macht sich dann auch gleich beim Geld bemerkbar, ist ja klar. Da war er schon leicht quakig. Und als er dann mitbekommen hat, dass einer seiner Kunden, noch dazu jemand aus dem Ort, zum Abschluss einer neuen Versicherung quasi fremdgegangen ist, indem er sich extra an einen Vertreter in Marne wendete, da war Christian tagelang ungenießbar.«

»Das ist natürlich bitter, da kann ich ihn verstehen. Gab es denn einen Grund dafür?«

»Nein, Christian konnte es sich zumindest nicht erklären. Das war ja das Schlimme.«

Britta Pöhls hatte sich auf die Ellenbogen gestützt und Liane einen verschwörerischen Blick zugeworfen. Noch bevor Liane gegen den Stellungswechsel protestieren konnte, sagte Britta: »Es war Heiko Willers. Der hat in Marne eine Brandschutzversicherung neu abgeschlossen und seine Hausratversicherung ziemlich massiv aufgestockt. Christian hat es zufällig im Datenbestand gesehen und sofort bei dem Kollegen in Marne angerufen. Mann, war der sauer! Das weißt du aber nicht von mir, okay?«

Nun hatte sich die Erinnerung an dieses Gespräch wieder in Lianes Gedanken geschlichen. Außerdem waren ihr noch zahlreiche Fallbeispiele aus der Zeit ihrer Ausbildung an der Polizeischule geläufig, in deren kriminelles Muster das Verhalten von Heiko Willers passen würde. Der mutmaßlich vorgetäuschte Aufenthalt im Ausland, während dessen scheinbar zufällig ein Einbrecher in seinem Haus ums Leben kam. Der ebenso mutmaßlich verheimlichte Abschluss neuer Versicherungen, die im Schadensfall große Geldsummen versprachen. Dass sie Willers gut leiden konnte und grundsätzlich für einen anständigen Kerl hielt, vermochte die Fragwürdigkeit seines Verhaltens nicht weniger suspekt aussehen zu lassen. Selbst seine jüngst verlautbarte Absicht, demnächst für das Amt des Bürgermeisters kandidieren zu wollen, was Liane sofort für eine sehr gute Idee gehalten hatte, änderte nichts daran. Sie konnte in diesem Zusammenhang sogar sein Spielerdasein gegen ihn auslegen. Seine Aktionen boten genug Anlass, sich etwas kritischer mit seiner Person auseinanderzusetzen.

Ein Geräusch, als würde jemand ein Niesen unterdrücken, riss sie abrupt aus ihren Gedanken. Sie blieb stehen, wirbelte einmal um die eigene Achse und blickte hektisch in die Dunkelheit. Es schien niemand da zu sein. Sie blieb ganz still und atmete so flach wie sie konnte, um möglicherweise ein Geräusch aufzuschnappen. Ebenfalls ohne Ergebnis.

»Ist da jemand?«, rief sie und erinnerte sich gleich im Anschluss an all die Filme, in denen ein meist weibliches und vor allem lächerlich argloses Dummchen in ähnlich unheimlichen Situationen exakt die gleichen Worte sprach. Wenn man Geschrei nicht mitrechnete, waren es in der Regel auch Dummchens letzte Worte.

Mit sparsamen Bewegungen griff sie in die Bauchtasche ihres Kapuzenshirts, in der sie eine kleine Taschenlampe mitführte. Sie zog sie heraus und richtete sie nach vorne. Doch bevor sie dazu kam, sie anzuknipsen, wurde sie vom Lichtkegel einer anderen Taschenlampe geblendet. Im Reflex kniff sie die Augen zusammen, drehte den Kopf weg und fluchte laut. Als sie die freie Hand hob, um den Lichtschein abzuschirmen, erlosch der Lichtstrahl wieder. Liane reagierte sofort und knipste endlich ihre Taschenlampe an. Am linken Rand des Lichtkegels glaubte sie gerade noch schwach ein Bein erkennen zu können, vielleicht dreißig Meter von ihr entfernt. Sie schwenkte die Taschenlampe sofort nach links und konnte nur noch eine schnell weghuschende Gestalt erkennen, die fast sofort im Dunkeln verschwand. Das Licht der kleinen Taschenlampe war zu schwach, um Einzelheiten auszumachen, aber sie glaubte, gesehen zu haben, dass es ein Mann war, der eine helle Hose und ein helles Hemd trug.

Liane hätte ihm vielleicht noch etwas hinterherrufen sollen, aber sie war zu angespannt. Sie fragte sich, ob der Mann ihr gefolgt war, und, wenn ja, aus welchem Grund er das getan haben mochte. Oder hatte sie ihn vielleicht erschreckt, weil er um diese Zeit und an diesem Ort nicht mit einem weiteren Spaziergänger gerechnet hatte?

Sie spürte ihren Herzschlag bis in die Haarspitzen, und für etwa eine Minute stand sie wie gelähmt einfach nur da, unfähig zu entscheiden, in welche Richtung sie ihren Heimweg antreten sollte. Die Entscheidung fiel schließlich zugunsten des bisher gegangenen Weges. Der hell gekleidete Mann war zwar ebenfalls in diese Richtung verschwunden, aber es war der kürzere Weg. Mit Hilfe ihrer Taschenlampe sollte sie in der Lage sein, es rechtzeitig zu bemerken, wenn er sich ihr wieder nähern würde. Also kehrte sie um und machte sich in schnellem Tempo auf den Rückweg.

Eine Viertelstunde später lag sie auf ihrem Sofa, die rechte

Hand ruhte auf den Augen. Die linke Hand bewahrte das auf ihrem Bauch stehende Glas vor dem Umkippen. Der kostbare Inhalt, ein teurer Whisky aus der Sammlung ihres Mannes, sollte nicht versehentlich verschüttet werden.

Für gewöhnlich trank Liane keinen Alkohol und war schon immer der Meinung gewesen, dass dieses aus Schottland stammende Erzeugnis nach einer Mischung aus Farbverdünner und Aschenbecher roch. Wie sich herausstellte, war der Geschmack noch schlimmer, als es der Geruch befürchten ließ. Sie nippte erneut, verzog das Gesicht und empfand so etwas wie trotzige Freude an ihrem Ekel.

Der Mann war ihr nicht mehr begegnet. Inzwischen konnte sie fast schon darüber lachen, auch wenn sie auf diesen kleinen Schrecken trotzdem gern verzichtet hätte. Was für eine verrückte Vorstellung, dass jemand sie heimlich verfolgen sollte.

Für eine Weile lag sie einfach nur still da, genoss die Ruhe und die relative Sicherheit ihres eigenen Hauses. Erst als die bohrenden Gedanken von vorhin zurückkehrten, wurde sie wieder etwas unruhiger, stürzte den restlichen Inhalt des Glases auf einmal hinunter – und hatte das Gefühl, sich gleich übergeben zu müssen.

Schließlich traf sie mit sich selbst eine Abmachung: Was ihr an neuen Erkenntnissen zufiel, würde sie verwenden, um im Stillen an der Aufklärung dieses Falles zu arbeiten. So konnte es jedenfalls nicht weitergehen. Sie würde sich nicht ewig ihrer Natur widersetzen können. Einmal Polizistin, immer Polizistin, daran schien für sie kein Weg vorbeizuführen. Nach außen hin würde sie jedoch den erbitterten Kampf gegen den Titel Frau Kommissarin weiterführen. Und ihr Umfeld würde sie mehr denn je in dem Glauben lassen, dass ihr Interesse an derlei Dingen längst erloschen war. Und vielleicht war der Einbrecher ja wirklich nur ein Einbrecher gewesen, der sich ungeschickt angestellt hatte.

Ein kleiner Abstecher – Liane sträubt sich – Gesichter in der Menge – Zäsur – Mindmapping

»Moin moin«, rief Henning Ketelsen gut gelaunt, als er Liane erblickte.

Sie stand vor der Umzäunung des Sportplatzes und wartete dort schon seit einer knappen Viertelstunde auf sein Erscheinen. An der Schulter trug sie einen Jutebeutel. »Moin, Henning. Ich dachte schon, du hast mich vergessen.«

»Nee, nee, mien Seuten. Ick heff di ni vergeeten. Weetst doch, de Tied, dat Oos, dat löppt so gau.«

Obwohl in Friedrichskoog aufgewachsen, hatte sie nie den Ehrgeiz entwickelt, sich intensiver mit dem Plattdeutschen auseinanderzusetzen. Sie verstand alles, hätte aber nur ein paar Brocken selbst sprechen können. Da sie befürchtete, jede Menge Fehler einzubauen, und sich außerdem jedes Mal komisch vorkam, wenn sie es trotzdem versuchte, ließ sie sich schon seit etlichen Jahren nicht mehr dazu hinreißen.

Henning Ketelsen nahm sie in den Arm und drückte sie ausgiebig. Er war schon seit mindestens zwanzig Jahren so etwas wie Hausmeister, guter Geist und fester Bestandteil des Inventars im Friedrichskooger Sportheim. Wegen seiner bodenständigen und immer fröhlichen Art hatte Liane ihn in ihr Herz geschlossen. Zudem war er einer der wenigen lebenserfahrenen Mitbürger, die begriffen hatten, dass Liane nicht nur keine Uniform mehr trug, sondern auch tatsächlich nicht mehr als Polizistin arbeitete. So fiel es ihr auch nicht schwer, sein im ganzen Ort bekanntes Faible, Frauen zur Begrüßung in den Arm zu nehmen, als liebenswerte Schrulle zu akzeptieren.

»Ich frag mal lieber nicht, wofür du mich hast warten lassen.«

»Es gibt nur zwei Frauen, denen ich keine Bitte abschlagen kann. Die eine bist du, die andere ist Heike. Da ich aber mit Heike verheiratet bin, muss ich der im Zweifelsfall natürlich Vorrang gewähren. Du wolltest mich ja nicht.«

»Das werde ich mir auch nie verzeihen. Ich führe es darauf zurück, dass ich damals erst zehn und damit einfach noch zu schüchtern war.«

»Dat mach ween«, erwiderte Ketelsen trocken und tat, als hätte Liane gerade ein uraltes Rätsel gelöst.

Liane lächelte ihn an, holte einen Stapel Flyer aus dem Jutebeutel und gab ihn an Ketelsen weiter. »Und das geht wirklich in Ordnung?«, vergewisserte sie sich.

»Na sicher. Wer sollte denn was dagegen haben? Auf die Idee hättest du überhaupt schon längst mal kommen können.« Ketelsen untersuchte den Stapel. »Was ist mit dem Plakat? Hest dat vergeeten?«

Liane griff erneut in den Beutel und holte ein zusammengerolltes Stück Papier hervor.

Ketelsen nahm es an sich und beäugte es skeptisch. »Dat süht so lütt ut.«

»Ist auch nur A3. Reicht aber. Wenn du es an der richtigen Stelle platzierst, wird es bestimmt seine Wirkung entfalten.«

Die Tür in der Umzäunung des Sportgeländes war von zwei Schaukästen flankiert. Im kleineren der beiden wurden für gewöhnlich die kommenden Heimspieltermine des örtlichen Fußballclubs bekannt gegeben, während der linke meist für Veranstaltungen genutzt wurde und zurzeit leer war.

Liane zeigte mit dem Finger darauf. »Ich finde ja, dass es sich da ziemlich gut machen würde. Dann hängt auch endlich mal wieder was drin.«

»Geiht los, mien Deern.«

»Vielen Dank, Henning. Ganz lieb von dir.« Sie drückte ihn zum Abschied, diesmal aus eigenem Antrieb. »Ich muss dann leider auch gleich weiter.«

»Allns goot. Ich warte noch auf unseren Herrn Bürgermeister. Der will sich gleich mit mir über unser marodes Dach streiten.«

Liane war bereits im Gehen begriffen. »Ach herrje. Du Armer. Sitzt er wieder auf seinem Geld?«

»Kennst ihn doch, den oln Knickerbüdel«, rief Henning ihr hinterher.

Liane winkte noch kurz zum Abschied und verließ das Gelände. Dabei ging sie direkt auf das Grundstück von Peter Marquardt zu. Ein sperriger Typ, der etliche Jahre zuvor aus dem Ruhrpott in den hohen Norden gezogen war. Ein Fahnenmast verkündete dreihundertfünfundsechzig Tage im Jahr, dass sein Herz für einen berühmt-berüchtigten Fußballclub aus dem Ruhrgebiet schlug. Liane nahm sich wie üblich die Zeit für ein paar despektierliche Gedanken über den FC Schalke 04, diesmal jedoch nur halbherzig. Ihr Fokus lag auf etwas anderem.

Seit dem Frühstück redete sie sich mit mäßigem Erfolg ein, dass sie in erster Linie vor Ort war, um dem alten Ketelsen ein paar Flyer und ein Plakat für das Sportheim zu bringen, in der Hoffnung, dass ihr dies ein paar zusätzliche Kunden bescheren würde. Dass sich das Haus der Willers zufällig in unmittelbarer Nähe befand, ließ sich nun mal nicht ändern. Und wenn man sie schon mitten in der Nacht aus dem Bett geklingelt hatte, um ihr einen Einbruch in genau dieses Haus zu melden, war es nur recht und billig, diese zufällige Nähe auszunutzen und sich mal kurz umzusehen.

Es gab jedoch keine Möglichkeit, das Anwesen der Willers unauffällig in Augenschein zu nehmen. Nicht als eine ein Meter fünfundachtzig große Blondine, nicht am helllichten Tag, nicht in Friedrichskoog und nicht mit Frau Meister als Nachbarin. So gab sich Liane gar nicht erst der Hoffnung hin, es trotzdem hinzubekommen, und bezog ungeniert direkt vor dem Haus Stellung.

Alles wirkte ganz normal. Wenn man nicht wusste, dass sich die Bewohner gerade auf einer der Balearischen Inseln befanden, wäre man nicht auf die Idee gekommen, dass niemand zu Hause war. Liane war neugierig, ob und wie man das eingeschlagene Fenster abgedichtet hatte. Zumindest vermutete sie, dass das Gästezimmer der Willers zur Südseite hinausging, da alle von der Straße Am Sportplatz aus einsehbaren Fenster heil waren. Sie konnte sich nicht vorstellen, dass bereits jemand veranlasst hatte, ein neues einsetzen zu lassen. Leider war der Blick vom angrenzenden Seeschwalbenweg auf das Haus durch einen Sichtschutzzaun versperrt.

Zu gern wäre sie hinter das Haus gegangen, blieb aber zunächst am Rande der Straße stehen, den Blick auf den Tatort gerichtet, und wollte der inneren Maschine das Denken überlassen. Wie zum Hohn gab die jedoch keinen Laut von sich, ließ sie ausgerechnet jetzt, wo sie sich am vergangenen Abend dazu durchgerungen hatte, um der alten Zeiten willen ein Arrangement mit ihr zu treffen, einfach im Stich.

Liane wartete so konzentriert auf eine Eingebung, dass sie den silbernen Mercedes nicht bemerkte, der langsam herangefahren kam und auf ihrer Höhe stehen blieb.

»Frau Maschmann?«, hörte sie eine Männerstimme.

Liane erschrak und wirbelte herum.

Es war Bürgermeister Ludwig Greve, der sich bei laufendem Motor aus dem heruntergelassenen Fenster lehnte und sie argwöhnisch beäugte. »Was führt Sie denn hierher? Sagen Sie bloß, Sie machen als Masseurin jetzt auch Hausbesuche?«

»Ihnen auch einen guten Morgen, Herr Greve. Nein, bisher nicht. Ich stehe einfach nur hier herum und schaue mir das Haus der Willers an.«

»Offensichtlich. Darf ich fragen, warum?«

»Weil ich von dem Einbruch weiß. Und da ich gerade in der Nähe zu tun hatte, wollte ich mir das einfach mal ansehen. Reine Neugierde.«

Der Bürgermeister maß sie mit diesem geringschätzigen Blick, für den sie ihn schon damals, als sie noch Polizistin gewesen war, am liebsten wieder und wieder kräftig geohrfeigt hätte.

»Sie wissen also auch schon von dem Einbruch?«

»Wir sind hier in Friedrichskoog, Herr Greve. Wenn eines Tages jemand rausfindet, dass Klatsch und Tratsch hier erfunden wurden, wäre ich nicht überrascht.«

Der Bürgermeister lief rot an. Es war immer noch ein Kinderspiel für Liane, seinen Blutdruck in Wallung zu bringen.

Sie hätte ihm natürlich sagen können, dass die einzige Augenzeugin zuerst bei ihr angerufen hatte, aber sie fand nicht, dass sie diesem unangenehmen Kerl Rechenschaft ablegen musste. Dazu war er ihr viel zu unsympathisch.

Die Gesichtsfarbe des Bürgermeisters normalisierte sich wieder, und er holte zum Gegenschlag aus. »Ich habe zuletzt übrigens mit Befremden zur Kenntnis nehmen müssen, dass Sie für einige unserer Mitbürger immer noch die Leiterin unserer Polizeidienststelle zu sein scheinen. Möchten Sie mir dazu etwas sagen?«

Liane zuckte mit den Schultern. »Nur so viel, dass Sie recht haben. Mir fällt das auch immer wieder auf. Genau genommen schon seit zwei Jahren.«

»Und was unternehmen Sie dagegen?«

»Was kann ich schon dagegen machen, außer jedes Mal, wenn es mir auffällt, darauf hinzuweisen, dass ich nicht mehr zur Polizei gehöre? Wenn Sie eine erfolgversprechendere Idee haben – ich bin ganz Ohr.«

Er lächelte sie äußerlich gelassen an. »Eingedenk unserer guten Zusammenarbeit in der Vergangenheit fände ich es wirklich schade, wenn ich irgendwann herausfinden müsste, dass sie aktiv zu diesem Zustand beitragen. Ihnen muss ich ja nicht sagen, dass das Amtsanmaßung wäre und beträchtliche Konsequenzen nach sich zöge.«

Seit sie aus dem Polizeidienst ausgeschieden war, hatte Liane ihre Haare, als äußeres Zeichen für das Ende eines Lebensabschnitts, wachsen lassen, sodass diese inzwischen eine sehr ansehnliche Länge erreicht hatten. Nun ärgerte sie sich, die Haarpracht wegen der hohen Temperaturen hochgesteckt zu haben. Zu gern hätte sie sich, als Reaktion auf den Unsinn, den der Bürgermeister von sich gab, betont gelangweilt durch die Haare gestrichen. So musste sie sich darauf beschränken, seinen kritischen Blick so ausdruckslos wie möglich zu erwidern, während sie seinen folgenden Monolog über sich ergehen ließ.

»Wir haben ja glücklicherweise einen neuen Kommissar, und ich bin mir sicher, dass er einen hervorragenden Job machen wird. Mindestens so gut wie seine Vorgänger. Aber dafür muss er auch die Gelegenheit bekommen, sich hier erst mal freizuschwimmen.«

In diesem Leben würden sie und Bürgermeister Greve wohl keine Freunde mehr werden. Das schien ausgemacht.

»Sie sollten das nicht sabotieren, indem Sie sich in Dinge einmischen, die Sie nichts angehen.«

Liane lächelte ihn an und sagte dann betont freundlich: »Herr Ketelsen ist übrigens schon beim Sportheim und wartet auf Sie.«

Im Gesicht des Bürgermeisters zuckte es kurz, bevor er sich wieder zurücklehnte und mit geöffneter Scheibe weiterfuhr.

Liane sah ihm noch kurz hinterher und widerstand der Versuchung, ihm hinterherzuwinken. Ihr Blick fiel auf das Haus der Meisters, direkt gegenüber von Willers. Frau Meister hatte es sich, wie in einem schlechten Film, im offenen Fenster gemütlich gemacht. Ellenbogen und Unterarme wurden mit einem Kissen vor schmerzhaften Druckstellen geschützt.

Die Frau war wirklich geradezu ungeniert neugierig.

»Guten Morgen, Frau Kommissarin«, rief sie Liane zu und nickte freundlich.

Liane winkte anstandshalber, sagte aber nichts. Stattdessen sah sie abwechselnd von Frau Meister zum Haus der Willers. Beide Anwesen waren nur durch die schmale Straße getrennt. Von Haus zu Haus waren es höchstens zwanzig Meter. Die Nacht war sternenklar gewesen, und der Mond nahm gerade wieder ab. Das alte Mädchen hatte freie Sicht und damit so etwas wie einen Logenplatz bei dem Einbruch gehabt.

»Haben Sie schon was rausgefunden?«, erkundigte sich Frau Meister lautstark.

Liane öffnete den Mund für ihre übliche Belehrung, unterließ es dann aber doch. In letzter Zeit war sie es wirklich leid gewesen, die Frau Meisters aus dem Ort ständig auf ihren Jobwechsel hinzuweisen. »Ich muss wieder los. Schönen Tag noch, Frau Meister.«

***

Sie war fast zu Hause angekommen und legte gerade die letzten Meter im Schleusenweg zurück, als sich ihr schon wieder in langsamer Fahrt ein Auto näherte. Nur dass sie es diesmal direkt bemerkte. Noch bevor sie über die Schulter blicken konnte, fragte jemand: »Entschuldigen Sie bitte. Können Sie mir sagen, wie ich von hier in den Altfelder Weg gelange?«

Liane erkannte die Stimme sofort und lief prompt rot an. Dummerweise war sie zurzeit nicht gerade vorzeigbar. Ihre Haare waren nicht nur wegen der Temperatur hochgesteckt, sondern auch weil sie ungewaschen waren. Sie hatte sich nicht mal zum Schminken Zeit genommen und war nun über ihren kleinen Fußmarsch auch noch ins Schwitzen geraten.

Es verwirrte sie, dass ihr derlei Oberflächlichkeiten plötzlich so wichtig waren. »Es ist die nächste Straße rechts, nicht zu verfehlen.«

Kommissar Saalfeld fuhr nun auf ihrer Höhe und grinste breit. »Vielen Dank. Darf ich Sie als Gegenleistung das letzte Stück mitnehmen?«

»Nein, die letzten Meter schaffe ich auch noch. Außerdem will ich Ihnen nicht die Sitze vollschwitzen.«

Nachdem Saalfeld weitergefahren war, fragte sie sich, ob sie gestern vielleicht nicht deutlich genug geworden war oder ob der Kerl sie nicht verstehen wollte. Hatte Beate vielleicht recht gehabt? Liane erschrak über den Gedanken und gab ihm einen kräftigen Schubs in Richtung Hinterkopf, auf dass er sich dort in den dunklen Gängen verlaufen und nie mehr herausfinden würde.

Auf den letzten Metern zu ihrem Haus schwor sie sich, auf keinen Fall von ihren Plänen abzuweichen. Sie würde weiterhin so tun, als interessierte sie sich nicht mehr für die polizeiliche Arbeit. Und wenn sie Saalfeld dafür noch so sehr vor den Kopf stoßen musste.

Saalfeld stand auf ihrer Auffahrt, hatte sich gegen seinen Wagen gelehnt und überbrückte die Wartezeit damit, seine Mütze auf dem Finger kreisen zu lassen. Als er ihr Eintreffen bemerkte, klemmte er sich die Mütze unter den Arm und ging langsam um den Wagen herum. »Ich habe gehört, Sie waren eben am Sportplatz?«

Liane verlangsamte unbewusst ihre Schritte. »Woher wissen Sie das denn?«

Saalfeld breitete in einer lässigen Geste die Arme aus. »Hey, ich bin der Dorfsheriff. Es ist mein Job, so etwas zu wissen.«

»Na sicher. Glatt vergessen«, murmelte sie.

Die Neugierde setzte ihr zu. Es war vielleicht eine Dreiviertelstunde her, dass sie Ketelsen verlassen hatte. Saalfeld musste kurz danach ebenfalls dort gewesen sein und es von ihm erfahren haben. Aber sie würde nicht nachhaken und Saalfeld darauf stoßen, dass sie doch herumgeschnüffelt hatte.

Saalfeld spielte jedoch nicht mit. Arglos lächelnd fragte er: »Haben Sie die Gelegenheit gleich für einen Abstecher zum Haus der Willers genutzt?«

Liane starrte ihn nur an und spürte, wie sie noch roter wurde. Woher wusste er das nun schon wieder?

»Um mal zu gucken?«, schob er nach.

Ihre Augen begannen zu brennen. Sie war zu entrüstet, um etwas erwidern zu können, was das Brennen nur noch schlimmer werden ließ. Der Bürgermeister musste sie bei Saalfeld in die Pfanne gehauen haben, und das passte ihr überhaupt nicht.

Saalfelds erwartungsvolles Lächeln wurde milder. »Also ich

hätte das an Ihrer Stelle gemacht. Ich wette, dass da schon halb Friedrichskoog im Rahmen eines Spaziergangs ganz zufällig vorbeigekommen ist.«

Liane wich seinem Blick aus, sah verlegen zu Boden und blieb weiter eine Antwort schuldig.

»Das ist wirklich eine schöne Straße, in der Sie hier Ihr Haus haben. Die liebevoll gepflegten Gärten, die getrimmten Hecken.«

Liane räusperte sich. »Ja, das stimmt. Es ist das Haus meiner Eltern. Ich bin hier aufgewachsen.« Sie lächelte ihn etwas entspannter an und war dankbar für den Themenwechsel.

»Dass ich um die Ecke im Fleethörn wohne, wissen Sie, oder? In einem der Reihenhäuser? Ist schon 'ne schöne Ecke hier. Wunderbar abseits vom Tourismus, obwohl der Deich praktisch vor unserer Haustür liegt. Und zum Strand sind es mit dem Auto ja auch gerade mal zehn Minuten.«

Das war nach Lianes Geschmack genug des Small Talks, langsam wurde es albern. »Sie wollen etwas mit mir besprechen, nehme ich an?«

»So ist es. Dauert auch nicht lange.«

»Gleich hier draußen, oder wollen Sie lieber mit reinkommen?«

»Wenn es Ihnen nichts ausmacht, lieber drinnen. Muss ja nicht gleich jeder mitbekommen. Einige Häuser in Friedrichskoog haben Ohren.«

»Damit haben Sie eine der wichtigsten Lektionen für Ihren Job gelernt.« Liane ging voraus, um kurz darauf innezuhalten und sich zu ihm umzudrehen. »Nicht dass ich Sie in dieser Hinsicht belehren will.«

»Alles gut. Sie haben ja recht.«

Liane schloss die Tür auf, während sie darüber nachdachte, was Saalfeld wohl von ihr wollte. »Ich hätte wieder einen Kaffee im Angebot. Der ist zwar schon zwei Stunden alt, müsste aber noch relativ heiß sein. Nur mit einem Muffin kann ich nicht mehr dienen.«

»Kaffee wäre super«, erwiderte Saalfeld, legte seine Mütze auf den Tresen und schlenderte, die Hände tief in den Hosentaschen versenkt, durch das Wohnzimmer.

Während Liane zwei Tassen Kaffee aus der Thermoskanne einschenkte, sah sie aus den Augenwinkeln, dass er vor dem Sideboard stehen geblieben war und sich die dort aufgestellten Fotos anschaute.

»Das ist Ihr Mann, nehme ich an? Der Bärtige?«

»Ja, Timo. Er ist auch im öffentlichen Dienst. Stabsfeldwebel, zurzeit in Appen.«

»'ne ganz schöne Kante. Und die Kinder? Auch alles Ihre?«

Liane lachte auf. »Leider nicht – oder eher Gott sei Dank nicht.« Sie lachte erneut, etwas gekünstelt, wie sie sich eingestehen musste. »Nein, das sind Nichten und Neffen von Timo und mir.«

Saalfeld tat ihr den Gefallen, der unausgesprochenen Bitte nachzukommen, sie nicht nach ihrer Familienplanung zu fragen.

Liane stellte den Kaffee neben seiner Mütze ab und beobachtete ihn, während er ihre Familienfotos in Augenschein nahm. Die Andeutung eines Lächelns umspielte seine Mundwinkel, und sie hätte zu gern gewusst, welches der vielen Fotos, auf denen sie selbst zu sehen war, ihn dazu bewogen hatte.

Saalfeld war ein groß gewachsener Mann. Schlank, gut aussehend, mit schmaler Nase, markantem Kinn und der Andeutung eines ganz leichten Überbisses. Und dann diese Augen. Seine Ähnlichkeit mit dem amerikanischen Schauspieler Olyphant war schon fast unverschämt. Liane hoffte für ihr Seelenheil, dass Saalfeld nie den Dreitagebart kopieren würde, wie Olyphant ihn in der Serie »Justified« trug.

»Ihr Kaffee, Herr Kommissar.«

»Ah, vielen Dank«, sagte er und riss sich von den Bildern los. »Das ist übrigens auch so eine Sache. Herr Kommissar hier, Frau Maschmann da – das fühlt sich für mich irgendwie nicht richtig an. Wollen wir nicht Du zueinander sagen?«

Liane fühlte sich von dem Vorschlag überrumpelt, sodass sie nicht gleich reagierte.

»Ich weiß schon, dass so etwas normalerweise von der Frau ausgehen sollte, auch wenn ich den Knigge nie selbst gelesen habe. Aber ich finde, dass wir uns ganz gut verstehen. Und der Gedanke, dass du, dass Sie mich vielleicht nur deswegen nicht fragen, weil, na ja, weil ich eben der neue Sheriff bin … Oh Mann, das hört sich echt blöd an, oder? Ich bin mit so etwas immer irgendwie überfordert.«

Sie hatte sich schon von ihrer Überraschung erholt und bereits für das Du entschieden, fühlte sich jedoch von seinem etwas unbeholfenen Kampf um die richtigen Worte zu gut unterhalten, um ihn schon zu erlösen. Anscheinend war er etwas schüchtern und vielleicht auch altmodisch, da er es mit dem Sie und Du so genau nahm. Das machte ihn Liane noch eine Spur sympathischer.

»Wir müssten ja auch ungefähr im selben Alter sein. Es ist natürlich kein Muss, und wenn es dir, wenn es Ihnen unangenehm ist, dürfen Sie mir das ganz offen sagen. Es wäre mir zwar peinlich – und das ist es ehrlich gesagt schon jetzt –«

»Liane«, unterbrach sie ihn trocken und prostete ihm mit dem Kaffeebecher zu.

»Jan«, stieß er aus, spürbar erleichtert, dass er diese Hürde doch noch irgendwie überwunden hatte. »Ist das nicht furchtbar kompliziert? Das mit dem Siezen und Duzen? Da hat man es im englischsprachigen Raum ja wohl deutlich einfacher. So würde ich es mir hier bei uns auch wünschen.«

»Kommt halt drauf an, wie man es anstellt«, murmelte Liane und ließ sich ihre Belustigung nicht anmerken.

»Ja, stimmt wohl. Also, Liane …«, nahm er den Gesprächsfaden wieder auf und strahlte beim Aussprechen ihres Vornamens, »… weswegen ich eigentlich hier bin: Dir ist doch sicher bekannt, dass sich einige unserer Mitbürger in einer Art inoffiziellem Wettstreit befinden, wer den schönsten Garten sein Eigen nennen darf?«

Liane nickte stumm und spürte, wie sich ihre Stimmung trübte.

»Würdest du mir zustimmen, wenn ich behaupte, dass dieser Wettstreit bisweilen verbissene Züge annimmt?«

»Kommt drauf an, warum du mich das fragst«, antwortete sie vorsichtig.

»Weil mir niemand so genau sagen kann, wer alles zu diesem Club der Wettstreitenden gehört. Ich hatte gehofft, auf deine Erfahrung zurückgreifen zu können. Wie es scheint, hat da nämlich jemanden vor ein paar Tagen der falsche Ehrgeiz gepackt und –«

»Entschuldige, wenn ich dir ins Wort falle, aber ich habe das Gefühl, dass du über eine laufende Ermittlung sprichst. Kann das sein?«

»Äh, ja, in der Tat. Bei uns ist eine Anzeige gegen unbekannt erstattet worden. Genau genommen war es Frau –«

»Nein! Bitte nicht. Tut mir leid; andere nicht ausreden zu lassen ist normalerweise nicht meine Art, aber du weißt doch noch, was ich dir gestern gesagt habe, oder? Ich habe es ernst gemeint, denn ich möchte einfach nicht mehr mitten in der Nacht wach geklingelt werden. Und ich möchte mit der Polizeiarbeit nichts mehr zu tun haben. Vor nicht mal einer Stunde musste ich mich nämlich genau deswegen vom Bürgermeister anschnauzen lassen, der mir mit Konsequenzen wegen Amtsanmaßung gedroht hat.«

»Ist nicht dein Ernst. Er hat dir wirklich gedroht? Wie kommt er denn dazu?«

»Ludwig Greve ist zwar kein besonders sympathischer Zeitgenosse, wie ich finde, aber eben auch kein Dummkopf. Der hat immer alle Kanäle offen und bekommt das einfach mit. Und da wir noch nie besonders gut miteinander konnten, unter anderem weil er sich immer als eine Art Polizeichef aufgespielt hat und ich mich nie dazu durchringen konnte, ihn dabei zu unterstützen, ist das für ihn jetzt ein gefundenes Fressen.«

Saalfeld lauschte aufmerksam, ohne ihren Redefluss zu unterbrechen, wie sie sehr wohl registrierte.

»Jetzt habe ich mehr gesagt, als ich eigentlich wollte«, ärgerte sie sich.

»Mach dir deswegen bitte keine Sorgen. Das ist bei mir gut aufgehoben.«

»Das will ich dir gern glauben. Trotzdem belastet mich diese ganze Sache. Und von dir ständig eingebunden zu werden fühlt sich wie ein Schritt in die falsche Richtung an. Darum möchte ich dich hiermit erneut bitten, das zu respektieren.«

»Wenn ich dazu mal was sagen dürfte?«

Liane nickte und hoffte, dass er empathisch genug war, um jetzt nicht die falschen Worte zu benutzen.

»Ich verstehe, worauf du hinauswillst. Das habe ich gestern schon. Grundsätzlich respektiere ich das natürlich auch. Wenn man aber auf Bitten der Polizei bei der Aufklärung einer Straftat oder auch nur einer Ordnungswidrigkeit behilflich sein kann, ist daran nichts Falsches. Du weißt doch selbst am besten, wie das läuft. Man geht herum, stellt Fragen, klopft auf den Busch und provoziert vielleicht auch mal ein wenig. Und zwar genau da, wo man sich die größten Erfolgschancen verspricht. Ich mache gerade nichts anderes. Du bist eine ganz normale Bürgerin Friedrichskoogs, und ich bin hier, um in Erfahrung zu bringen, inwieweit du mir behilflich sein kannst.«

Liane war über alle Maßen verunsichert. Sie hatte sich inzwischen eingestanden, gegen ihre alten Polizistenreflexe machtlos zu sein, was letztlich ein Fortschritt war und noch dazu den Vorteil barg, ihre Neugierde endlich von der Kette lassen zu können. Aber es war ein riskantes Spiel, denn es war ihr eigentlich nicht erlaubt. Speziell der Bürgermeister würde nicht zimperlich mit ihr sein, wenn er sie dabei erwischte, und das erschwerte das Ausleben ihres Forscherdrangs beträchtlich. Nun war da auch noch Kommissar Saalfeld, der ihr aus irgendwelchen Gründen großes Vertrauen entgegenbrachte. Und nicht nur das, er versorgte sie mit Polizeiinterna, mit genau dem Stoff, nach dem sie so begierig war. Mehr Glück konnte sie eigentlich nicht haben, aber statt sich darüber zu freuen und es schamlos auszunutzen, sträubte sie sich dagegen wie ein Kind vor dem nächsten Zahnarzttermin. Und sie hatte keine Ahnung, warum sie sich so verhielt, geschweige denn wie sie es ändern konnte.

Sie hätte mit ihm darüber sprechen können, um ihr Verhalten zu erklären. Der Mann hing sowieso an ihren Lippen und hätte mit großer Wahrscheinlichkeit zumindest Verständnis dafür, vielleicht sogar einen brauchbaren Vorschlag gehabt. Stattdessen ließ sie ihn wortlos stehen und ging hinaus auf die Terrasse. Das war weder angemessen noch höflich, aber auf die Schnelle hatte sie keine bessere Idee, wie sie mit dem heillosen Durcheinander in ihrem Kopf umgehen sollte.

Wie nicht anders zu erwarten, folgte Saalfeld ihr nach draußen. »Warum willst du mir nicht helfen?«

»Jan, bitte! Ich kann im Moment nicht darüber reden. In meinem Kopf herrscht gerade ein ziemliches Chaos, und ich bin einfach nur ratlos, wie ich da jemals wieder Ordnung hineinbringen soll.«

Eine Weile standen die beiden schweigend nebeneinander und betrachteten den Garten, der dringend ein wenig Zuwendung benötigte. Blumen wuchsen dort keine. Dafür gab es Rhododendren, Korkenzieher-Haseln, Flieder und eine Zierquitte, alles ohne jedes Konzept in die Beete um den Rasen herum gepflanzt. Darüber hinaus noch die beiden Kirschbäume, mitten auf dem

Rasen. Das war alles relativ pflegeleicht, abgesehen vom Mähen des Rasens, vom Beschneiden der Äste und vom Einsammeln der Blätter im Herbst. Aber drum herum wuchs trotzdem jede Menge Unkraut. Im Wetteifern um den schönsten Garten von Friedrichskoog befand sich das Anwesen der Maschmanns nicht mal im entferntesten Favoritenkreis.

»Führst du eigentlich auch Reiki-Sitzungen durch?«, wollte Saalfeld plötzlich wissen.

Liane drehte ihm den Kopf zu und sah ihn verwundert an.

Er erwiderte ihren Blick nicht, stand einfach nur da, die Hände in den Taschen, und begutachtete offenbar tiefenentspannt den etwas vernachlässigten Garten.

»Ich weiß, was du vorhast«, sagte sie schließlich. »Keine gute Idee.«

»Das war keine Antwort auf meine Frage. Machst du oder nicht?«

»Weißt du denn überhaupt, was Reiki ist?«

Saalfeld zögerte kurz. »Nein. Aber ich weiß, was eine Massage ist, und die könnte mein Rücken wirklich mal wieder gut gebrauchen. Massage also. Bis wann hast du geöffnet?«

»Ich habe keine festen Öffnungszeiten. Das läuft bei mir nach Vereinbarung.«

Saalfeld nickte, sah sie aber noch immer nicht an. »Ich habe um achtzehn Uhr Dienstschluss. Sagen wir, achtzehn dreißig?«

»Jan, also wirklich. Das ist doch nur Augenwischerei.«

»Ist der Termin bereits verplant? Ich kann auch später.«

»Der Termin ist frei. Bisher habe ich heute keinen einzigen Kunden.«

»Willst du mich etwa nicht als Kunden?«

»Das habe ich doch gar nicht gesagt. Aber –«

»Wunderbar«, rief er und sah sie wieder an, breit lächelnd. »Dann sehen wir uns heute Abend um halb sieben. Ich muss jetzt leider wieder los, finde aber wie gehabt allein raus. Vielen Dank für den Kaffee.« Er wendete sich ab und verließ sie ohne weitere Worte.

Liane blieb auf der Terrasse stehen, die Arme verschränkt und den Blick auf den Garten gerichtet, in dem sie all die überfällige Arbeit sah, zu der sie eigentlich keine Lust hatte. Dennoch schien ihr ein wenig Gartenarbeit nun eine willkommene Ablenkung darzustellen.

***

Ganze drei Stunden war Liane mit Rasenmäher, Sauzahn, Harke und Eimer durch den Garten getobt, bevor sie sich selbst Einhalt gebot. Es hätten ohne Weiteres noch ein paar Stunden mehr sein können, aber es würde am Wochenende schon so schwer genug werden, ihrem Mann zu erklären, welcher Teufel sie geritten hatte. Er kannte sie gut genug, dass ihn das misstrauisch machen würde.

Abgesehen davon, dass sie diesen Erklärungsnotstand fürchtete, war ihr übers Arbeiten noch eine Idee gekommen.

Nachdem sie alle Arbeitsutensilien wieder an ihrem Platz verstaut und sich einen stolzen Blick auf ihr Werk gegönnt hatte, ging sie hinein, eigentlich nur, um sich kurz frisch zu machen. Dann forderte aber auch noch ihr Magen sein Recht. Schon als Saalfeld noch bei ihr war, hatte sie gespürt, dass sie wohl bald etwas zu essen brauchen würde, es dann aber ignoriert. Ihren Hunger erst dann ernst zu nehmen, wenn der Magen bereits lautstark knurrte, während sie bloßen Appetit in der Regel sofort ernst nahm, war schon immer eine schlechte Angewohnheit von ihr gewesen. So machte sie sich eine vom Vortag übrig gebliebene Portion Labskaus warm und verspeiste zum Dessert noch eine selbst gemachte rote Grütze mit Vanillesoße. Erst danach setzte sie sich endlich in den Wagen, um nach Marne zu fahren.

Die Frage, ob Heiko Willers tatsächlich nicht nach Mallorca geflogen war und sich stattdessen in Marne aufhielt, ließ sie nicht los. Sie hatte noch gute vier Stunden Zeit, bis Saalfeld zu seiner Massage erscheinen würde, und wollte die Zeit nutzen, um den Ort ein wenig mit dem Auto zu erkunden. Wie schon am Vortag war das Wetter wunderbar. Die Sonne schien ungehindert, sodass es inzwischen schon fast zu heiß war, bestimmt um die dreißig Grad. Am Himmel war nicht mal die Andeutung einer kleinen Wolke zu erkennen, und auch der Wind hielt sich auffällig zurück. Für Liane, ein Kind des meerumschlungenen Schleswig-Holsteins, gewöhnt an die eigentlich obligatorischen Härten des Klimas an der Nordseeküste, war das fast schon zu viel des Guten. Fünf bis sechs Grad weniger, ein paar weiße Flecken am Himmel, die zwischendurch für ein wenig Schatten sorgten, und eine leichte Brise hätten es schon sein dürfen. Gäbe es einen Wettergott, bei dem man dies hätte einklagen können, hätte Liane nicht gezögert.

Heiko Willers sollte es unter diesen Umständen nicht in seinem Hotel- oder Pensionszimmer halten. So war zumindest ihre Hoffnung. Wie sie damit umgehen würde, wenn er ihr dort tatsächlich über den Weg lief, wusste sie selbst noch nicht. Zuerst musste es überhaupt so weit kommen.

Gute anderthalb Stunden verwendete sie darauf, wieder und wieder durch den Ort zu fahren, mit Schwerpunkt auf den wenigen Hotels, den Pensionen und dem Mercedes-Händler. Sie fuhr auch ein paarmal am Marner Heimatmuseum, der Dithmarscher Brauerei und anderen Einrichtungen vorbei, mit deren Hilfe man sich die Zeit vertreiben konnte. Letztlich bekam sie ihn dort aber nirgendwo zu Gesicht. Liane konnte sich vorstellen, dass es dem umtriebigen Heiko Willers nur wenig behagte, für ein paar Tage untertauchen zu müssen und nicht seine üblichen Gewohnheiten pflegen zu dürfen.

Schließlich stellte sie ihren Wagen auf einem Parkplatz ab, setzte sich im Stadtcafé auf die Terrasse und beobachtete das muntere Treiben.

Nach ausgedehnter Observierung der Passanten, bei Bienenstich und Milchkaffee, hatte Liane zahlreiche Urlauber, etliche Ortsansässige und sogar ein paar Friedrichskooger gesichtet, aber keinen Heiko Willers. Falls er sich tatsächlich in Marne aufhielt, war ihm inzwischen wohl selbst aufgefallen, wie unvorsichtig er vor ein paar Tagen gewesen war, als er sich in aller Öffentlichkeit bei dem Mercedes-Händler gezeigt hatte. Liane konnte der Vermutung, dass er nur dort gewesen war, um die Zeit totzuschlagen, einiges abgewinnen.

Und dies war bei Weitem nicht die einzige Frage, die sie beschäftigte. Hatte es zum Beispiel schon jemand geschafft, zu den Willers Kontakt aufzunehmen? Hatte die Obduktion des Einbrechers neue Erkenntnisse ergeben oder seine Identität geklärt? All das geisterte ihr im Kopf herum.

Am einfachsten wäre es gewesen, sich damit an ihren neuen Duzfreund Jan Saalfeld zu wenden. Ihm aber einerseits derlei Fragen zu stellen, um dann andererseits ihre Hilfe zu verweigern, war natürlich ein Ding der Unmöglichkeit. Ein Dilemma, in das sie sich mit ihrer Starrköpfigkeit, falschem Stolz und der ungeklärten Frage, warum sie sich überhaupt so im Weg stand, selbst gebracht hatte.

Sollte Saalfeld jemals erfahren, dass sie in der Marner Innenstadt stundenlang Ausschau nach Heiko Willers gehalten hatte, würde sie eine gute Erklärung brauchen. Und welche Register der Bürgermeister erst ziehen würde, daran mochte sie gar nicht denken.

Nachdenklich hielt sie ihren Blick weiter auf die Passanten gerichtet, als sich auf einmal ein bekanntes Gesicht aus der Menschenmenge löste. Es war der Mann, der ihr bei dem Spaziergang nach der Sitzung mit Beate entgegengekommen war. Gute fünfzig Meter die Königstraße runter, in Richtung Markt, stand er, die Hände in den Hosentaschen vergraben, und schien sie zu beobachten. Für einen kurzen Moment versuchte sie sich einzureden, dass sie sich irren musste, aber er war es ganz eindeutig. Er trug sogar exakt dieselbe Kleidung wie am Vortag. Plötzlich fiel ihr der beunruhigende Zwischenfall während des Spaziergangs am gestrigen Abend wieder ein. Die Gefühle vom Vortag stiegen mit solcher Wucht erneut in ihr auf, dass sie ihre Fingernägel in die eigenen Handballen grub. Sie konnte kaum fassen, dieses Ereignis so schnell wieder verdrängt zu haben.

Sie richtete den Oberkörper auf und sah den Mann unverwandt an, was ihn jedoch nicht weiter zu stören schien. Erst als sie nach ihrem Smartphone griff und es demonstrativ hochhielt, so als wollte sie ihn fotografieren, zog er die Hände aus den Taschen, drehte sich von ihr weg und verschwand in Richtung Markt.

Auf einmal spürte sie eine absolute Gewissheit. Der unheimliche Verfolger von letzter Nacht war dieser Mann gewesen. Wie es schien, durfte sie sich nun mit dem Gedanken auseinandersetzen, dass es jemanden gab, der ihr aus irgendwelchen Gründen nachstellte.

Die relative Leichtigkeit der Phrase gewann innerhalb weniger Sekunden erheblich an Dramatik, und ihr wurde schwindelig. Was sollten das für Gründe sein? Sie war doch längst nicht mehr wichtig genug, um für irgendjemanden ein interessantes Objekt zum Ausspionieren zu sein. Sie bezweifelte, dass sie das überhaupt jemals gewesen war. Das Einzige, was ihr, der ehemaligen Polizistin, darüber hinaus als brauchbare Begründung einfiel, lag im Bereich der menschlichen Abgründe. Jemand, der sich bei ihrem Anblick spontan entschlossen hatte, unsterblich in sie verliebt zu sein. Von solchen Typen gab es jede Menge. Oder jemand, der bei ihrem Anblick spontan entschieden hatte, dass sie für eine Frau viel zu groß, darüber hinaus viel zu blond und grundsätzlich viel zu hübsch war, und deswegen lieber sterben sollte. Eine bizarre Logik, aber auch in diesem Fall gab es so einige Verrückte, die zu so etwas fähig wären. Sie hielt es auch für möglich, dass sie diesem Mann vielleicht mal in Ausübung ihres Amtes in die Quere gekommen war. Allerdings müsste sie sich dann an ihn erinnern können. Gesichter, die sie einmal kannte, vergaß sie nicht mehr.

Sie wollte diesen Ort nun so schnell wie möglich verlassen. Da sich die Bedienung im Inneren des Cafés aufhielt, wollte sie gerade aufstehen und zum Bezahlen reingehen, als ihr Blick an einem weiteren bekannten Gesicht hängen blieb. Es war Maria Hinrichsen, noch gute dreißig Meter entfernt. Sie kam direkt in ihre Richtung.

Liane wollte den Arm zum Gruß heben, hielt jedoch inne, als sie erkannte, dass Maria in Begleitung eines kräftigen Mannes mit kurz geschorenen dunklen Haaren und einem dichten Schnauzbart daherkam. Heiko Willers? Als die beiden noch näher kamen, bemerkte Liane ihren Irrtum. Es war nicht Heiko Willers, sondern Ludwig Greve, seines Zeichens Bürgermeister von Friedrichskoog. Warum ihr die leichte Ähnlichkeit zwischen den beiden erst jetzt auffiel, obwohl sie die Männer schon seit vielen Jahren kannte, war ihr schleierhaft. Es musste wohl daran liegen, dass sie zurzeit gute Gründe hatte, intensiv über die beiden nachzudenken.

Greve redete augenscheinlich aufgebracht auf Maria ein, die seinen Monolog mit ernstem und auf den Boden gerichtetem Blick über sich ergehen ließ. Die arme Maria musste ihm hier anscheinend über den Weg gelaufen sein. Wohl eher in die Fänge geraten. Beide hielten auf Liane zu und würden jeden Moment an ihr vorbeilaufen.

Liane dachte kurz darüber nach, Maria aus dieser Situation zu retten, entschied sich aber schnell dagegen. Ihr Bedarf an Ludwig

Greve war für diesen Tag gedeckt, und sie wollte auf keinen Fall erklären müssen, was sie in Marne trieb. Daher klammerte sie sich an die Hoffnung, dass keiner von den beiden auf sie aufmerksam würde.

Als sie auf ihrer Höhe waren, konnte Liane einen Fetzen aus Greves Monolog aufschnappen. »Da kann es doch wohl nicht sein, dass ich mir als Bürgermeister einen solchen Unfug bieten lassen muss. Ich habe mich nicht in dieses Amt eingekauft, sondern wurde gewählt, und zwar von der Mehrheit. Das gilt verdammt noch mal auch für die, die dagegen waren.«

Sie gingen weiter, ohne Liane bemerkt zu haben.

Kurz darauf gab sie der Bedienung, die gerade wieder aus dem Café gekommen war und an einem Nebentisch abkassiert hatte, ein Zeichen, bat ebenfalls um die Rechnung und zog schon mal einen Geldschein aus ihrem Portemonnaie. Die junge Frau rechnete kurz nach, nannte den fälligen Betrag und bekam von Liane mit den Worten »Stimmt so« den Geldschein in die Hand gedrückt.

***

»Sind Sie fertig?«

»Eigentlich müsste es ja heißen: ›Bist du fertig?‹«, kam es aus dem Behandlungszimmer zurück. »Oder ist es für den Erfolg der Behandlung von entscheidender Bedeutung, den Kunden währenddessen zu siezen?«

Liane verdrehte die Augen. »Nein, ist es nicht. Ich hab's wohl noch nicht verinnerlicht.« Außerdem bin ich nervös wie ein verdammter Teenager, fügte sie in Gedanken hinzu.

Liane war noch keine zwanzig Minuten wieder zu Hause gewesen, als Saalfeld auf die Minute pünktlich bei ihr geklingelt hatte. Sie fand gerade noch genug Zeit, um sich umzuziehen, den Behandlungsraum für ihn herzurichten und die Duftlampen anzuzünden.

Schon in Uniform war der Mann eine ansehnliche Erscheinung, was bei dem unvorteilhaften Standardschnitt der Dienstkleidung keine Selbstverständlichkeit war. Als er dann aber plötzlich in ziviler Kleidung vor ihr stand, mit weißen Turnschuhen, einer modischen Jeans im Used-Look und einem eng geschnittenen kurzärmeligen T-Shirt, spürte Liane ein Ziehen im Bauch. Während ihrer Ausbildung zur Polizistin, als sie noch jung und ungebunden war, pflegte sie solche Exemplare als Sahneschnitten zu kategorisieren. Schlank, durchtrainiert und nahezu perfekt proportioniert. Und dann noch dieses waffenscheinpflichtige Lächeln.

Die Aussicht, dass sie gleich das Zimmer betreten würde, in dem er halb nackt auf sie wartete, brachte sie weit genug aus der Fassung, um an ihrer Professionalität zu zweifeln. »Bist du nun fertig oder noch nicht?«

»Doch, kannst reinkommen.«

Liane holte tief Luft, rechnete mit dem Schlimmsten und öffnete die Tür.

Saalfeld saß auf der Massagebank, nur mit einem der weißen Handtücher bekleidet, das er sich um die Hüften gewickelt hatte, ließ die Füße baumeln und sah vollkommen entspannt aus.

Liane vermied einen allzu ausgiebigen Blick auf ihren Kunden und ging zu der Vitrine, in der das Massagezubehör stand. »Du kannst dich dann schon mal auf den Bauch legen, das Gesicht in die Öffnung am Kopfende. Wenn dich das Handtuch um die Öffnung herum stört, leg es ruhig beiseite«, sagte sie, während sie mit gespielter Unentschlossenheit die Auswahl des passenden Öls traf.

Den Blick immer noch von ihm abgewandt, goss sie sich etwas Öl in die Hand und wartete ein wenig, um es auf Körpertemperatur zu bringen. Trotz ihrer Nervosität hatte sie wenigstens keine kalten Hände.

Schließlich trat sie an ihn heran, hielt die Hände über seinen Rücken, verrieb das Öl auf seiner Haut und begann mit der Behandlung.

Wider Erwarten sprach er kein Wort, sodass sie beinahe glaubte, dass er vielleicht gar nicht geplant hatte, sie mit seiner Ermittlungsarbeit zu konfrontieren. Dummerweise wusste sie noch immer nicht, ob sie das gut oder schlecht finden sollte.

Als er auch nach zehn Minuten noch keinen Laut von sich gegeben hatte, fühlte sie sich zumindest verpflichtet, ein wenig Small Talk mit ihm zu betreiben. Ihr fiel jedoch kein geeignetes

Thema ein, mit dem sie das langsam unangenehm werdende Schweigen hätte brechen können. Normalerweise waren es ihre Kunden, die schon nach kurzer Zeit einfach drauflosredeten.

Nachdem einige weitere Minuten verstrichen waren, drehte sich das Gedankenkarussell in ihrem Kopf noch schneller. Sie fragte sich, ob er sie mit seinem Schweigen mürbe machen wollte, vielleicht um sie zu testen. Ob er bemerkt hatte, dass ihr Interesse an seiner Arbeit nicht halb so gering war, wie sie vorgab? Eigentlich ausgeschlossen. Vielleicht wollte er ihr auch einfach nur ein schlechtes Gewissen bereiten, weil sie ihn am Vormittag erneut so brüsk abgewiesen hatte.

Nach zwanzig Minuten Massage, ohne jegliche Form der Kommunikation, stand für Liane fest, dass er etwas im Schilde führen musste. Der Kerl gab nicht mal ein leises Stöhnen von sich, obwohl sie seinen muskulösen Rücken gerade mit besonders kräftigen Griffen bearbeitete. Wenn es sein Ziel war, sie verrückt zu machen, dann hatte er das jetzt fast erreicht. Wenn er aber glaubte, sie würde es irgendwann nicht mehr aushalten und von sich aus das Schweigen brechen, hatte er sich in ihr getäuscht. Sie konnte hervorragend damit leben, ihm am Ende der Sitzung den fälligen Preis zu nennen und ihm noch einen schönen Abend zu wünschen. Was für ein gerissener Mistkerl!

»Die Witwe Borchardt kennst du doch, oder?«

Liane spürte eine enorme Erleichterung und ärgerte sich gleichzeitig darüber. Wem machte sie hier eigentlich was vor? »Klar kenn ich die. Wohnt hier ganz in der Nähe.«

Letzteres war eigentlich überflüssig, da alle Friedrichskooger ganz in der Nähe wohnten, von denen in Friedrichskoog-Spitze vielleicht mal abgesehen.

»Kennst du sie gut?«

Liane dachte kurz nach. »Kommt drauf an, wie du das definierst. Ich kenne sie schon mein ganzes Leben lang. Aber ich verkehre nicht privat mit ihr. Sie war mal in der Kyffhäuser Kameradschaft, zusammen mit meinen Eltern. Da haben die ab und an beim Skat die Klingen gekreuzt. Aber eine innige Beziehung zueinander hatten die deswegen auch nicht.«

»Und was hältst du von ihr?«

»Na ja, sie ist eine nette ältere Frau. Tut niemandem was und ist immer freundlich. Wenn man es aber wagt, über ihren Rasen zu latschen oder ihr etwas über den Zaun zu schmeißen, und wenn es nur ein Bonbonpapier ist, kann es hässlich werden.«

Saalfeld verlegte sich wieder aufs Schweigen.

»Warum fragst du?«, hakte Liane schließlich nach.

»Ach, nur so. Ich will dich nicht langweilen.«

»Okay«, sagte Liane bemüht gleichgültig. Jetzt kam er ihr auf diese Tour. Demnach hatte sie also doch recht gehabt. Er wollte ausloten, wie es um ihr Interesse an seiner Arbeit bestellt war. Anstatt einfach zu sagen, was er von ihr wissen wollte, versuchte er, sie in eine Art Falle zu locken. Aber da musste er sich schon etwas Besseres einfallen lassen.

»Du wirst nicht nachhaken, stimmt's?«

Liane massierte weiter und schwieg.

»Hör mal, es mag ja sein, dass du andere mit deinem angeblichen Neugierde-Zölibat täuschen kannst. Bei mir funktioniert das aber nicht. Ich weiß ganz genau, dass es dich sogar über alle Maßen interessiert, was hier im Ort so abgeht. Du würdest nicht nur gern wissen, worüber ich dich heute Vormittag befragen wollte, du würdest im Prinzip auch gern helfen. Und ich bin mir ziemlich sicher, dass dich der Einbruch bei Willers nicht mehr loslässt, seit ich dir vom Tod des Einbrechers erzählt habe. Auch wenn du verzweifelt versuchst, mit deinen Worten und deinem Verhalten etwas anderes vorzuspielen. Aber wenn ich als Polizist zu dir komme und dich ausdrücklich um deine Mithilfe oder einfach nur einen Rat bitte, sollte doch spätestens dann der Punkt erreicht sein, an dem du deine vornehme Zurückhaltung aufgeben kannst.«

Liane spürte einen dicken Kloß in ihrem Hals und war plötzlich unglaublich frustriert. Sie versuchte, sich einzureden, dass dieser Frust Saalfeld galt, was sie zum Anlass nahm, besonders kräftig zuzugreifen, aber sie wusste ganz genau, dass sie ihm damit unrecht tat.

»Du hast mich zwar nicht um meine Meinung gebeten, aber ich finde, dass du es übertreibst. Zwei Jahre sind vergangen, und einige hier im Ort sehen immer noch die Frau Kommissarin in dir. Na und? Wie lange wirst du noch dagegen ankämpfen müssen, bis das endlich aufhört?«

Liane schwieg und massierte, als wollte sie Knoten aus Stahl lösen.

»Ich sage dir: Es wird nicht aufhören. Die Menschen hier mögen und respektieren dich. Weil sie dich von klein auf kennen und weil du einen guten Job gemacht hast. Nimm es einfach als das, was es ist, nämlich als Kompliment, und hör endlich auf mit deinem falschen Stolz.«

Mit tränenfeuchten Augen grub sie, unter Aufbietung ihres ganzen Gewichts, die Hände in Saalfelds Rücken.

»Mit deinem festen Griff übertreibst du es übrigens auch gerade. Aber ich werde weder jammern noch um Gnade bitten, und zwar nur, um dir vor Augen zu führen, wie unsinnig falscher Stolz ist.«

Liane hielt kurz inne, schloss die Augen und versuchte sich zu sammeln. Saalfeld hatte mit jedem Wort ins Schwarze getroffen. Dass sie für ihn so leicht zu durchschauen war, verunsicherte sie erheblich.

Um keinen Blick von ihm zu provozieren, massierte sie weiter, nun wieder mit angemessenem Kraftaufwand. Sie wollte auf keinen Fall, dass er ihre geröteten Augen bemerkte.

»Wenn ich richtig informiert bin, gilt Frau Borchardts Garten als einer der schönsten, wenn nicht gar als *der* schönste in ganz Friedrichskoog.«

Ihre heimliche Hoffnung, dass er wenigstens für ein paar Minuten den Mund halten und ihr ein wenig Ruhe gönnen würde, damit sie sich von seiner Standpauke erholen konnte, war vergebens. Er war klug, aber ganz eindeutig nicht empathisch.

Sie räusperte sich. »Ja. So sagt man zumindest. Timo und ich sind in Sachen Botanik aber praktisch ahnungslos. Du hast ja unseren Garten gesehen.«

»Allerdings. Aber das ist für mich auch nicht von Belang. Ich habe inzwischen die Namen von ein paar Friedrichskoogern, die sich an diesem inoffiziellen Wettstreit beteiligen, von dem ich heute Morgen gesprochen habe. Speckmann, Drossard, Runge, Wiegel, unser hochgeschätzter Herr Bürgermeister und sogar die Willers. Wenn ich jetzt an meinen Notizblock käme, hätte ich noch fünf bis zehn Namen mehr für dich. Aber da hast du mit Sicherheit einen weitaus besseren Überblick als ich.«

Liane massierte schweigend weiter und fragte sich, worauf er hinauswollte.

»Oder?«, vergewisserte er sich schließlich.

»Was, oder? Ob ich einen besseren Überblick habe? Schon möglich, ja. Ich weiß zum Beispiel, dass deine fünf bis zehn weiteren Namen wahrscheinlich gerade mal ein Fünftel derer ausmachen, die sich tatsächlich an deinem sogenannten Wettstreit beteiligen. Ich würde es allerdings nicht so nennen.«

»Sondern?«

»Ich weiß auch nicht genau. ›Wettstreit‹ klingt so verbissen. Immerhin gibt es keine offizielle Auszeichnung oder etwas in der Art. Weißt du, was ich meine? Nichts, wofür es sich zu streiten lohnt. Es wird drüber geredet, man wird bewundert oder auch beneidet, Touristen halten beim Spaziergang inne und staunen ein wenig, aber das war es dann auch schon. Da gibt es kein Konkurrenzdenken wie bei einem echten Wettbewerb. Das wäre mir zumindest neu. Die spornen sich eher gegenseitig an und geben sich sogar Tipps. Wie wäre es mit dem Wort ›Wetteifer‹?«

Saalfeld reagierte nicht sofort. »Kein Konkurrenzdenken, sagst du?«, bemerkte er dann.

»Verrätst du mir jetzt endlich mal, um was es genau geht?«

»Bist du sicher, dass du das hören willst?«

»Jetzt hör aber mal auf«, entfuhr es Liane. »Gerade hast du mir noch erklärt, wie scheinheilig ich bin. Und meine bisherigen Versuche, dich von diesen Gesprächsthemen abzubringen, haben dich auch nicht aufhalten können, oder? Immerhin reden wir gerade schon wieder darüber. Also raus mit der Sprache.«

Sie konnte es nicht sehen, wusste aber ganz genau, dass Saalfelds Mimik gerade von einem breiten Lächeln bestimmt wurde – und musste selbst lächeln.

»Frau Borchardt hat heute Morgen Anzeige gegen unbekannt erstattet. Anscheinend hat jemand eine nicht unerhebliche Menge Benzin über eines ihrer Blumenbeete gegossen, eine Fläche von vier bis fünf Quadratmetern. Abgesehen davon, dass es stinkt und sämtliche betroffenen Blumen inzwischen eingegangen sind, ist es natürlich auch ökologisch bedenklich. Der Kollege, der die Anzeige aufgenommen hat, fragte auch gleich, ob sie jemanden in Verdacht habe.«

»Und? Hatte sie?«

»Nein, zumindest nicht konkret. Sie war sich immerhin sicher, viele Neider zu haben, weil sie – und da zitiere ich jetzt ihre Aussage – schon seit vielen Jahren den schönsten Garten in ganz Friedrichskoog hat. Sehr selbstbewusst, die alte Lady.«

Klammheimlich hatte sich die innere Maschinerie wieder eingeschaltet. »Wann ist das denn passiert?«

»In der Nacht von Montag auf Dienstag.«

Liane erinnerte sich, wie sie am Dienstag um die Mittagszeit, nach der Sitzung mit Beate, an Frau Borchardts Grundstück vorbeigegangen war und den Benzingestank wahrgenommen hatte. Es war der Tag nach dem Einbruch gewesen.

»Das ist ziemlich fies«, stellte sie fest. »Und du hältst es für möglich, dass es einer der anderen Wetteiferer gewesen sein könnte?«

»Es ist zumindest das Naheliegende. Ein anderer Grund für so eine Tat fällt mir zurzeit nicht ein. Dir etwa?«

Wäre schon möglich, dachte Liane, sagte aber: »So spontan nicht.«

»Schade. Da war ein Fünkchen Hoffnung in mir.«

»Dann war es das, was du von mir wissen wolltest?«

Saalfeld antwortete nicht gleich. »Ja, aber nur zum Teil. Ich wollte dich auch um deine Einschätzung bitten, wem von diesen Wetteiferern du eine solche Sabotageaktion am ehesten zutrauen würdest.«

Liane hielt inne und starrte auf Saalfelds glänzenden Rücken. »Das ist nicht dein Ernst, oder?«

Saalfeld blieb ruhig liegen. »Du kennst die Menschen hier einfach besser. Du bist hier aufgewachsen und hast die Dienststelle geleitet. Keiner meiner Mitarbeiter ist länger als ein Jahr hier, und bei mir sind es gerade mal ein paar Wochen. Dass ich mein Umfeld noch nicht gut genug kenne, ist im Moment mein größtes Manko. Ich könnte Greve fragen, aber das möchte ich eigentlich lieber vermeiden, nicht zuletzt weil auch ich schon den Eindruck gewonnen habe, dass deine Einschätzung seiner Persönlichkeit den Nagel auf den Kopf trifft.«

»Also wirklich. Ich kann mich damit arrangieren, von dir zu gewissen Dingen befragt zu werden. Wenn du es schaffst, diese Fragen, so wie jetzt, als Bestandteil einer fast privat anmutenden

Plauderei aussehen zu lassen – umso besser. Du kannst aber nicht von mir erwarten, dass ich auf Kommando meine Mitbürger anschwärze. Selbst wenn es jemanden gäbe, dem ich das zutrauen würde, was übrigens nicht der Fall ist. Wie käme ich mir denn dabei vor?«

Saalfeld erwiderte nichts, und Liane setzte die Massage fort.

»Noch fünf Minuten, dann ist die Dreiviertelstunde voll. Möchtest du noch eine dranhängen, oder reicht es dir fürs Erste?«, wollte Liane wissen.

»Echt? Fünfundvierzig Minuten sind schon rum? Das kam mir viel kürzer vor.«

»So geht es den meisten.«

»Wow. Schade. Ich würde schon gern, aber ich habe nachher noch was zu erledigen. Ein anderes Mal, okay?«

»Ganz wie du möchtest. Ich bin flexibel.«

Als Saalfeld zehn Minuten später aus dem Behandlungsraum kam, hatte Liane inzwischen die Rechnung für ihn ausgestellt. Sie hoffte, dass er es wirklich eilig hatte, denn auch sie gedachte noch etwas zu erledigen. Notizzettel, Filzschreiber und Heftzwecken lagen bereits auf dem Küchentisch unter der Pinnwand.

Saalfeld trat zu ihr an den Tresen und wirkte bedrückt.

Sie sah ihn an. »Wenn es dir gefallen hat, darfst du mich gern weiterempfehlen.«

»Darf ich dir eine persönliche Frage stellen?«

Liane schnürte es die Kehle zu. Sie hatte Angst, dass er etwas Dummes sagen würde, worauf sie wiederum dumm reagieren könnte, nickte aber trotzdem.

»Warum ausgerechnet Bodyworking?«

Die Erleichterung setzte so schnell ein, wie die Angst gekommen war.

»Bitte nicht falsch verstehen. Das war gerade sehr angenehm, und ich wurde schon oft genug massiert, um das beurteilen zu können. Aber dieser Wechsel vom Polizeidienst zu Massagen und Reiki und was du noch so alles machst – der ist so krass.« Saalfeld schaute sie unsicher an. »Bin ich schon wieder zu weit gegangen?«

»Nein, schon gut. Die Frage bin ich gewohnt«, lenkte Liane ein. »Ich habe damals gekündigt, weil es mir nicht besonders gut ging.

Und ich habe relativ schnell gemerkt, dass die Kündigung allein nicht ausreichte. Da ich mich, nachdem ich offiziell bei der Polizei raus war, nicht weiter in die Hände eines Psychologen begeben wollte, habe ich nach Alternativen gesucht und bin an eine Frau geraten, die Rebalancing und Bodyworking gemacht hat. Ich fand das ganz spannend, und es hat mir wirklich geholfen. Und da ich ohnehin noch keine richtige Idee hatte, wie es mit mir beruflich weitergehen sollte, schien es mir einen Versuch wert zu sein.«

Saalfeld maß sie mit forschendem Blick, als würde er unterstellen, dass sie ihm nicht die ganze Wahrheit erzählt hatte.

Liane schob ihm die Rechnung über den Tresen: »Das wären dann bitte fünfundvierzig Euro.«

Er zog einen Fünfzig-Euro-Schein aus seiner Geldbörse und hielt ihn ihr hin.

Als sie danach griff, ließ er nicht los.

»Es tut mir leid, was ich da vorhin so kritisch formuliert habe. Vielleicht habe ich etwas übertrieben. Ich wäre für deine Hilfe wirklich dankbar, aber darf sie nicht erzwingen, das habe ich jetzt begriffen. Den von dir angebotenen Kompromiss – wenn es denn so gemeint war – finde ich gut.«

Beide hielten ein Ende des Geldscheines fest und sahen sich an.

»Wann immer dir etwas einfällt, was für mich von Nutzen sein könnte, jetzt oder später, für diesen Fall und auch für andere, wäre ich natürlich glücklich, wenn du es mich wissen lassen würdest. Wenn du es aber nicht mit deinem Gewissen vereinbaren kannst, ist das auch in Ordnung. So langsam begreife ich, was dich in diesem Zusammenhang umtreibt. Entschuldige meine lange Leitung.«

Liane dachte kurz darüber nach, ihm von dem Mann zu erzählen, der innerhalb kurzer Zeit schon zwei Mal ganz sicher, mit großer Wahrscheinlichkeit sogar schon drei Mal ihren Weg gekreuzt hatte. Da sie aber nicht wusste, was genau sie eigentlich sagen sollte, zumal immer noch die Möglichkeit bestand, dass sie sich irrte, sah sie davon ab. Saalfeld würde ihr auf diesen bloßen Verdacht hin ohnehin keinen Personenschutz vor die Tür stellen. Die Präsenz dieses mysteriösen Mannes war ihr zwar nicht ganz geheuer, aber im Falle eines Falles würde sie definitiv nicht wehr- und hilflos sein.

Saalfeld hielt den Schein noch einen Augenblick fest, ließ dann aber los. »Nichts für ungut, Liane. Der Rest ist für dich.«

Liane schwankte zwischen Akzeptanz und Skepsis. Saalfeld nahm ihr den Druck, eine spontane Entscheidung treffen zu müssen, indem er ihr zum Abschied zunickte und das Haus verließ.

Eine Stunde später saß Liane vor der mit Notizzetteln behängten Pinnwand, trank grünen Tee mit Orange und ließ das Zusammenspiel der Stichpunkte auf sich wirken.

Sie hatte drei Rubriken gebildet und mit den Überschriften »Fakten«, »Vermutungen« und »Erklärungen« versehen.

Unter »Fakten« hatte sie fünf Stichpunkte gesammelt:

Heiko (Spieler) schließt Brandschutzversicherung ab (außerhalb Friedrichskoogs) u. stockt Hausratversicherung auf (wenige Wochen vor der angeblichen Malle-Reise).
Ankündigung der Malle-Reise / Schlüsselübergabe an Frau Meister.
Heiko wird im Reisezeitraum von Maria in Marne gesehen.
Einbruch bei den Willers / Einbrecher stirbt.
Im Garten der Witwe Borchardt wird Benzin verklappt. Am Abend des Einbruchs!

Daneben, in der »Vermutungen«-Rubrik, fanden sich zwei Stichpunkte:

Spielschulden?
Heiko auf Malle nicht erreichbar?

Liane nahm einen Schluck Tee, stellte den Becher ab, riss einen weiteren Zettel vom Notizblock und begann zu schreiben.

Heiko ist auf Malle. Maria hat sich geirrt. Alles nur Zufall!

Sie pinnte den Stichpunkt als ersten Eintrag in die Rubrik »Erklärungen«, ließ das neue Bild kurz auf sich wirken und nickte zufrieden. Eine gute und denkbare Erklärung. Sie würde sich freuen, wenn es letztlich darauf hinauslief. Die vielen Jahre im Polizeidienst hatten sie allerdings gelehrt, dass sich die meisten aufdringlichen

Verdachtsmomente in der Regel nicht einfach geräuschlos in Wohlgefallen auflösten, sondern allzu oft im Worst Case endeten. Die Zufallstheorie war schön und kuschelig, reichte aber nicht.

Welche Erklärung kam also sonst noch in Frage? Liane suchte verzweifelt nach einer plausiblen und halbwegs harmlosen Erklärung für die wenigen prägnanten Fakten an ihrer Pinnwand, als wollte sie sich mit Gewalt gegen das Offensichtliche wehren. Sie riss einen weiteren Zettel ab und beschriftete ihn.

Heiko ist nicht auf Malle. Scham über finanzielle Notsituation (evtl. Spielschulden). Inszenierung der Reise, um Wohlstand vorzutäuschen.

Der zweite Eintrag für die Rubrik »Erklärungen«. Liane beäugte ihn skeptisch und kaute dabei auf dem Verschluss des Filzstiftes. Die Kappe zwischen den Zähnen eingeklemmt, zog sie den Stift wieder heraus, ergänzte *seinen Kritikern und Neidern* und heftete den Zettel an die Pinnwand.

Die Erklärung blieb jedoch unbefriedigend. Liane stand auf, ging in den Wohnbereich und bezog Stellung vor dem Sideboard, wo Saalfeld am Vormittag auch gestanden hatte, um ihre Familienfotos zu betrachten. Sie ließ die Gedanken schweifen und schob dabei den Stift unruhig zwischen Zeige- und Mittelfinger hin und her.

»Scheiße«, zischte sie Sekunden später und ging zurück zur Pinnwand. Die Erklärung war unbefriedigend, weil sie zu offensichtlich an den Haaren herbeigezogen war. Sie entfernte den Zettel wieder, zerknüllte ihn und warf ihn auf den Tisch. Dann setzte sie sich wieder und schrieb die nächste Erklärung nieder, für die sie zwei Zettel benötigte.

Heiko ist nicht auf Malle. Inszenierung der Reise, um das eigene Haus in Brand zu setzen, die Versicherungsgelder zu kassieren und ein Alibi zu haben.
Einbrecher wählt zufällig dieselbe Nacht für seine Tat und durchkreuzt Heikos Plan. Es kommt zum Kampf. Heiko obsiegt, gerät dann in Panik und versucht, alle Beweise zu vernichten.

Sie schmiss den Stift auf den Tisch, hängte die Zettel auf und lehnte sich mit einer Mischung aus Frust und Gewissheit zurück.

Da stand es nun. Der Worst Case, der Verdacht, der schon Form angenommen hatte, als Maria ihr von der Sichtung Heiko Willers' in Marne berichtete. Deutlich bevor sie von dem verschütteten Benzin erfahren sollte, das sich nahtlos in das Gesamtszenario einfügen ließ. Aus den ihr vorliegenden Informationen ohne großes Kombinationsgeschick oder ein Übermaß an Phantasie ableitbar. Nur dass sie zurzeit die Einzige war, die über all diese Informationen verfügte.

Liane verspürte Lust auf den Whisky ihres Mannes, so scheußlich dieser auch war, starrte ihre letzte Erklärung an und schüttelte dann fassungslos den Kopf. »Mensch, Heiko, was hast du da bloß gemacht?«

Sie versuchte sich vorzustellen, dass jemand wie er, ein sympathischer, intelligenter und – nach allem was sie wusste – gesetzestreuer Mann, so etwas fertigbringen konnte. Trotz seines nebulösen Nebenerwerbs als Spieler kannte sie ihn als bodenständig und vernünftig. Nicht umsonst hatte sie es für eine ausnehmend gute Idee gehalten, dass Willers lautstark in Erwägung zog, der nächste Bürgermeister Friedrichskoogs zu werden. Wie verzweifelt musste er aber sein, um allen Ernstes sein eigenes Haus niederbrennen zu wollen und Versicherungsbetrug zu begehen? Von der Gefährdung aller Anwohner, die er billigend hingenommen hatte, ganz zu schweigen.

Vor dem Einzug in ihr Haus, gute sechs Jahre zuvor, war es Heiko Willers gewesen, damals noch als Bankkaufmann beschäftigt, mit dem sie die Finanzierung der Haussanierung auf die Beine gestellt hatten. Ein kompetenter und zuverlässiger Ansprechpartner. Liane mochte es einfach nicht wahrhaben, denn sie hatte ihn wirklich gern. Ihr Mann Timo war sein Teamkamerad im örtlichen Fußballverein. Nicht auszudenken, wie der reagieren würde, wenn man Heiko vor Gericht durch die Mangel drehen sollte.

Dessen ungeachtet sprachen die von ihr gesammelten Indizien eine deutliche Sprache.

Wie es schien, hatte sie nun zwei Möglichkeiten: Sie konnte ihren Wissensvorsprung gleich an Jan Saalfeld weitergeben und

Heiko Willers' Schicksal damit in dessen Hände legen. Oder sie konnte versuchen, ihre vermeintlichen Indizien vorher so weit wie möglich zu verifizieren, was jedoch gleichbedeutend war mit Ermittlungen auf eigene Faust. Im Grunde hatte sie auch noch eine dritte Option: sich taub, stumm und blind stellen und einfach nur um ihren eigenen Kram kümmern. Aber sie war zu lange Polizistin gewesen, und es ging hier nicht um eine simple Ordnungswidrigkeit. Versuchte Brandstiftung, versuchter Versicherungsbetrug und Totschlag waren auch dann noch Straftaten, wenn sie von jemandem begangen wurden, den sie mochte. Selbst wenn es nur auf fahrlässige Tötung hinauslief, denn den Tötungsvorsatz schloss sie bei Heiko kategorisch aus, war es doch immer noch ein Verbrechen. Die Vorstellung, einfach so zu tun, als wüsste sie von nichts, war ihr unerträglich. Dass die Informationen ihr mehr oder weniger in den Schoß gefallen, ja sogar aufgedrängt worden waren, spielte dabei keine Rolle. So oder so, zur Weitergabe ihres Wissens an die Polizei gab es keine Alternative.

Liane traf eine Entscheidung. Bevor sie Saalfeld einweihen würde, musste sie den Wahrheitsgehalt ihrer Theorie noch etwas genauer prüfen, um letzte Gewissheit für sich selbst zu gewinnen. Es gab da etwas, das sie zu diesem Zwecke tun konnte.

Ein verunglückter Auftritt – Blick in die Karten – Kassensturz

Liane stellte ihren Polo gleich auf der Auffahrt der Willers ab. Es war noch keine neun Uhr und bereits sehr warm. Ein stabiles Hochdruckgebiet über Mittel- und Südeuropa sollte laut Wettervorhersage heiße Luft aus der Sahara mit sich bringen und so für den wärmsten Tag des Jahres sorgen. Von bis zu zweiunddreißig Grad war die Rede.

Liane stieg aus und zog als Erstes ihr Top zurecht, das von der Autofahrt am Rücken schon verschwitzt war. Dann überquerte sie die Straße und betrat das Grundstück von Frau Meister. Noch bevor sie die Tür erreicht hatte und klingeln konnte, trat die Dame des Hauses bereits heraus.

Die verspiegelte Sonnenbrille ermöglichte es Liane, kurz die Augen zu verdrehen.

»Guten Morgen, Frau Kommissarin«, rief Frau Meister erfreut.

Na klar, Frau Kommissarin. Du wirst es wohl wirklich nicht mehr lernen, dachte Liane, lächelte die alte Dame aber freundlich an. Eigentlich war jetzt wieder eine Richtigstellung fällig, aber an diesem Morgen würde Liane konsequent davon absehen – mit Vorsatz. »Hallo, Frau Meister. Ich störe doch nicht?«

»Nein, nein, Sie stören nicht. Wollen Sie reinkommen?«

»Eigentlich habe ich es ein klein wenig eilig, Frau Meister. Ich wollte Sie bitten, mir den Zugang zur Garage der Willers zu ermöglichen. Die haben einen Hochdruckreiniger mit Dreckfräse, den wir uns in der Vergangenheit schon öfter ausgeliehen haben. Unsere Auffahrt hat dringend mal wieder eine Intensivreinigung nötig. Das wollte ich gern heute Vormittag erledigen, bevor man es nachher in der prallen Sonne nicht mehr aushält.«

»Ist aber auch eine Hitze, oder? Und wir haben erst neun Uhr. Meine Güte, in der Nacht hat es sich gar nicht richtig abgekühlt. Mein Mann konnte kaum schlafen, weil es ihm viel zu warm war.«

»Ja, ging mir auch so. Aber sagen Sie, würden Sie das denn für mich tun?«

Frau Meister warf ihr einen besorgten Blick zu.

»Wenn es Ihnen unangenehm ist, würde ich das natürlich verstehen.«

»Aber nein. Warum sollte es mir unangenehm sein? Wenn jemand über jeden Zweifel erhaben ist, dann doch wohl Sie, Frau Kommissarin. Und ich weiß ja auch, dass Sie den schon ausgeliehen bekommen haben. Ich bin mir nur gerade nicht sicher, ob ich auch den Schlüssel für die Garage habe.«

Die alte Dame dachte nach. »Ich bin gleich zurück«, sagte Frau Meister dann und trat ins Haus.

Als sie kurz darauf zurückkam, hatte sie einen Schlüsselbund in der Hand, an dem vier Schlüssel hingen. »Der große hier ist für die Haustür, und die beiden kleinen sind für den Briefkasten und die Schlösser in den Fenstergriffen. Die benutze ich auch regelmäßig. Wofür aber der mittlere ist, weiß ich ehrlich gesagt gar nicht. Vielleicht ist das ja der für die Garage, das probieren wir jetzt einfach mal aus. Und wenn er nicht passt, gehen wir eben durch das Haus. Von da aus kommt man nämlich auch rein.«

»Klingt nach einem guten Plan. Das ist ganz lieb von Ihnen.«

Frau Meister winkte lächelnd ab, ging geradewegs auf das Garagentor der Willers zu und trug dabei den unbekannten Schlüssel wie ein aufgepflanztes Bajonett vor sich her.

Als sie den Schlüssel am Tor ausprobierte, glitt er problemlos ins Schloss und ließ sich leicht drehen. Frau Meister umfasste den Griff, drehte ihn nach rechts, und das Tor kam ihr ein Stück entgegen. Sie lächelte Liane triumphierend an. »Ha! Sehen Sie, wir haben Glück«, frohlockte sie, zog das Tor leise ächzend ganz hoch und ermöglichte so den freien Blick auf die großzügig bemessene und sorgfältig aufgeräumte Garage der Willers.

Das Auto war nicht da, stand wahrscheinlich in einem der Parkhäuser am Hamburger Flughafen – oder sonst wo. Hinten stand eine Werkbank, die fast die ganze Breite der Garage einnahm. Die Oberfläche war komplett leer. Darüber hingen diverse Werkzeuge und Schränke. An der rechten Wand standen zwei Fahrräder, ein Schlauchwagen, ein Kompressor und eine Apparatur, mit der Liane nichts anzufangen wusste. Darüber, an Haken befestigt, befanden sich zwei Leitern verschiedener Größe.

Zwischen einem Rasenmäher und einem Vertikutierer stand auf der linken Seite der gesuchte Hochdruckreiniger. Darüber befanden sich drei Regalreihen, die sich jeweils über die gesamte Länge der Wand erstreckten und in denen praktisch kein Platz verschwendet wurde.

Es entsprach der Wahrheit, dass Liane und ihr Mann den Hochdruckreiniger der Willers schon ausgeliehen bekommen hatten. Allerdings war es jedes Mal Timo gewesen, der das Gerät geholt und wieder zurückgebracht hatte. Liane selbst hatte die Garage der Willers noch nie von innen gesehen, kannte sie nur aus den halb respektvollen, halb neidischen Erzählungen ihres Mannes. Nun war sie selbst einigermaßen beeindruckt. Nicht zuletzt von der Ordnung, vor allem aber von der schieren Masse an Gerätschaften, Werkzeugen und sonstigen nützlichen Gegenständen, die dort aufbewahrt wurden. Es hatte den Anschein, als wären die Willers für jede Herausforderung, mit der man als Hausbesitzer konfrontiert werden konnte, bestens gerüstet.

Das Zubehör für den Hochdruckreiniger entdeckte sie in der unteren Regalreihe, direkt über dem Gerät. Liane sah kurz zu Frau Meister, die neben ihr im Tor stehen geblieben war und sich selbst einen ausgiebigen Blick auf das Sammelsurium der Gerätschaften gönnte. Dann ging Liane langsam auf den Hochdruckreiniger zu und suchte nach dem benötigten Schlauch und dem Aufsatz für die Dreckfräse.

Ihr eigentliches Interesse galt jedoch den Benzinreserven der Willers, die dort für die entsprechend betriebenen Gartengeräte und Notfälle beim Auto lagerten. Das wusste sie von ihrem Mann. Sie standen etwas weiter links, ebenfalls in der unteren Regalreihe, auf Höhe des Rasenmähers. Drei schwarze Benzinkanister, einer fünf Liter, die beiden anderen jeweils zehn Liter fassend, waren mit geometrischer Perfektion zur Regalkante ausgerichtet.

Liane warf einen schnellen Kontrollblick zu Frau Meister, die immer noch im Tor stand und ihre Aufmerksamkeit auf die Apparatur richtete, deren Sinn und Zweck sich Liane nicht erschlossen hatte. Eine gute Gelegenheit, um an den Kanistern zu rütteln. Sie begann beim kleinen, der eindeutig leer war. Der erste der beiden großen Kanister enthielt ebenfalls kein Benzin mehr. Liane kniff die Lippen zusammen. Es schien darauf hinauszulaufen, dass sie tatsächlich recht hatte. Als sie am zweiten großen Kanister rüttelte und feststellen musste, dass dieser noch voll war, wurde ihr klar, dass ihre Logik einen kreuzdummen Fehler hatte. Wenn Heiko Willers immer einen Benzinvorrat hielt, gab es keinen Grund für ihn, das Benzin verschütten zu müssen.

»Ich glaube, dass Sie für den Hochdruckreiniger gar kein Benzin brauchen. Der läuft doch mit Strom, oder?«, hörte sie Frau Meister fragen und zuckte leicht zusammen.

Mist! Neugierige Kuh, dachte Liane und schämte sich umgehend dafür. Immerhin hatte Frau Meister ihr ohne jedes Misstrauen den Zutritt ermöglicht. »Ach, stimmt ja, Sie haben natürlich recht, der läuft mit Strom. Habe ich wohl gerade nicht nachgedacht«, sagte Liane verlegen und beeilte sich dann, das Gerät zum Auto zu tragen.

Frau Meister folgte ihr auf dem Fuße.

»Sagen Sie mal, Frau Meister, bei dem Einbruch neulich, da ist hier doch ein Fenster eingeschlagen worden«, stellte sie wie beiläufig fest, als sie das Gerät in den Kofferraum gewuchtet hatte.

Die alte Dame schluckte den Köder sofort. »Hab ich mich schon drum gekümmert, Frau Kommissarin. Alles in Ordnung. Ihr neuer Kollege hatte mich ja gebeten, deswegen bei den Willers anzurufen. Und Frau Willers hat mich dann beauftragt, auf ihre Rechnung einen Glaser zu bestellen. Ich habe noch am selben Tag bei Kollath in Marne angerufen, und am nächsten Tag war schon alles erledigt.«

Das alte Mädchen hat also jemanden erreicht, dachte Liane. Interessant. »Sehr gut. Auf Sie ist wirklich Verlass«, sagte sie dann anerkennend und ging zurück in die Garage, um sich um Schlauch und Dreckfräse zu kümmern, die sie in Wahrheit ebenso wenig brauchte wie den Hochdruckreiniger selbst.

Die Befreiung des Schlauches, der sich trotz aller Ordnung irgendwo verhakt hatte, erforderte ihre volle Konzentration, sodass sie nicht mitbekam, wie ein weiteres Auto auf die Auffahrt rollte und hinter ihrem Polo stehen blieb.

Als sie Frau Meister schließlich »Ach, was für ein Morgen. Moin, Herr Bürgermeister« sagen hörte, erfuhr ihre Stimmung, die wegen des gerade entdeckten Denkfehlers bereits angeschlagen war, einen weiteren empfindlichen Dämpfer.

Von allen Menschen, die nicht unbedingt von ihrer Scharade wissen mussten, stand Bürgermeister Ludwig Greve eindeutig an erster Stelle.

»Moin, Frau Meister«, erwiderte er freundlich und stapfte an der alten Dame vorbei.

Bevor er Liane ansprach, maß er sie mit einem abschätzigen Blick. »Guten Morgen, Frau Maschmann. Was machen Sie denn hier?«

»Ihnen ebenfalls einen guten Morgen, lieber Herr Bürgermeister. Ich leihe mir einen Hochdruckreiniger mit Zubehör aus. Und was machen *Sie* hier?«

Greve schien ihre Unverfrorenheit kurz zu verunsichern. »Ganz schön frech, gute Frau. Ich glaube, das geht Sie nichts an.«

»Tja, genau genommen wird umgekehrt auch ein Schuh draus. Aber ich will nicht kleinlich sein.«

Prompt lief er rot an. Der obligatorische Zorn, weil sie es wagte, ihm nicht mit der erwarteten Unterwürfigkeit zu begegnen. »Warum leihen Sie sich ausgerechnet hier und heute einen Hochdruckreiniger aus? Haben Ihre eigenen Nachbarn keinen?«

»Das weiß ich ehrlich gesagt gar nicht. Wenn wir so ein Gerät brauchten, haben wir es bisher immer von den Willers bekommen.«

»Die sind aber nicht da.«

»Das weiß ich selbst. Frau Meister ist aber da und war so freundlich. Wenn die Willers im Nachhinein tatsächlich ein Problem damit haben sollten, kläre ich das mit denen.«

Liane sah so etwas wie Ratlosigkeit in seinen Augen. Der Mann wusste, dass es nichts mehr gab, was er noch sagen konnte, und das gefiel ihm nicht. Das Scharmützel schien gewonnen, und Liane gönnte sich ein heimliches Gefühl der Genugtuung.

Zu früh, denn nun mischte sich Frau Meister ins Gespräch. Die hatte das kurze Wortgefecht natürlich verfolgt und war von der angespannten Stimmung offenbar verwirrt. »Der Mann von Frau Kommissarin Maschmann hat den Hochdruckreiniger wirklich schon öfter ausgeliehen, Herr Bürgermeister. Und es kommt auch bestimmt nichts weg. Ich bin ja da.«

Bürgermeister Greve starrte die Frau an, als würde er sie gerade erst wahrnehmen.

»Frau Kommissarin Maschmann?«, rief er aus, mit besonderer Betonung auf der Dienstbezeichnung. »Wieso nennen Sie sie so, Frau Meister? Hat sie sich selbst so bezeichnet? Ist sie hier als Polizistin aufgetreten?«

Frau Meister blinzelte verwirrt, antwortete nicht und sah hilfesuchend zu Liane.

»Schauen Sie nicht zu Frau Maschmann. Ich rede mit Ihnen. Also bitte, hat sie?«

»Nein, hat sie nicht. Sie hat mich einfach nur gebeten, die Garage zu öffnen.«

»Hat sie Sie vernommen?«

»Ach kommen Sie, Herr Greve. Jetzt wird es langsam lächerlich. Merken Sie denn nicht, dass Frau Meister gar nicht weiß, was Sie überhaupt von ihr wollen?«, intervenierte Liane.

»Sie haben jetzt Pause und mischen sich da nicht ein. Ich spreche mit Frau Meister«, fuhr der Liane an und wandte sich wieder der alten Dame zu. »Was ist jetzt? Hat sie Sie vernommen?«

»Aber warum sollte sie mich denn vernommen haben?« Frau Meister war offenkundig mit der Situation überfordert und den Tränen nahe.

Der Bürgermeister schien das zu bemerken und fuhr ein wenig runter. Er atmete einmal tief durch und trat etwas näher an die alte Dame heran. »Worüber hat sie denn nun mit Ihnen gesprochen?«, fragte er sie ruhig.

»Ach, über dies und das. Dass es heute so furchtbar heiß werden soll, dass sie heute noch ihre Auffahrt reinigen möchte, bevor es mit der Hitze zu schlimm wird ...«

Liane wusste, was als Nächstes kommen würde.

»... ach ja, und über das eingeschlagene Fenster.«

»Über das Fenster? Den Einbruch?«, fragte Greve aufgebracht. »Wer hat von dem Fenster angefangen, Frau Meister? Sie oder Frau Maschmann? Denken Sie bitte genau nach.«

»Na ja, Frau Maschmann«, kam die wahrheitsgemäße Antwort.

»Hab ich's doch gewusst!«

»Und wenn schon. Darf ich mich nicht dafür interessieren? Alle anderen Friedrichskooger dürfen, aber mich geht das nichts an, weil ich mal Polizistin war? Oder liegt es vielleicht einfach nur daran, dass Sie persönlich etwas gegen mich haben?«, fragte Liane.

»Das tut hier überhaupt nichts zur Sache. Ich habe Ihnen neulich schon gesagt, dass ich nicht davor zurückschrecken werde, rechtliche Schritte gegen Sie einzuleiten, wenn ich mitbekomme, dass Sie sich immer noch als Mitglied der Polizei ausgeben. So wie ich das sehe, tun Sie das nämlich und schnüffeln hier rum, stecken Ihre Nase in Dinge, die Sie nichts mehr angehen, und das werde ich nicht zulassen.«

»Aber ich gebe mich doch gar nicht als Polizistin aus. Frau Meister hat Ihnen doch gerade schon gesagt, dass dies nicht der Fall war.«

»Und wie sind Sie an die Information mit dem eingeschlagenen Fenster gekommen? Können Sie mir das erklären?«

»Du meine Güte, das habe ich Ihnen doch neulich schon erklärt. Hier wird halt viel geklatscht und getratscht. Herrgott, es stand doch sogar in der Zeitung. Wer sachdienliche Hinweise beitragen kann, wurde aufgefordert, diese der Polizei zu melden. Darüber hinaus hat Frau Meister in der Nacht des Einbruchs als Erstes bei mir und nicht bei der Polizei angerufen. Darum habe ich ganz sicher nicht gebeten.«

Dem Bürgermeister entglitten die Gesichtszüge, und Liane ärgerte sich, dass sie sich dazu hatte hinreißen lassen. Es würde die Situation nicht vereinfachen.

»Sie haben – was?«, fragte er Frau Meister entgeistert.

Frau Meister antwortete nicht. Ihr verwirrter Blick verharrte auf Liane. »Sind Sie denn keine Polizistin mehr, Frau Kommissarin?«

»Diese Frau hat den Polizeidienst quittiert. Vor zwei Jahren. Sie ist eine ganz normale Bürgerin, genau wie Sie, Frau Meister, mit exakt denselben Rechten und Pflichten. Deswegen hat sie keine Befugnis, hier herumzuschnüffeln, und deswegen darf sie sich auch weder von Ihnen noch von sonst wem Frau Kommissarin nennen lassen«, sagte Greve giftig und drehte sich gleich wieder Liane zu. »Da sehen Sie mal, was Sie mit Ihrer Amtsanmaßung anrichten. Dass nun sogar dringende Notrufe als Erstes bei Ihnen statt bei der Polizei auflaufen, ist nicht hinnehmbar. Ich ahnte gestern schon, dass Sie mich angelogen haben, und ich habe hier nun genug gehört, um meine Annahmen bestätigt zu sehen. Das wird Konsequenzen haben.«

»Aber ich gebe mich doch gar nicht als Polizistin aus«, protestierte Liane. »Im Gegenteil. Und auf Notrufe mitten in der Nacht bin ich weiß Gott auch nicht scharf.«

Der Bürgermeister war bereits zu seinem Wagen zurückgegangen, bestieg ihn wieder und ließ den Motor an.

Liane ging ihm hinterher. »Hey, Herr Greve, das lasse ich mir nicht bieten«, rief sie. »Ich habe nichts falsch gemacht. Sie können doch nicht einfach solche Schlüsse ziehen und mir daraus einen Strick drehen wollen, nur weil Sie mich nicht mögen.«

Der Bürgermeister reagierte nicht, setzte den Wagen zurück und fuhr in den Seeschwalbenweg.

»Dummes Arschloch«, zischte Liane, während sie ihm hinterhersah.

»Frau Ko... Maschmann?«, meldete sich Frau Meister aus der Garage.

Liane presste die Kiefer aufeinander. Sie fragte sich, warum die alte Dame sich ausgerechnet diesen Tag ausgesucht hatte, um endlich zur Kenntnis zu nehmen, dass sie schon lange nicht mehr die Frau Kommissarin war. Und sie fragte sich, warum dieser Mistkerl von Bürgermeister es so auf sie abgesehen hatte und immer ausgerechnet dann auftauchte, wenn sie es am wenigsten gebrauchen konnte.

Sie war wütend, zwang sich aber zur Ruhe, als sie in die Garage zurückging, um ihr Bauerntheater zu einem glaubwürdigen Ende zu bringen. »Tut mir leid, dass Sie das miterleben mussten, Frau Meister.«

Obwohl sie die alte Dame schon unzählige Male entsprechend belehrt hatte, kam sie sich plötzlich wie eine Hochstaplerin vor und brachte es nicht fertig, ihr direkt in die Augen zu sehen. Sie hatte allen Ernstes Angst vor der Enttäuschung in ihrem Blick. Und sie hatte Angst vor Fragen. War das zu fassen? Verdammter Greve!

Nachdem sie Schlauch und Dreckfräse im Auto verstaut hatte, bedankte sie sich bei Frau Meister für ihre Hilfe, die dies stumm, aber mit einem deutlich sichtbaren Fragezeichen auf der Stirn zur Kenntnis nahm. Liane ignorierte das Fragezeichen und kündigte an, das Gerät spätestens am nächsten Tag wieder zurückzubringen. Dann verabschiedete sie sich eilig und machte sich auf die Heimfahrt. Zu allem Überfluss fiel ihr auch noch ein, dass sie ihre Auffahrt jetzt wohl tatsächlich reinigen musste, um Greves Vermutung zu entkräften.

Ihr Plan war ein Reinfall auf ganzer Linie gewesen.

***

Es war bereits früher Nachmittag, als Liane nur noch knappe zwei von insgesamt zwanzig Metern Auffahrt vor sich hatte. Obwohl sie die leichtgewichtige Dreckfräse nur langsam von einer Seite zur anderen wandern ließ, schwitzte sie in der Hitze aus allen Poren. Sie ärgerte sich nun, dass sie nicht sofort mit der halbherzig durchgeführten Reinigung begonnen hatte. Stattdessen hatte sie erst noch eine gute Stunde in der Küche damit verbracht, auf der Pinnwand ein paar Einträge zu ergänzen.

Anscheinend war sie im Moment der einzige Mensch, der sich im Freien aufhielt. Von ihren Nachbarn hatte es die ganze Zeit über kein Lebenszeichen gegeben, und auch sonst war niemand vorbeigekommen, abgesehen von ein paar Jungs auf ihren Fahrrädern. Weder Urlauber noch Einheimische, die im Zweifelsfall hätten bezeugen können, sie bei der Arbeit beobachtet zu haben. Dessen ungeachtet wusste sie es durchaus zu schätzen, ihrer gleichermaßen anspruchslosen wie überflüssigen Beschäftigung in Ruhe nachgehen zu können und dabei ein paar Gedanken zu wälzen.

Dies änderte sich, als gegenüber die Tür geöffnet wurde und die Hauseigentümerin nach draußen trat. »Juhu!«

Liane musste nicht hinsehen, um zu wissen, dass es ihre Freundin Beate war.

»Selbst ›juhu‹«, antwortete sie lustlos.

»Wofür bestrafst du dich, Herzchen?«

Eine sehr gute, weil berechtigte Frage. »War einfach mal wieder fällig.«

»Ach so? Auftrag von Timo?«

»Nein, Eigeninitiative.«

»Brauchst du noch lange?«

»Gleich fertig. Hab grad den letzten Meter in Arbeit.«

»Wie wäre es mit einem Tee? Oder lieber was Kaltes? Ein Eistee?«

Ein Schwätzchen mit Beate? Außerhalb der Massagesitzungen

hatte sie das lange nicht mehr gemacht, aber eigentlich hatte sie gerade überhaupt keine Lust, zumal sie so eine Ahnung hatte, dass ihre Freundin wieder von Saalfelds optischen Vorzügen anfangen würde.

Andererseits hatte sie sich auch länger nicht die Karten legen lassen. Wie es der Zufall wollte, gab es da gerade eine Angelegenheit in ihrem Leben, bei der sie nicht sicher war, wie sie sich verhalten sollte. Nachdem sie sich eigentlich schon dazu durchgerungen hatte, Saalfeld auf jeden Fall in ihre Theorie einzuweihen, hatten sie die Ereignisse vom Vormittag wieder wankelmütig werden lassen. »Ein Eistee wäre toll«, antwortete sie. »Bin gleich bei dir.«

Nachdem sie auch den letzten Quadratzentimeter Auffahrt gereinigt und die Gerätschaften in der Garage verstaut hatte, ging Liane zum Haus ihrer Freundin. Beate hatte die Eingangstür angelehnt gelassen, sodass Liane nicht klingeln musste.

Beate hatte ihr Eintreffen trotzdem bemerkt. »Bin im Arbeitszimmer.«

Liane ging bis ans Ende des Flurs und betrat den kleinen Raum, höchstens neun Quadratmeter groß, in dem Ludmilla ihrer Profession nachging.

»Das trifft sich gut. Ich wollte dich nämlich bitten –« Liane hielt inne, als sie die Bedeutung der sich ihr darbietenden Szenerie begriff.

Der Raum war nur mit einem großen Standregal, in dem sich allerlei Bücher und Talismane befanden, einem kleinen Tisch in der Mitte des Raumes und zwei Stühlen ausgestattet.

Beate saß mit einem wissenden Lächeln an dem Tisch, vor sich die Gläser mit Eistee, an denen das Kondenswasser in dicken Tropfen hinunterlief. Auf dem Tisch lag ein Kartenspiel. »Ich hatte das überwältigende Gefühl, dass du meine Dienste in Anspruch nehmen würdest«, antwortete Beate auf Lianes unausgesprochene Frage.

Schwer beeindruckt setzte Liane sich ohne einen weiteren Kommentar, nippte an dem herrlich kühlen Getränk und gab ihrer Freundin mit einer Geste zu verstehen, dass sie loslegen konnte.

Andächtig nahm Beate die Karten auf und begann zu mischen. »Du kennst das Spiel ja, Herzchen. Denke bitte konzentriert an das, was dich beschäftigt. Oder an das, was du wissen möchtest.«

Liane nickte und wartete auf den nächsten Schritt.

Beate legte den gemischten Kartenstapel vor sich ab und forderte Liane auf, verdeckt zwei Stapel abzuheben.

Liane gehorchte, und Beate drehte die drei Stapel um. Es erschienen Kreuz-König, Kreuz-Zehn und Pik-Acht.

Liane wusste, dass Kreuz grundsätzlich keine gute Farbe war. Sie blickte zu Beate, deren Lippen eine schmale Linie bildeten.

»Das ist ja nur das erste Bild. Ein Mann, von dem du nichts Gutes zu erwarten hast, wird dir in nächster Zeit eine Überraschung bescheren. Die kann aber durchaus auch positiv sein, die Kreuz-Zehn ist nicht ausdrücklich negativ.«

Da hatte sie es. Bürgermeister Ludwig Greve war zum Bestandteil ihres Schicksals geworden, was sich sogar schon in den Karten niederschlug. Während Liane sich mit beiden Händen über das Gesicht rieb, nahm Beate die Stapel auf, fügte sie wieder zusammen und begann, ohne vorher erneut zu mischen, vier Reihen mit jeweils acht aufgedeckten Karten auszulegen.

»Das sieht doch schon bedeutend besser aus«, behauptete Beate. »Also, Herzchen, was auch immer es ist, das dich gerade mit Beschlag belegt, du wirst in diesem Zusammenhang Anerkennung und Lob einstreichen, ebenfalls in nächster Zeit. Eine Behörde oder ein Amt spielt dabei eine gewichtige Rolle.« Sie schielte zu Liane. »Eventuell die Polizei?«

Liane lehnte sich zurück und verschränkte die Arme. »Ist das eindeutig, was du gerade gesagt hast?«

»Absolut. Um dich herum liegen Karo-Acht und -Sieben, sowie Pik-Acht und -Ass. Was davon zweifelst du an?«

»Ich zweifle es nicht an. Bisher hat immer alles gestimmt, was du mir gesagt hast. Ich habe nur nicht damit gerechnet, weil es nicht zur weniger rosigen Aussage des ersten Bildes passt, die ich übrigens sofort einordnen konnte. Manchmal hatte ich ja auch schon Konstellationen, die aus deiner Sicht nicht ganz eindeutig waren.«

»Das stimmt allerdings. Ist in diesem Fall aber praktisch nicht falsch zu verstehen. Und nun? Weiter? Oder noch tiefer in dieses Bild einsteigen?«

»Weiter bitte.«

Beate begann, von der Herz-Dame ausgehend, die für Liane

stand, von links nach rechts jede siebte Karte aufzunehmen, bis sie insgesamt vier Karten in der linken Hand hielt, die sie schließlich vor sich ausbreitete. Es waren Karo-König, Pik-Bube und -Neun sowie Herz-Sieben.

Beate ließ einen Zischlaut hören und kicherte auf eine anzügliche Art. »Es ist eine gute Konstellation, daran kann es keinen Zweifel geben. Man kann sie auf zweierlei Arten interpretieren – und speziell bei der einen Lesart bin ich mir nicht sicher, ob du die wirklich hören willst.«

»Warum sollte ich eine gute Nachricht nicht hören wollen?«

»Hm. Ich habe mich vielleicht etwas unpräzise ausgedrückt. Ich persönlich finde, dass es eine gute Nachricht ist«, verbesserte sich Beate, »aber ich glaube, erahnen zu können, dass du damit durchaus deine Probleme haben wirst – natürlich zu Unrecht. Ja, da bin ich mir sogar ziemlich sicher.«

Liane zögerte.

»Ach scheiße! Hättest du mir nicht einfach sagen können, was du da siehst? Nun bin ich mir auch nicht mehr sicher, ob ich es hören will. Dabei habe ich im Moment einen echten Bedarf an guten Nachrichten.«

»Ja, hätte ich wohl machen sollen. Tut mir leid. Wollen wir nicht einfach so tun, als hätte ich noch nichts zu dem Bild gesagt? Ich fange dann auch mit der Auslegung an, die dir keine Probleme bereiten wird. Ob du auch noch die andere Auslegung hören möchtest, kannst du anschließend selbst entscheiden.«

Liane trank hastig einige Schluck Eistee und bedachte ihre Freundin dann mit einem bohrenden Blick. »Ja, was soll's. So machen wir es«, sagte sie schließlich.

»Wunderbar! Also, Herzchen, ich sehe hier einen jungen Mann, der dir in unbestimmter Zeit eine Botschaft überbringt, über die du dich sehr freuen wirst.«

»Okay«, erwiderte Liane vorsichtig. »Was für eine Botschaft wird das sein?«

»Ist in dieser Auslegung leider noch nicht zu erkennen, dafür müssten wir tiefer gehen. Auf jeden Fall was Gutes.«

Liane knetete nervös ihre Unterlippe. »Klingt ja grundsätzlich nicht schlecht. Also los dann, gib mir den Rest. Wie lautet die andere Definition?«

Als Beate sich räusperte und dabei ein vielsagendes Lächeln aufsetzte, wusste Liane gleich, dass es besser gewesen wäre, sie sofort abzuwürgen. Der Impuls war da, und er war sogar drängend, aber sie bekam es nicht hin.

»Du wirst es wahrscheinlich nicht wahrhaben wollen, aber die zweite Auslegung besagt, dass dir ein junger Mann in unbestimmter Zeit seine Liebe gestehen wird.«

Liane rutschte langsam im Stuhl herunter und atmete tief durch.

»Und? Hatte ich recht?«, hakte Beate nach.

»Das kann man doch bestimmt auch anders interpretieren, oder?«

»Immer wieder diese Frage«, meckerte Beate. »Klar kann man das. Aber vergiss nicht, ich mache das schon länger und habe da so meine Erfahrungen. Du hast ja gerade selbst zugegeben, dass ich dir noch nie etwas Falsches gesagt habe.«

»Verdammt, das hat mir gerade noch gefehlt«, murmelte Liane.

»Weitermachen? Dann finden wir es raus.«

Liane setze sich wieder gerade hin und kniff die Augen zusammen. »Kommt jetzt nicht der Teil, wo du diese vier Karten mischst und dann auf vier von denen verteilst?«, fragte sie und zeigte auf die acht Reihen, von denen jetzt jede eine Lücke hatte.

»So ist es, Herzchen. Und die erste lege ich auf dich.«

»Wusste ich's doch. Nein, nicht weitermachen. Ich habe genug erfahren. Mehr, als ich eigentlich wollte.«

»Hab ich mir schon gedacht. Du kleiner Feigling. Bleibst du trotzdem noch ein bisschen? Wir haben so lange nicht mehr gequatscht«, sagte Beate, während sie die Karten wieder zusammenlegte.

»Sehr gern«, sagte Liane langsam und roch den Braten. »Aber nur, wenn wir mit keiner Silbe auf die Bedeutung des letzten Bildes eingehen.«

»Wenn du darauf bestehst.«

»Das meine ich ernst.«

»Ja, ja, schon gut.« Beate rollte mit den Augen.

»Gut. Und ich möchte noch einen Eistee.«

***

Aus »ein bisschen bleiben« waren fast drei Stunden geworden. Beate hatte sich die ganze Zeit über an ihr Versprechen gehalten, was Liane ihr nicht zugetraut hätte und daher besonders hoch anrechnete. So konnte Liane es genießen, mal wieder entspannt über ein paar harmlose Frauenthemen zu schwafeln und sich dabei keine Gedanken über vermeintlich kriminelle alte Bekannte, Streit suchende Bürgermeister und komplizierte Gefühle für neue Bekannte machen zu müssen.

Als sie sich am späten Nachmittag jedoch auf den Heimweg machte, nach draußen trat und zu ihrem Haus hinübersah, waren all diese schwierigen Themen auf einen Schlag wieder präsent. Ein Polizeiwagen, dessen Fahrer nirgendwo zu sehen war, stand in ihrer Auffahrt. Dabei hatte sie noch nicht mal die Gelegenheit gehabt, die Ergebnisse aus der Sitzung mit Beate in Ruhe zu überdenken.

Beate, die sie zur Tür gebracht hatte, nahm sie zum Abschied in den Arm. »Bis demnächst, Herzchen.«

»Ja, bis bald«, erwiderte Liane und verließ ihre Freundin, die zu ihrer Überraschung nicht vor der Tür stehen blieb, um herauszufinden, wer da was von ihr wollte.

Sie hatte ihr Grundstück kaum betreten, als Saalfeld zwischen Haus und Garage hervortrat.

»Mann, hab ich ein Glück!«, behauptete er. »Ich wollte gerade wieder abhauen.«

Ja, was für ein Glück, dachte Liane, der Beates Deutung vom letzten Bild in den Sinn kam. »Hast du mich dahinten gesucht?«

»Auch. Ich dachte, dass du vielleicht auf der Terrasse sitzt und mein Klingeln deswegen nicht hörst. Und weil das nicht der Fall war, habe ich mich dann einfach in einen Stuhl gefläzt und auf dich gewartet. Aber höchstens für zehn Minuten. Das war doch in Ordnung, oder?«

»Ja, kein Problem. Du musst ja was Schwerwiegendes auf dem Herzen haben, wenn du extra auf mich wartest.«

Saalfelds obligatorisch fröhliches Gesicht wurde ernst. »Das stimmt allerdings. Wir müssen dringend reden. Und bevor du fragst: auf jeden Fall drinnen.«

Liane nickte. Sie hatte eine klare Vorstellung von dem, was nun kommen würde. Der Bürgermeister hatte sich bei ihm ausgekotzt. Und es stand außer Frage, dass er den Polizisten aufgefordert hatte, ein Machtwort mit ihr zu sprechen, vielleicht sogar mit Konsequenzen zu drohen. Im Grunde rechnete sie nicht damit, dass Saalfeld dem blind Folge leisten würde, aber sie kannte ihn eben auch noch nicht gut genug, um zu wissen, wo seine Grenzen lagen. Wenn es Greve gelingen würde, einen auch noch so kleinen Keil zwischen Saalfeld und sie zu treiben, wäre das schon ärgerlich genug.

Sie öffnete die Tür und ließ Saalfeld vorausgehen, der wie selbstverständlich die Küche ansteuerte.

»Möchtest du was trinken?«

»Danke, im Moment nicht. Ich habe heute mehr Wasser getrunken, als man in zwei Tagen ausschwitzen kann.«

Sie bemerkte, dass die Pinnwand seine Aufmerksamkeit erregt hatte. Da sie nicht allzu groß war, füllten Lianes Notizen sie inzwischen aus, während bei seinen letzten Besuchen gerade mal ein Zettel mit einer Handynummer und einer E-Mail-Adresse sowie ein Versandhausgutschein daran gehangen hatten. Mit seinen geübten Polizistenaugen hatte er das gewiss registriert.

»Du weißt, warum ich hier bin, oder?«, fragte er, ohne den Blick von der Pinnwand abzuwenden.

Liane ging an ihm vorbei und setzte sich an den Küchentisch. Da er ihre Notizen ohnehin schon bemerkt hatte, war es wohl unnötig, ein Geheimnis daraus zu machen. »Ich kann es mir denken.«

»Greve war ziemlich aufgebracht. So hat er sich in meiner Gegenwart bisher noch nicht aufgeführt. Das hättest du echt erleben müssen.«

Liane lachte auf. »Oh nein, hätte ich nicht. Ich habe eine sehr konkrete Vorstellung davon, wie er sich vor dir inszeniert hat. Außerdem habe ich schon des Öfteren die zweifelhafte Ehre gehabt, Zeugin seiner cholerischen Anfälle zu werden. Wie er sich allein heute Morgen schon wieder produziert hat, war eine absolute Frechheit. Aber mit selbstkritischen Betrachtungen hat er es leider nicht so.«

Saalfeld beobachtete sie mit ernstem Blick. Es schienen Mitgefühl und so etwas wie Solidarität darin zu liegen. »Ich werde mal kurz zusammenfassen, was er da alles rausgehauen hat, in Ordnung?«

»Na klar, leg los.«

»Zuerst hat er mir natürlich dezidiert geschildert, was sich heute Morgen zugetragen hat. Ich gehe davon aus, dass er seine Version an der einen oder anderen Stelle dramaturgisch überzeichnet hat, aber davon sollten wir uns nicht verrückt machen lassen. So ist er nun mal. Seine Bewertung der Ereignisse fällt jedenfalls so aus, dass du dich der vorsätzlichen Amtsanmaßung schuldig machst, weil du dich trotz deiner Kündigung vor zwei Jahren als Kommissarin ausgegeben und auf dieser Grundlage Ermittlungen durchgeführt hast, die ausschließlich Amtsträgern der Staatsgewalt vorbehalten sind.«

Liane wollte lautstark protestieren, hielt sich aber im letzten Moment zurück. Ihr kamen plötzlich Zweifel, ob der letzte Teil von Greves Anschuldigungen nicht tatsächlich noch knifflig für sie werden könnte. Sie hatte immerhin gewusst, dass Frau Meister unbeirrbar die Kommissarin in ihr sah, und speziell an diesem Morgen hatte sie es zumindest billigend in Kauf genommen. Und Scharade hin oder her, es entsprach der Wahrheit, dass sie die Garage der Willers an diesem Morgen nicht wegen eines Hochdruckreinigers hatte betreten wollen.

»Nach seiner Überzeugung gehörst du eigentlich gemäß Paragraf 132 des Strafgesetzbuches weggesperrt. Offensichtlich hat er sich mit diesem Straftatbestand ein wenig auseinandergesetzt.«

Liane sah ihn erschrocken an. »Hat er etwa – er hat doch wohl nicht wirklich Anzeige erstattet?«

Saalfeld ließ ein kurzes Lächeln aufblitzen. »Er hat es folgendermaßen ausgedrückt: Wenn er nicht so ein verdammt gutmütiger Mensch wäre, dem auch das Wohl der schwarzen Schafe unter seinen Mitbürgern am Herzen liege – bei aller Überwindung, die es ihn manchmal koste –, würdest du dich schon bald vor Gericht wiederfinden. Darum könntest du wirklich von Glück reden, dass er und nicht ein weniger gutmütiger Mensch Bürgermeister von Friedrichskoog sei. Zitatende. Sehr altruistisch, wie ich finde.«

»Was für ein –« Liane beendete den Satz nicht. »Und was hat er nun von dir verlangt? Er hat doch was von dir verlangt, oder?«

»Natürlich. Er hat mir verdeutlicht, dass seine Geduld und seine

Gutmütigkeit bei allem Wohlwollen endlich sind. Um dich vor dir selbst zu schützen, hält er es daher für zwingend notwendig, dass dir jemand klarmacht, wie dünn das Eis ist, auf dem du dich bewegst. Da du ihn – ich zitiere ihn jetzt erneut – aus Gründen, die er sich nicht erklären kann, weder besonders magst noch angemessen ernst zu nehmen scheinst, hält er es für das Beste, wenn ich dieses Gespräch mit dir führe. Von Polizist zu Expolizist.«

Angesichts der Scheinheiligkeit des Bürgermeisters und der angreifbaren Position, in die sie sich tatsächlich selbst manövriert hatte, war Liane einfach nur sprachlos.

»Warum hat der Mann dich so auf dem Kieker?«, wollte Saalfeld wissen.

Liane zuckte die Schultern. »Wir konnten noch nie besonders gut miteinander. Ich vermute, dass er mir meine Kündigung nach dem Zwischenfall mit den beiden jungen Männern aus irgendwelchen Gründen wohl sehr übel genommen hat. Man hätte meinen können, dass er darüber froh sein würde, aber stattdessen wurde es nur noch schlimmer.« Resigniert und frustriert sah sie Saalfeld direkt in die Augen. »Und nun?«

Saalfeld erwiderte ihren Blick für eine Weile, schaute dann kurz zur Pinnwand und wieder zurück zu ihr. »So ganz falsch liegt Greve nicht, oder?«

Liane wusste nicht, wie sie darauf reagieren sollte, und zierte sich ein wenig.

»Ich hatte gehofft, dass du weißt, dich mir jederzeit anvertrauen zu können«, schob Saalfeld nach, der das Ausbleiben einer Antwort wohl falsch interpretiert hatte.

»Das weiß ich doch auch. Zumindest glaube ich es zu wissen. So wirklich gut kennen wir uns ja eigentlich noch nicht. Jedenfalls habe ich mich in den letzten zwei Jahren nicht ein einziges Mal als Angehörige der Polizei ausgegeben. Ich habe dir doch neulich schon etwas dazu gesagt. Es gibt hier ein paar Leute im Ort, fast ausnahmslos älteren Baujahrs, die mich trotz meiner Belehrungen immer noch als solche sehen. Die gute Nachricht ist, dass es Hoffnung gibt. Frau Meister hat es nun endlich begriffen, nämlich ausgerechnet heute Morgen, im Beisein Greves.«

Saalfeld nickte und sah wieder zur Pinnwand. »Aber du bist an was dran. Als ich gestern zu dir gesagt habe, dass der Einbruch bei den Willers dich nicht mehr loslässt, da habe ich einen Volltreffer gelandet. Dir ist etwas aufgefallen, was an diesem Fall nicht stimmt.«

»Und wenn es so wäre?«

»Dann hilf mir endlich, verdammt noch mal! Was muss ich denn noch tun, damit du endlich begreifst, dass ich dir vertraue und großen Wert auf deine Meinung lege? Ich sehe keine Konkurrenz in dir, falls du das glauben solltest. Du hast zwar gekündigt, aber du denkst immer noch wie ein Polizist. Das finde ich gut. Hilf mir – oder lass mich dir helfen.«

Liane reagierte nicht.

»Hey, was ist?«

»Ich weiß grad nicht, was ich davon halten soll. Greve fordert dich auf, mir Feuer unterm Hintern zu machen, aber stattdessen forderst du mich auf, nichts darauf zu geben. Wenn er das mitbekommt – und ich wette mit dir, dass er das wird –, fühlt er sich nur noch mehr provoziert. Ich habe ehrlich gesagt keine Lust, mich vor Gericht verantworten zu müssen. Und für dich würde das doch auch nicht von Vorteil sein. Dieser Mann kann einem das Leben wirklich schwer machen.«

»Ach, zum Teufel mit ihm! Er ist der Bürgermeister, nicht der Polizeichef. Seine Aufgabe ist es, zu repräsentieren und zu verwalten. Punkt.«

»Ich fürchte, dass es nicht ganz so einfach ist.«

»Aber warum denn nicht? Du sollst ja keine Festnahmen aussprechen oder Vernehmungen durchführen. Aber wenn du dich hier und da mal umhörst? Oder dich mal, allgemein gesprochen, zufällig am Ort des Geschehens aufhältst? Aus rein privaten Gründen, so wie heute Morgen? Und wenn du mich dann vielleicht bei Gelegenheit an deinen Gedanken teilhaben lässt? Natürlich nur, wenn du selbst kein ungutes Gefühl dabei hast, darüber waren wir uns ja inzwischen einig. Aber mal ehrlich, was spricht dagegen? Wer will das verhindern? Und auf welcher Grundlage?«

Verunsicherung und Versuchung fochten einen Kampf in Liane aus. Seine Worte klangen gut, aber sie wusste natürlich, dass es trotzdem riskant war.

»Was ich dann mit diesen Gedanken anfange, ist auch wieder allein meine Entscheidung und meine Verantwortung. Ich kann sie verwerten, natürlich ohne deinen Namen ins Spiel zu bringen, und ich kann sie ignorieren. Und hey, wir werden ihm das gewiss nicht auf die Nase binden. Mir ist schon klar, dass es keine gute Idee wäre, sich diesen Mann zum Feind zu machen. Aber es ist ja auch nicht meine Absicht, ihn bewusst zu provozieren. Ich will nur meinen Job so gut wie möglich erledigen. Da wäre es doch hirnverbrannt, wenn ich nicht alle Möglichkeiten ausschöpfe und alle Hilfe in Anspruch nehme, die ich nur kriegen kann.«

Liane atmete erneut tief durch und schlug sich mit den Händen auf die Oberschenkel. »Also gut. Überredet. Ich werde dir helfen. Aber nur dann, wenn ich es für richtig halte. Niemals auf Zuruf.«

Saalfeld machte eine abwehrende Geste. »Selbstverständlich.«

»Und wage es nicht, mich einfach hängen zu lassen, wenn es deinen schönen Worten zum Trotz doch mal eng wird. Mich willst du auch nicht zum Feind haben.«

»Das will ich wirklich nicht«, bestätigte Saalfeld, setzte sich zu ihr an den Tisch und hielt ihr die Hand hin. »Deal?«

»Deal«, bestätigte Liane und griff zu.

»Klasse! Das freut mich wirklich. Du bist ein ganz schön zäher Brocken.«

»Und du bist verdammt hartnäckig. Schon fast penetrant.«

»Ich fasse das als Kompliment auf«, behauptete er mit einem schelmischen Grinsen im Gesicht. »Dann lass uns doch gleich ans Eingemachte gehen, wenn du nichts dagegen hast. Der Einbruch bei Willers lässt dir also keine Ruhe«, stellte er erneut fest und sah wieder zur Pinnwand. »Warum nicht?«

»Folgender Vorschlag: Ich mache uns einen Kaffee, und du liest dir in Ruhe durch, was ich mir da so zusammengereimt habe. Wenn du dann zu einzelnen Punkten Fragen hast, sprechen wir die durch. Das dürfte am einfachsten sein.«

Saalfeld war einverstanden.

Es nahm kaum eine Minute in Anspruch, Wasser und Kaffeepulver in die Maschine zu füllen. Liane wollte ihn aber nicht ablenken, während er ihre Notizen studierte, und blieb daher, gegen die Küchenzeile gelehnt, so lange bei der Kaffeemaschine stehen, bis sie komplett durchgelaufen war.

Vor Beginn der Reinigungsarbeiten am späten Vormittag hatte

sie sich noch die Zeit genommen, die alten Notizen neu anzuordnen, um Platz für eine vierte Rubrik mit der Überschrift »Offene Fragen« zu schaffen und weitere Gedanken zu ergänzen. In der neuen Rubrik fanden sich zwei Fragen:

Warum sollte Heiko sein Benzin verschütten, wenn er das Feuer wg. der Überraschung durch den Einbrecher u. der anschließenden Auseinandersetzung mit ihm nicht gelegt hat?
Wenn die Kanister dennoch leer sind, bedeutet das was?

Unter der zweiten Frage hingen drei Antwortversuche:

Jemand anders muss es getan haben (wer? warum?).
Heiko war in Panik u. hat die falschen Schlüsse gezogen (so wie ich zuerst).
Heiko hat das Benzin vor dem Urlaub benötigt u. nicht wieder aufgefüllt (obwohl er so ordentlich u. so gut organisiert ist?).

In der Rubrik »Erklärungen« war, auf zwei Zettel verteilt, ein weiterer Eintrag hinzugekommen:

Der Einbrecher war kein Einbrecher. Heiko hat ihn beauftragt, sein Haus in Brand zu setzen. Als er Skrupel bekam u. den Mann aufhalten wollte, kam es zum Streit (z. B. wg. des versprochenen Geldes),
an dessen Ende Heiko den Mann (hoffentlich in Notwehr) tödlich verletzte. (Es bleibt die Frage, warum dann das Benzin entleert wurde.)

Liane stellte zwei volle Kaffeebecher auf den Tisch und setzte sich wieder zu Saalfeld, der immer noch die Pinnwand anstarrte. »Brauchst du noch einen Moment?«

»Nein, bin so weit durch«, antwortete er, ließ den Blick aber dennoch auf ihren Notizen ruhen.

»Und? Was hältst du davon?«

»Das ist sehr interessant. Und ein paar Aspekte sind mir auch neu. Deswegen gäbe es da schon Fragen, die ich dir gern stellen würde.«

»Lass hören.«

»Da wäre zum einen die Sache mit den Versicherungen, die Herr Willers abgeschlossen hat. Woher weißt du davon?«

»Christian Pöhls ist einer der ortsansässigen Versicherungsvertreter, und Heiko Willers ist Kunde bei ihm. Pöhls' Frau ist wiederum eine Kundin von mir und hat es mir ein paar Wochen vor dem Einbruch erzählt.«

»Vor dem Einbruch, sagst du? Und warum hat sie es dir erzählt?«

»Blanker Zufall. Sie monierte die Gemütslage ihres Mannes. Ich hatte das Gefühl, dass sie darüber reden wollte, und habe ein bisschen nachgebohrt. Da erzählte sie mir, dass seine Übellaunigkeit wohl unter anderem daher rührte, dass Heiko diese Versicherungen bei einem anderen Vertreter in Marne abgeschlossen hatte.«

»Ah, ich verstehe. Und was hat es mit Herrn Willers in Marne auf sich?«

»Das war auch reiner Zufall. Maria Hinrichsen ist eine alte Freundin von mir. Und ebenfalls eine Kundin. Am Tag nach dem Einbruch hatte sie eine Sitzung bei mir, und – na ja, ich habe ihr von dem Einbruch erzählt. Sie ist ziemlich gut mit den Willers befreundet und wusste zu diesem Zeitpunkt noch nichts davon. Das Thema war eigentlich schon durch, aber dann vertraute sie mir noch an, Heiko in Marne gesehen zu haben, obwohl er offiziell schon auf Mallorca war.«

Saalfeld schaute außerordentlich skeptisch. »Sie könnte sich geirrt haben«, stellte er dann fest. »Nein, vergiss es. Sie muss sich geirrt haben. Wir sind gleich am frühen Morgen mit den Willers in Kontakt getreten. Da lag die Leiche des Einbrechers noch vor deren Treppe. Es sprang jedoch sofort die Mailbox an, sodass wir sie zum Rückruf aufgefordert haben. Der erfolgte so zwischen neun und zehn Uhr, ich weiß es gerade nicht genau. Jedenfalls war es unverkennbar eine Nummer aus Spanien, über die sie sich gemeldet hat.«

»Sie? Ihr habt also nur mit ihr gesprochen?«

Saalfeld runzelte die Stirn. »Ja, stimmt schon. Von ihm haben wir nichts gehört. Aber wenn man keine Konferenzschaltung einrichtet, kann man nun mal nur mit einem Gesprächspartner gleichzeitig telefonieren, und das war in diesem Fall Frau Willers. Ich glaube trotzdem, dass deine Freundin sich geirrt haben muss.«

»Das war auch meine erste Reaktion. Aber sie war sich hundertprozentig sicher. Sie kam gerade aus Itzehoe, hat ihn dann im Ausstellungsraum des Mercedes-Händlers herumlaufen sehen, der ja gleich am Ortseingang von Marne liegt, und hat extra angehalten, um noch mal genauer hinzusehen. Sie hat keinen Zweifel, dass es Heiko war.«

»Hat sie denn mit ihm gesprochen?«

»Nein. Sie hatte noch einen Arzttermin und war wohl ohnehin schon spät dran. Außerdem wollte sie ihn nicht in Verlegenheit bringen.«

Saalfeld warf ihr einen verständnislosen Blick zu.

»Ich weiß. Aber was soll ich sagen? So ist Maria eben.«

»Das wäre natürlich ein Ding«, sagte Saalfeld nachdenklich, während er sich eine Notiz machte. »Ich werde das prüfen lassen.«

»Und? Was hältst du von meiner Verschwörungstheorie?«

»Ich hätte mir gewünscht, diese Informationen schon früher gehabt zu haben. Kein Vorwurf, nur eine Feststellung. Ich weiß ja, was dich hat zögern lassen. Aber grundsätzlich kann ich deine Schlussfolgerungen schon nachvollziehen. Es klingt logisch. Solange jedoch die Behauptung deiner Freundin nicht abgesichert ist, bleibe ich skeptisch. Die Qualität deiner Theorie steht und fällt mit dem Aufenthaltsort von Herrn Willers.«

Saalfeld sah erneut auf Lianes Notizen. »Eine Frage noch. Diese Sache mit dem Benzin. Warst du deswegen heute Morgen in Willers' Garage?«

Liane seufzte. »Ach verflixt, das war ein blöder Fehler. Wenn ich da vorher etwas genauer drüber nachgedacht hätte, wäre mir die Konfrontation mit Greve erspart geblieben.«

»Wie bist du da überhaupt drauf gekommen? War das ein Schuss ins Blaue?«

»Nein. Ich weiß von meinem Mann, dass Heiko immer mehrere Kanister Benzin bei sich in der Garage lagert. Für Notfälle eben. Ich habe dieses Wissen einfach mit meiner Theorie und dem Anschlag auf Witwe Borchardts Garten verknüpft, ohne es richtig zu Ende zu denken.«

»Aber du hältst es nach wie vor für wichtig, wie ich hier sehe?«

»Ja, irgendwie schon. Als du mir gestern erzählt hast, dass der Benzinanschlag auf Witwe Borchardts Garten in der Nacht des

Einbruchs durchgeführt wurde, war das, als hätte ich ein lange gesuchtes Puzzleteil gefunden. Ich bin mir immer noch sicher, dass dies kein Zufall sein kann. Aber nachdem ich heute Morgen meinen Logikfehler bemerkt habe, weiß ich im Moment nicht, wie es da richtig reinpasst. Die Rubrik mit den offenen Fragen ist darum auch erst heute Vormittag entstanden, nach dem Aufeinandertreffen mit Greve. Die anderen Rubriken habe ich schon gestern Abend angelegt, gleich nachdem du gegangen warst.«

»Ach was? Hattest du denn auch vor, mir das irgendwann mal zu zeigen?«

Liane zögerte, bevor sie antwortete. Sie hielt es für das Beste, wenn sie ihm nichts von ihrer Sitzung mit Beate erzählte. Nach ihrer Erfahrung reagierten die meisten Männer auf derlei Dinge mit Unverständnis und Spott. »Ja, hatte ich. Ich wollte nur noch einen geeigneten Zeitpunkt abwarten.«

»Einen geeigneten Zeitpunkt«, wiederholte er langsam und sah abermals zur Pinnwand. »Dann muss ich mich ja eigentlich beim Bürgermeister bedanken.«

Er legte den Zeigefinger auf den letzten Eintrag in der Rubrik »Erklärungen«. »Du hältst es für möglich, dass Willers und der Einbrecher sich kannten?«

»War so eine Idee, die mir heute Vormittag gekommen ist. Sie ist aber eigentlich nicht mein Favorit.«

»Eigentlich?«

»Na ja, wenn ich etwas mehr über den Einbrecher wüsste, könnte sich das durchaus noch ändern«, lenkte Liane vorsichtig ein.

»Was willst du wissen?«

Sie sah ihn verblüfft an. »Im Ernst? Bist du sicher?«

»Na, hör mal! Ich weiß, dass ich mich auf deine Verschwiegenheit verlassen kann. Außerdem bist du mir keine richtige Hilfe, wenn ich dir wichtige Informationen vorenthalte, oder?«

Liane lächelte ihn an. »Danke für dein Vertrauen. Dieser Einbrecher, was war das für einer? Ein alter Bekannter? Ein unbeschriebenes Blatt?«

»Unbeschriebenes Blatt. Ein Finanzbeamter aus Marne, vierzig, verheiratet, keine Kinder, keine Schulden, abgesehen von der Abzahlung des Hauses. Seine Frau steht immer noch unter

Schock, soweit ich weiß. Natürlich auch wegen seines abrupten Dahinscheidens, vor allem aber wohl wegen des Umstandes, dass der Tod ihn bei einem Einbruch ereilt hat.«

»Ich nehme an, dass er obduziert wurde?«

Saalfeld zögerte kurz. »Du willst wissen, ob es Anzeichen für eine körperliche Auseinandersetzung oder sogar für einen Mord gegeben hat. Aber da muss ich dich enttäuschen. Der Obduktionsbericht ist heute reingekommen. Todesursache Genickbruch, daran hat sich nichts geändert. Ansonsten keine Auffälligkeiten.«

»Danke. Dann bleibt es dabei, dass die Erklärung nicht mein Favorit ist.«

Saalfeld sah sie nachdenklich an. »Willers könnte ihn aber immer noch die Treppe runtergeschubst haben, ohne vorherigen Kampf.«

»Ganz recht. Ich habe auch nicht vor, die Erklärung zu verwerfen. Sie ist eben nur nicht mein Favorit.«

Saalfeld sah auf die Uhr. »Oh Mann, die Zeit rennt.« Er stand auf. »Ich muss leider wieder los. Greve wartet auf mich.«

»Sag nicht, dass du ihm jetzt gleich Bericht erstatten willst.«

»Doch. Er hat mich darum gebeten.«

Liane gab sich keine Mühe, ihre Verwunderung zu verbergen. »Das kann ich jetzt irgendwie nicht fassen. Und was willst du ihm erzählen?«

»Genau das, was er hören will.«

»Mit anderen Worten: Du lügst ihn an.«

»Und zwar so, dass sich die Balken biegen. Mach dir keine Sorgen um Greve, der ist mein Problem. Wir beide verfahren zukünftig so wie gerade besprochen, während ich ihn in dem Glauben lasse, dass sein Wille geschieht. Ich bin zuversichtlich, dass es funktionieren wird.«

»Ich hoffe, dass du recht hast«, murmelte Liane. »Apropos zukünftiges Verfahren, wie machen wir nun im Fall Willers weiter?«

»Wie schon gesagt, bevor wir weitere Schritte unternehmen, müssen wir uns vergewissern, ob deine Freundin Maria sich nicht doch geirrt hat. Ich werde über den Reiseveranstalter abchecken, ob *beide* Willers den Flieger bestiegen beziehungsweise ob beide die gebuchte Unterkunft am Urlaubsort bezogen haben. Die

Reisedaten hole ich mir von Frau Meister. Wie wär's, willst du parallel dazu noch mal mit deiner Freundin sprechen?«

Liane nickte. »Hab ich auch schon dran gedacht.«

»Dann machen wir es so. Ich komme morgen dann im Laufe des Tages zu dir, und wir tragen zusammen, was wir haben. Bist du den ganzen Tag über zu Hause?«

Liane überlegte kurz. »Eigentlich schon. Am frühen Vormittag habe ich einen Kunden, aber dessen Behandlung werde ich bis zehn Uhr abgeschlossen haben. Nachmittags kommt mein Mann allerdings zurück. Der wird erfahrungsgemäß spätestens um halb drei hier sein. Es wäre mir lieb, wenn er das nicht unbedingt mitbekommt.«

Saalfeld bedachte sie mit einem nachdenklichen Blick, dem sie schnell auswich.

»Dann drück mir die Daumen, dass ich die Informationen bis dahin habe. Also, bis morgen.«

Nachgehakt – Schwache Nerven – Die Karten lügen nicht – Ein unmoralisches Angebot

Gleich nachdem Lianes Kunde gegangen war, machte sie sich auf den Weg zu ihrer Freundin Maria. Noch am Vorabend hatte sie darüber nachgedacht, sich offiziell bei ihr anzumelden, um es dann letztlich doch nicht zu tun. Abgesehen von den Massagen waren ihre Zusammenkünfte in der Vergangenheit nie nach vorheriger Vereinbarung erfolgt, da man sich in Friedrichskoog sowieso irgendwann über den Weg lief. Im Zusammenhang mit der Frage, die sie an Maria zu richten gedachte, kam es Liane einfach zu auffällig vor. Stattdessen entschied sie sich für die Variante, gerade zufällig in der Nähe gewesen zu sein. Maria wohnte wenige hundert Meter vom Supermarkt entfernt, und da Liane ohnehin noch Besorgungen für das Wochenende zu machen hatte, konnte sie beides miteinander verbinden, ohne eine frei erfundene Geschichte erzählen zu müssen.

Liane legte erneut den Weg zu Fuß zurück. Die Sonne brannte zwar ähnlich unbarmherzig vom Himmel wie schon am Vortag, und ihre Einkäufe würden einiges an Gewicht haben, aber trotzdem lehnte sie es ab, für die kurze Distanz ihr nicht klimatisiertes altes Auto anzuwerfen. Darüber hinaus war sie neugierig, ob der unbekannte Fremde wieder irgendwo auftauchen würde. Wenn er tatsächlich an ihr dran war, ergab sich vielleicht eine Gelegenheit, ihn zur Rede zu stellen. Sie würde es zumindest versuchen, auch wenn allein der Gedanke irgendwie verstörend auf sie wirkte.

Am Ende des Schleusenweges befand sich linker Hand die Bäckerei Balzer. Sie hatte die Form eines Rondells, das zu zwei Dritteln von einer metallenen Empore umgeben war, die als Außenterrasse diente. Schon aus der Entfernung konnte Liane erkennen, dass die meisten Tische besetzt waren. Erfahrungsgemäß handelte es sich dabei zumeist um Tagesgäste oder Urlauber, sodass Liane es bei einem flüchtigen Blick beließ und ihren Weg fortsetzte – bis sie auf Höhe des Rondells war und eine Stimme ihre Aufmerksamkeit erregte, die sie nur zu gut kannte. Sie verlangsamte ihre Schritte und sah erneut zur Bäckerei.

Bürgermeister Ludwig Greve lief wieder einmal zur Höchstform auf und redete ohne Pause. Und die Person, die er sich als Opfer erwählt hatte, war erneut Maria Hinrichsen. Sie wirkte noch niedergeschlagener als zwei Tage zuvor in Marne, als sie zusammen mit Greve an Liane vorbeigelaufen war. Ihr Blick war starr auf die Kaffeetasse gerichtet, die sie auf der Untertasse nervös hin und her drehte.

Spontanes Mitleid flammte in Liane auf. Sie konnte ihrer Freundin nicht schon wieder die offensichtlich dringend benötigte Hilfe verweigern. Ohne lange zu überlegen, änderte sie ihren Plan und hielt auf Maria und den Bürgermeister zu.

»Wenn ich mir etwas in den Kopf setze, wird das auch so geschehen. Ich mache das hier schon zu lange, um nicht zu wissen, welche Knöpfe ich drücken muss beziehungsweise wie ich wen nehme. Einem alten Trapper kann man nun mal nicht in die Flinte pissen«, schmeichelte Greve sich gerade selbst, gefolgt von einem überheblichen Gekicher, als Liane zu den beiden an den Tisch trat.

»Einen wunderschönen guten Morgen wünsche ich«, sagte sie fröhlich.

Beide rissen überrascht die Köpfe hoch. Während sich in Marias Antlitz so etwas wie Hoffnung abzeichnete, reagierte der Bürgermeister erschrocken, als hätte Liane ihn bei etwas Unanständigem erwischt.

»Frau Maschmann?«, entfuhr es ihm.

»Höchstselbst! Macht es jemandem etwas aus, wenn ich mich kurz dazusetze? Ich wollte zwar gerade einkaufen gehen, aber dann sah ich Maria und dachte mir, dass ich vorher noch Zeit für einen Kaffee habe.«

»Also mich störst du nicht«, versicherte Maria und lächelte Liane dankbar an.

Greve warf Maria daraufhin einen gekränkten Blick zu.

»Keine Sorge, Herr Greve«, sagte Liane beschwichtigend und legte dem Bürgermeister eine Hand auf den Unterarm. »Kein Herumschnüffeln und kein Schmücken mit fremden Titeln, versprochen. Einfach nur Kaffee und ein Schwätzchen.«

»Ich … werde die Damen aber leider allein lassen müssen. Ich habe gerade schon zu Frau Hinrichsen gesagt, dass ich leider wieder losmuss. Die Pflicht ruft«, behauptete Greve und erhob sich.

»Das ist aber schade«, gab sich Liane enttäuscht und tat, als würde sie bei Maria nach einer Bestätigung ihrer Behauptung suchen.

»Ja, aber ich muss leider. Äh … ich lade Sie selbstverständlich ein. Beide natürlich. Frau Maschmann, Sie wollten einen Kaffee? Ich lasse Ihnen einen bringen.«

»Oh, vielen Dank! Das ist sehr freundlich von Ihnen, Herr Greve.«

Der Bürgermeister lächelte unsicher und schien einen Moment lang nicht zu wissen, was er als Nächstes tun sollte. »Meine Damen, ich empfehle mich«, sagte er schließlich und betrat die Bäckerei, um die Rechnung zu begleichen.

»Alles gut bei dir?«, fragte Liane Maria leise.

»Warte noch einen Moment, bis er in seinem Wagen sitzt«, flüsterte die zurück.

Eine gute Minute verstrich, während der die beiden Frauen kein Wort miteinander wechselten. Liane beobachtete ihre Freundin, die gebannt nach dem Bürgermeister Ausschau hielt, bis er endlich mit seinem Mercedes vom Parkplatz rollte.

»Na endlich! Du hast mich echt gerettet. Vielen Dank.«

»Hab ich sehr gern getan. Ich weiß, wie unangenehm dieser Kerl sein kann. Wie kam es denn dazu?«

»Ach …«, Maria fuchtelte ratlos mit den Händen in der Luft, »… ich weiß auch nicht. Ich steh hier an, um ein Brot und ein paar Stücke Kuchen für heute Nachmittag zu kaufen, da taucht er plötzlich neben mir auf und lädt mich zu einem Kaffee ein. Ich war wohl einfach zu überrascht, um abzulehnen. Immerhin ist er ja auch der Bürgermeister.«

»Na und? Es ist doch wohl das gute Recht von jedermann, eine solche Einladung auszuschlagen, wenn es gerade nicht in die eigenen Pläne passt. Auch wenn sie vom Bürgermeister kommt«, behauptete Liane und fügte in Gedanken hinzu: *Gerade* wenn sie von dem kommt. »Worum ging es denn?«

»Frag mich nicht. Irgendwie lief es immer darauf hinaus, dass er ein ganz toller Typ ist, der einen Spitzenjob macht, und bla, bla, bla. Ich habe ehrlich gesagt nur mit einem halben Ohr zugehört und an den richtigen Stellen genickt.«

Liane musste lachen. »Ja, so ähnlich sah es auch aus. Du Arme! Gleich zwei Mal so ein Pech in so kurzer Zeit. Lief es in Marne ähnlich ab?«

Marias Überraschung war allzu deutlich zu erkennen. »Woher weißt du das denn?«

»Ich habe euch gesehen«, gestand Liane und gab sich aufrichtig zerknirscht. »Ich saß vor dem Stadtcafé, und ihr beiden seid direkt an mir vorbeigelaufen. Tut mir leid, dass ich dich nicht damals schon gerettet habe, aber ich war an dem Tag bereits unangenehm mit Greve aneinandergeraten.«

»Na großartig«, sagte Maria.

»Es tut mir wirklich leid. Ich weiß auch, dass es egoistisch von mir war. Deswegen konnte ich dich heute auch nicht schon wieder deinem Schicksal überlassen. Aber das Zusammentreffen mit ihm ist wirklich nicht schön gewesen«, rechtfertigte sich Liane.

»Nein, das habe ich gar nicht gemeint. Du musst dich auch nicht entschuldigen. Ich frage mich nur, ob uns jemand anders vielleicht auch zusammen gesehen hat – vorgestern in Marne und heute schon wieder. Bei dir mache ich mir keine Sorgen um das Qualmen der Gerüchteküche, aber mir fallen in Friedrichskoog genügend Leute ein, die weniger vertrauenswürdig sind.«

Liane versuchte sich an einem neutralen Blick, der ihr offensichtlich misslang.

»Ich weiß schon«, hob Maria an und seufzte. »Eigentlich trifft es genau die Richtige. Ich bin selbst ein Klatschweib, das kann ich wohl kaum schönreden. Aber nun ist es halt mal so, dass ich auf der anderen Seite stehe, und ich will einfach nicht, dass ausgerechnet über mich und Greve getratscht wird. Verstehst du mich?«

Liane musste unwillkürlich an ihre eigene Situation mit Saalfeld denken. »Ja, besser, als du glaubst.«

»Die Hinrichsen hat was mit dem Bürgermeister«, sagte Maria sich langsam vor. »Verdammt, so was hätte mir wirklich gerade noch gefehlt!«

»Ich werde mich nicht an solchem Gerede beteiligen, darauf hast du mein Wort«, versicherte ihr Liane.

»Weiß ich doch. Aber trotzdem danke, das ist lieb von dir. Womit setzt Greve *dir* denn zu?«

Beide Frauen verstummten kurz, als Lianes Kaffee gebracht wurde.

»Ach, das Übliche. Du weißt ja, halb Friedrichskoog nennt mich noch immer *Frau Kommissarin.* Er wirft mir das vor und bezichtigt mich sogar der Amtsanmaßung.«

Maria schnaubte verächtlich. »Ja, er kann ein ziemliches Arschloch sein. Lass uns lieber das Thema wechseln. Der Idiot muss nicht auch noch in Abwesenheit unsere Aufmerksamkeit genießen. Wolltest du wirklich gerade einkaufen, oder war das nur ein Vorwand, um mir zu Hilfe zu eilen?«

Liane presste zwei Finger unter ihre linke Brust und hob mit der anderen Hand ihren Rucksack hoch. »Ich wollte wirklich einkaufen.«

»Das nennt man wohl Glück im Unglück. Dann erzähl mal. Was läuft so bei dir?«

In den folgenden Minuten entspann sich ein untypisches Gespräch mit Maria, die sich jedwede Lästerei über ihre Mitbürger konsequent verkniff und stattdessen ein ausführliches und sehr selbstkritisches Licht auf das Zusammenleben mit ihrem Mann warf. Liane versuchte, wann immer es passte, entsprechende Beispiele aus ihrem Alltag mit Timo einzustreuen. Maria wollte jedoch an diesem Tag nicht gelten lassen, dass es irgendwo anders ähnlich unharmonisch laufen könnte wie zurzeit bei ihr, wodurch die Ungezwungenheit des Gesprächs etwas litt. Lianes Hoffnung, Maria würde wenigstens von sich aus mit dem Thema Heiko Willers anfangen, erfüllte sich ebenfalls nicht.

Als Maria sich nach der dritten oder vierten Wiederholung der Feststellung, eine schlechte Ehefrau zu sein, die ihren Mann wohl nicht verdient habe, mit verkniffener Miene eine Schachtel Zigaretten aus der Handtasche fischte, ging Liane in die Offensive. »Hast du inzwischen eigentlich mal was von Heiko und Jutta gehört?«

»Nee, gar nichts«, erwiderte Maria in einem fast abfälligen Tonfall und zog an ihrer Zigarette. »Aber überleg mal: Wenn sie ankündigen, nach Mallorca zu fliegen, in Wahrheit aber irgendwo hier in der Nähe sind, wie sollen sie dann Postkarten schreiben und Telefonate führen?«

»Das stimmt allerdings. Zwischendurch muss ich auch immer wieder daran denken.«

»Dass ich Heiko in Marne gesehen habe? Warum?«

»Ist einfach eine merkwürdige Geschichte. Kommen dir nicht zwischendurch Zweifel, ob du dich vielleicht doch geirrt haben könntest?«

Maria dachte kurz nach. »Erstens denke ich da nicht wer weiß wie oft drüber nach, und zweitens weiß ich, was ich gesehen habe. Es war Heiko, daran gibt es für mich keinen Zweifel. Wenn ich richtig informiert bin, kehren sie morgen schon wieder zurück. Danach wird sich bestimmt irgendwann eine Gelegenheit ergeben, um die beiden darauf anzusprechen. Und das werde ich mit Sicherheit tun.«

»Und was machst du, wenn er es abstreitet?«

Für einen ganz kurzen Moment, noch während sie ihre Frage formulierte, hatte Liane den Eindruck, als würde Maria selbst daran zweifeln.

Die hob die Schultern. »Ich weiß nicht. Wahrscheinlich werde ich ihn als Lügner beschimpfen. Aber die Welt wird davon nicht untergehen. Da gibt es zurzeit weiß Gott größere Baustellen in meinem Leben«, antwortete sie dann, drückte die Zigarette aus und stand auf. »So, meine Liebe. Ich werde jetzt das tun, wozu ich eigentlich hergekommen bin, und mich dann wieder auf den Weg machen. War schön, mal wieder außerhalb des Behandlungsraumes mit dir geplaudert zu haben. Wir setzen das nächsten Montag fort, ja?«

»Na klar. Ich freu mich. Grüß schön zu Hause.«

»Und du genieß das Wochenende mit deinem Mann.«

***

Liane wartete noch, bis Maria die Bäckerei wieder verlassen hatte, und trank dabei in Ruhe ihren Kaffee aus.

Lautes Scheppern und Klirren ließ sie vor Schreck zusammenfahren und veranlasste sie zu einem gehetzten Blick über die Schulter in den Verkaufsraum der Bäckerei. Zuerst sah sie eine etwas fahrig wirkende ältere Frau, die gleichermaßen erschrocken wie schuldbewusst auf das Tablett und die Keramikscherben zu ihren Füßen starrte. Wohl eine Kundin, die das Tablett zum Geschirrwagen hatte bringen wollen und es dabei hatte fallen lassen.

Einen viel interessanteren Anblick bot jedoch der stark gebräunte Mann in den Fünfzigern, ein Stück hinter besagter Kundin. Er stand vor der dunkelroten Wand mit dem Balzer-Schriftzug und glotzte Liane an. Seine weit aufgerissenen Augen kamen durch seine Bräune besonders stark zur Geltung. Liane erschrak und wendete ihren Blick schnell von ihm ab. Sie schloss die Augen und spürte ihr wild pochendes Herz. Es war der Mann, der sie in den letzten Tagen ständig zu beobachten schien.

Liane atmete zweimal tief durch, dann sprang sie auf und war mit drei Sätzen am Eingang zur Bäckerei. Der Mann war nicht mehr zu sehen, aber sie bekam gerade noch mit, wie die Tür der Herrentoilette ins Schloss fiel. Liane bezog vor der Tür Stellung, fest entschlossen, dort auf ihn zu warten, um ihn zur Rede zu stellen.

Fünf Minuten verstrichen, ohne dass der Kerl Anstalten machte, die Toilette wieder zu verlassen. Natürlich konnte er sich denken, dass sie zwar vor der Tür auf ihn wartete, wahrscheinlich aber keine Lust hatte, dort den Rest des Tages zu verbringen. Die hatte sie tatsächlich nicht, zumal die Damen hinter dem Verkaufstresen ihr schon irritierte Blicke zuwarfen. So dachte sie kurz darüber nach, einfach den Raum zu betreten, doch ihre Hemmungen behielten die Oberhand. Als Polizistin hätte sie sicher nicht gezögert, aber als Zivilistin war das etwas anderes.

Als ein Kunde auf sie zukam, der offensichtlich auf die Toilette wollte, hielt sie eine Hand hoch, um ihm zu signalisieren, dass er kurz stehen bleiben sollte.

Die folgenden Worte kamen ihr über die Lippen, ohne dass sie darüber nachdenken musste. »Entschuldigen Sie bitte. Das ist normalerweise nicht meine Art, fremde Menschen einfach um Hilfe zu bitten, aber ich bin gerade ein wenig verzweifelt. Wären Sie wohl so freundlich, mir einen Gefallen zu tun?«

Der Kunde, ungefähr im Alter des Mannes, dessen sie gerade habhaft zu werden versuchte, musterte sie kurz mit freundlicher Neugierde. »Kommt auf den Gefallen an, würde ich sagen.«

»Mein Bruder ist vor über einer Viertelstunde hier reingegangen«, behauptete sie und zeigte mit dem Daumen auf die Tür der Herrentoilette. »Er muss zurzeit ziemlich starke Medikamente zu sich nehmen, die ihn manchmal etwas neben sich stehen lassen.

Dann vergisst er die Zeit und wo er sich gerade befindet und dass er nicht allein unterwegs ist. Wären Sie so gut, ihm einfach zu sagen, dass Liane vor der Tür auf ihn wartet? Ich möchte ihm das nicht durch die Tür zurufen müssen, wo alle es mitbekommen. Das wäre irgendwie peinlich.«

Der Kunde nickte sofort. »Wie sieht er denn aus?«

»Eigentlich dürfte da niemand anders drin sein. Ich stehe hier ja schon eine Weile. Aber um sicherzugehen, er ist in etwa so groß wie Sie, Mitte fünfzig, hat dichtes, leicht grau meliertes Haar, 'ne gute Bräune und trägt eine beige Cordhose sowie ein weißes Hemd.«

Der Kunde nickte erneut, sagte lächelnd: »Kein Problem«, und betrat die Herrentoilette.

Liane war froh, dass er nicht gefragt hatte, ob ihr *Bruder* möglicherweise gefährlich sei. Sie stellte sich so nah wie möglich an die Tür, ohne dass es merkwürdig wirkte, und versuchte, etwas mitzubekommen. Zwei Männer unterhielten sich in gedämpftem Tonfall, fast als wären sie in einer Kirche und nicht auf der Herrentoilette. Da sie im Laufe ihres Lebens so einiges über Männer gelernt hatte, unter anderem, dass die es fertigbrachten, auch im stillen Örtchen so etwas wie heiligen Boden zu sehen, musste sie fast lachen. Nur ihr Ärger über die Unterhaltung, die für ihre Ohren zu leise geführt wurde, hielt sie davon ab.

Als ein paar Minuten später das typische Geräusch eines Handtuchspenders erklang, trat sie einen Schritt zurück und versuchte, auf alles, was gleich passieren mochte, vorbereitet zu sein.

Als der Kunde, den sie um Hilfe gebeten hatte, wieder heraustrat und ihr einen verärgerten Blick zuwarf, musste sie feststellen, dass sie es nicht war. »Verarschen kann ich mich auch selbst«, brummte er, als er an ihr vorbeirauschte und sie einfach stehen ließ.

Lianes Verwirrung wurde schnell von Aufregung abgelöst und kurz darauf von Ärger. Sie klopfte drei Mal resolut, rief: »Was auch immer Sie da gerade machen, ich komme jetzt rein«, und betrat die Herrentoilette, flau im Magen, aber dennoch wild entschlossen, ihrem Stalker ein paar Takte zu erzählen. Am Waschbecken stand ein Mann, den sie noch nie zuvor gesehen hatte, von ihrem Rufen eindeutig verunsichert und wohl nur noch einen bösen Blick davon entfernt, sich mit hinter dem Kopf verschränkten Händen auf den Boden zu knien. Ansonsten befand sich niemand mehr in dem Raum.

»Verfluchte Scheiße«, zischte sie.

Ihr Blick wanderte zu dem Fenster. Es war nicht nur geschlossen, sondern auch sehr klein, sodass es als Fluchtweg nicht in Frage kam.

Liane murmelte: »Entschuldigen Sie bitte«, drehte sich erneut um die eigene Achse und verstand die Welt nicht mehr. Menschen lösten sich nicht einfach in Luft auf. Er *musste* in dieser verdammten Toilette sein.

Liane verließ das Herrenklo wieder. Ihr Blick fiel auf eine der Verkäuferinnen, die offensichtlich aufgebracht war und mit in die Hüften gestemmten Fäusten im Eingang zur Bäckerei stand und auf die Straße starrte.

»Entschuldigen Sie bitte«, sprach Liane sie an.

Die Verkäuferin drehte sich zu ihr um und warf ihr einen zornigen Blick zu. Liane kannte sie, konnte sich aber nicht an ihren Namen erinnern.

»Haben Sie zufällig gesehen, wohin der Kunde mit der Cordhose und dem weißen Hemd gegangen ist?«

Die Verkäuferin musterte sie nur, immer noch zornig, aber sie schien auch irgendwie neugierig zu sein.

»Ein Mann mittleren Alters, irgendwo in den Fünfzigern, grau meliertes Haar, braun gebrannt, gut aussehend?«

»Sie sind wohl hinter ihm her?«

Liane stand auf dem Schlauch. Sie hatte eigentlich kein Recht mehr, hinter jemandem her zu sein, und die Verkäuferin war eher eine von denen, die das auch längst begriffen hatten.

»Was heißt ›hinter ihm her‹? Ich wollte mich eigentlich nur mit ihm unterhalten«, antwortete sie verlegen und schalt sich gleich darauf eine naive Kuh. Sich zu rechtfertigen war noch nie ein Zeichen von Souveränität gewesen. Schon gar nicht, wenn man sich dabei so unbeholfen anstellte wie sie gerade.

»Ich glaube nicht, dass ich Ihnen darüber Auskunft erteilen muss, Frau Maschmann. Unabhängig davon schätzen wir es nicht, wenn Männer auf die Damentoilette gehen, und umgekehrt. Und wenn sich ein Kunde bei mir beschwert, dass vor der Tür zur

Herrentoilette eine Frau wartet und sich anscheinend einen Spaß daraus macht, andere Kunden auf den Arm zu nehmen, schätzen wir das auch nicht.«

Liane schlug das Herz bis zum Hals. Ihr gefiel es gar nicht, wie schnippisch die Verkäuferin mit ihr redete. Noch viel weniger gefiel ihr die Situation, in die sie sich da gebracht hatte. Alle in der Bäckerei befindlichen Personen, und das waren einige, selbst jene, die draußen auf dem Rondell saßen, sahen sie an und hatten wohl auch alle vorherigen Geschehnisse mitbekommen. Irgendjemand würde Greve todsicher davon erzählen. So hielt sie es für das Beste, sich nicht auch noch mit der Verkäuferin anzulegen. Sie musste mit eingeklemmtem Schwanz den Rückzug antreten, und das war keine ihrer Stärken. Ein weiteres Ärgernis, das ihre ohnehin angespannten Nerven noch zusätzlich belastete.

Im selben Moment, als der Blick der Verkäuferin über ihre rechte Schulter wanderte, spürte Liane, wie sich eine große und kräftige Hand um ihren Oberarm schloss und daran zog. Durchgewalkt von Verwirrung, Aufregung und dem Gefühl der Demütigung, hatte sie aber leider nicht mehr die volle Kontrolle über ihre Reflexe, die sofort bemerkten, ohne Aufsicht zu sein, und dies ausnutzten.

Sie verlagerte ihr Gewicht auf das linke Bein, packte, ohne hinzusehen, das zur Hand gehörende Gelenk und zog es mit aller Kraft nach vorne. Als dann eben der Mann in ihr Blickfeld stolperte, den sie gerade noch darum gebeten hatte, ihren angeblichen Bruder aus der Toilette zu verscheuchen, war der Impuls für die nächste Aktion schon aktiviert. Während sie den armen Mann immer noch am Handgelenk festhielt, war ihre rechte Hand bereits unterwegs, um den Handballen auf seinen Solarplexus krachen zu lassen. Sie konnte die Intensität noch reduzieren, den Treffer selbst aber nicht mehr verhindern. Der Mann wankte kurz, warf ihr einen zutiefst überraschten Blick zu, ging langsam und wackelig in die Knie und setzte sich schließlich auf den Boden.

»Verfluchte Scheiße.«

Liane erschrak über sich selbst. »Oh mein Gott! Tut mir leid. Tut mir so leid.« Sie kniete sich zu ihm und legte ihm die Hand auf die Schulter. »Geht es einigermaßen?«

Der Blick, mit dem der Mann sie bedachte, brachte deutlich zum Ausdruck, wie unglaublich er es fand, gerade von einer Frau zu Boden geschickt worden zu sein. Mit nur einem Schlag.

»Mir ist nur ein wenig schwindelig. Und es hat irre wehgetan. Wie haben Sie das gemacht?«

Liane presste sich die Hände an die Wangen. »Ich habe mich einfach nur erschrocken. Das war ganz bestimmt nicht meine Absicht. Ich kann mich nur erneut bei Ihnen entschuldigen.«

»Erschrocken? Aber ich wollte Ihnen doch gar nichts tun. Ich wollte nur mit Ihnen reden. Über diesen blöden Scherz mit Ihrem Bruder. Okay, ich hätte Sie vielleicht nicht einfach anfassen dürfen, aber ich mag es nicht, wenn man mich verarscht. Ich war sauer, okay?«

»Entschuldigung«, murmelte Liane. »Entschuldigen Sie vielmals.« Sie stand wieder auf, bot dem Mann ihre Hand an, damit er sich hochziehen konnte, aber der zog es vor, aus eigener Kraft wieder auf die Füße zu kommen und sich so schnell wie möglich von ihrer Gegenwart zu befreien.

Die Verkäuferin hatte die ganze Zeit danebengestanden und den kleinen Zwischenfall mit offen stehendem Mund bestaunt.

Liane wandte sich ihr wieder zu. »Die Sache mit dem Herrenklo tut mir leid. Und auch der Aufruhr hier. Kommt nicht wieder vor. Äh, hat der Herr Bürgermeister vorhin für mich bezahlt?«

Die Verkäuferin nickte wie in Zeitlupe.

»Es ist auch nichts kaputtgegangen? Tassen, Tablett, Einrichtungsgegenstände? Ich habe das irgendwie nicht so richtig mitgeschnitten.«

Die Verkäuferin schüttelte den Kopf.

»Na, wenigstens etwas. Sehr gut. Dann – werde ich jetzt mal wieder gehen. Einen schönen Tag noch.«

***

Als Liane schon wieder auf dem Heimweg und beinahe zu Hause angekommen war, kam ihr der erste klare Gedanke seit langer Zeit. Dieser vermeldete, dass ihr Rucksack sich mit einigem Gewicht und ein paar unangenehmen Ecken gegen ihren Rücken presste. Das konnte wiederum nur bedeuten, dass sie eben, wie ursprünglich geplant, tatsächlich noch den Einkauf erledigt hatte. Liane war beeindruckt, sowohl von dem Umstand an sich, dass sie das noch fertiggebracht hatte, wie auch von der Tatsache, dass sie über keine bewusste Erinnerung daran verfügte.

Irgendetwas stimmte in letzter Zeit nicht mit ihr. Das musste sie im Auge behalten.

Der rote Zettel an ihrer Haustür war groß genug, um ihn schon von Weitem zu erkennen. Obwohl es keine hundert Meter mehr waren und Liane bei erneut hohen Temperaturen unter der Last ihrer Einkäufe schwitzte wie ein Packesel, beschleunigte sie ihre Schritte, denn sie vermutete, dass er von Saalfeld stammte.

Die Botschaft war kurz, eindeutig und nicht von ihm:

SOFORT zu mir!
DRINGEND!!
Beate

Liane neigte von Haus aus zu Trotzreaktionen. Außerdem kannte sie Beates Hang zur Theatralik, über den sie sich schon oft geärgert hatte und den sie auf keinen Fall unterstützen wollte. Also pulte sie in aller Ruhe den Klebestreifen von der Tür, faltete den Zettel mit übertriebener Sorgfalt zwei Mal und steckte ihn zu den Einkäufen, die sie dann ins Haus trug und auspackte. Nachdem sie sich ein Glas Wasser eingeschenkt hatte, begann sie damit, die Einkäufe in die Schränke zu räumen, wobei sie ebenfalls extra langsam machte und sich mit mäßigem Erfolg an der Vorstellung einer auf heißen Kohlen sitzenden Beate zu erfreuen versuchte.

»Ich hab gesehen, wie du nach Hause gekommen bist«, hörte sie unvermittelt eine gedämpfte Stimme rufen und erschrak schon wieder. Warum war sie in letzter Zeit nur so verdammt schreckhaft?

Beate stand vor ihrer Terrassentür, hatte die Hände in die Hüften gestemmt und sah ziemlich beleidigt aus.

Liane schluckte das sofort aufkommende Schamgefühl hinunter und öffnete ihrer Freundin die Tür.

»Was hast du an ›sofort‹ und ›dringend‹ nicht verstanden?«, keifte Beate, während sie eintrat.

»Hey, reg dich ab. Ich wäre ja gleich gekommen.«

»Ja, ja, von wegen. Du hast dir gerade erst was zu trinken eingeschenkt. Drei Mal hab ich heute Vormittag schon bei dir geklingelt, und du lässt dir hier trotz meiner Botschaft alle Zeit der Welt.«

»Du meine Güte, jetzt komm mal runter. Kann ich doch nicht ahnen, dass du es schon öfter versucht hast. Außerdem ist es mal wieder ziemlich heiß heute, und ich habe mich gerade zu Fuß mit meinen Einkäufen abgeschleppt, von denen einige jetzt nun mal dringend in den Kühlschrank müssen. So viel Zeit sollte ich doch wohl noch haben, oder nicht?«

Beate verschränkte die Arme und ließ wortlos durchblicken, wie unerhört sie Lianes Verhalten fand.

Die fischte aus ihren Einkäufen ein kleines Körbchen mit Kirschen und hielt es ihrer Freundin ebenso wortlos hin.

»Bilde dir ja nicht ein, du könntest mich mit deinem blöden Obst besänftigen. Zumal du es noch nicht mal abgewaschen hast.«

»Stell dich nicht so an. Die kann man auch so essen«, behauptete Liane und steckte sich demonstrativ eine Kirsche in den Mund.

Beate blieb eisern, sodass Liane damit fortfuhr, ihre Einkäufe wegzuräumen.

»Willst du denn gar nicht wissen, was so dringend ist?«, platzte es nach einer Weile aus Beate heraus.

»Doch, natürlich. Aber du sagst ja nichts.«

»Sag mal …«, begann Beate und starrte sie verständnislos an, »… wie bist du denn heute drauf? Ich kann auch wieder gehen, wenn ich dich störe.«

Liane stellte die Eier mit Karton in den Kühlschrank, schloss ihn und ging zu ihrer Freundin. Dann legte sie die Arme um sie und drückte sie ausgiebig.

»So gefällt mir das schon besser«, murmelte Beate.

Liane entließ sie wieder aus der Umarmung. »Und jetzt schieß los. Was musst du mir Dringendes erzählen?«

»Ich habe etwas getan, was ich eigentlich nicht hätte tun dürfen«, behauptete Beate, ohne dabei den Eindruck zu erwecken, als würde sie ihre Tat bereuen.

»Doch hoffentlich nichts Illegales?«

»Ach Quatsch, ich doch nicht. Aber in gewisser Weise fast genauso schlimm. Eher sogar schlimmer, weil es meiner Berufsehre widerspricht. Und es betrifft dich.«

»Oje! Will ich das überhaupt hören?«

»Wahrscheinlich nicht, aber du musst. Ich lasse dir keine andere Wahl. Und jetzt setz dich hin.«

»Was? Ach komm! Ich räume weiter ein, und du erzählst mir dabei, was du ausgefressen hast. Ich werde schon nicht umkippen.«

»Mir wäre es zwar wirklich lieber, wenn du dich hinsetzen würdest – aber bitte. Mir hat unsere Sitzung von gestern keine Ruhe gelassen, speziell das erste Bild. Du erinnerst dich?«

Liane erinnerte sich nur zu gut. Zwischendurch musste sie immer wieder daran denken, dass Ludwig Greve sie möglicherweise tatsächlich anzeigen könnte. Was Saalfeld ihr dann noch später zu berichten wusste, hatte ihr ungutes Gefühl noch intensiviert. Also nickte sie zur Bestätigung.

»Ich habe mich ganz lange dagegen gewehrt, aber heute Morgen habe ich die Nerven verloren und noch mal ganz gezielt die Karten befragt.«

»Wie jetzt? Über mich? Aber ich war doch gar nicht da. Muss die Person, um die es geht, dafür nicht zugegen sein?«

»Nicht bei einem alten Hasen wie mir. Wenn ich intensiv an die Person denke, geht es auch so. Und je besser ich die Person kenne, desto eindeutiger ist das Ergebnis.«

Liane seufzte herzhaft. »Ich weiß wirklich nicht, ob ich mir das jetzt alles anhören will, Beate.«

»Das musst du auch gar nicht. Es reicht, wenn du einfach meinen Rat befolgst.«

»Und was wäre das für ein Rat?«

»Hör auf.«

Liane stutzte kurz und wurde von einer recht konkreten Ahnung überkommen, die ihr jedoch nicht in den Kram passte. »Womit soll ich aufhören?«

»Mit dem, was du gerade tust.«

»Ich fürchte, das verstehe ich nicht«, log sie, nachdem sie erfolglos versucht hatte, der Ahnung die Luft rauszulassen. Sie mochte sich jetzt nicht mehr ausbremsen lassen und schon gar nichts zugeben.

»Ich hab ja keine Ahnung, womit du dich gerade beschäftigst.

Aber du steckst in irgendetwas drin, worin du unter normalen Umständen nicht stecken solltest. Wenn du das dementieren möchtest, machst du dir nur selbst etwas vor. Ich weiß, dass es so ist, und du weißt, was das bedeutet. Du musst mir gar nicht erzählen, worum es dabei geht – es sei denn, du möchtest, dann höre ich mir das gern an. Du solltest jedoch damit aufhören. Und zwar dringend.«

Es war reine Zeitverschwendung, Auskünfte in Frage zu stellen, die Beate aus den Karten gewonnen hatte. Ihre Maxime, dass die Karten niemals lügen, hatte sich in der Vergangenheit schon häufig bewahrheitet. Und Liane hatte bereits die Erfahrung gemacht, dass das Vertrauen ihrer Freundin in die Kartenbilder absolut berechtigt war.

»Was würde mir denn blühen, wenn ich nicht aufhöre?«

»Ich habe Schrecken und Tränen gesehen, Herzchen. Du wirst die Abneigung, vielleicht sogar den Hass anderer Menschen heraufbeschwören, Leid erfahren und möglicherweise sogar in Gefahr geraten.«

»In Gefahr? Du meinst, in Lebensgefahr?«

»So genau steht das da nun auch wieder nicht drin, wie du sehr wohl weißt. Zumindest habe ich den Tod nicht gesehen. Aber Gefahr ist Gefahr. Dieser Begriff ist bei den meisten Menschen eindeutig negativ belegt und steht somit für einen nicht erstrebenswerten Zustand.«

»Hm. Ich weiß, dass du diese Frage nicht magst, aber – da gibt es doch mit Sicherheit einen gewissen Interpretationsspielraum?«

»Du hast recht. Ich hasse diese Frage.«

»Ach komm, sei nicht so. Es stimmt doch, dass Gefahr sich nicht zwingend auf Leib und Leben beziehen muss, oder?«

»Ja, das stimmt.« Beate seufzte. »Aber auszuschließen ist es auch nicht. Du wirst nicht auf mich hören, stimmt's?«

Liane dachte ernsthaft über die Vermutung ihrer Freundin nach. Die Kontaktaufnahme mit Verstorbenen, ein Service, den Beate ebenfalls in ihrem Repertoire hatte und mit großem Ernst regelmäßig durchführte, hatte Liane schon immer für reinen Schwindel gehalten. Sie war zwar höflich genug, ihre Freundin damit nicht vor den Kopf zu stoßen, lehnte entsprechende Angebote Beates aber regelmäßig und unbeirrbar dankend ab.

Früher hatte sie eine ähnlich festgefahrene Meinung über das

Kartenlesen gehabt – mit dem Unterschied, dass sie Beates Angebot aus einer Laune heraus eines Tages doch angenommen hatte. Die erste Sitzung lag inzwischen viele Jahre zurück, und Liane konnte sich noch lebhaft an ihre belustigte Skepsis erinnern, mit der sie an die Sache herangegangen war. Seit sich dann aber fast alles bewahrheitet hatte, was ihr damals von Beate prophezeit worden war, musste sie sich eingestehen, dass es offensichtlich doch ganz besondere Menschen gab, die diese oft belächelte Gabe tatsächlich besaßen und auf seriöse Weise zu nutzen vermochten. Menschen wie Beate, deren Kartendeutungen sie seitdem entsprechend ernst nahm.

Aus Gründen, die sie nicht benennen konnte, fand der aktuelle Rat ihrer Freundin nicht den Weg ins Ziel. Trotz des fremden Mannes, dessen besonderer Aufmerksamkeit sie sich spätestens seit diesem Tag sicher sein durfte. Würde Liane die Warnung ernst nehmen, müsste sie sofort ihre Recherchetätigkeiten zum Fall Willers komplett einstellen. Dazu war sie nicht bereit, zumal sie Saalfeld ihre Hilfe versprochen hatte. Außerdem würde es sicher nicht so gefährlich werden. Immerhin war *sie* es nicht, die dorthin gehen musste, wo es wehtat. Das wäre im Zweifelsfall allein Saalfelds Aufgabe, der sich ganz sicher hüten würde, eine Zivilistin unnötigen Gefahren auszusetzen.

Beate wartete auf eine Reaktion. Es fiel Liane nicht leicht, aber sie würde ihre Freundin mit einer beschwichtigenden Floskel abspeisen müssen, um das Thema abzuhaken. »Ich werde beobachtet«, hörte sie sich stattdessen sagen.

Es traten einige Sekunden beidseitigen Schweigens ein, bevor Beate reagierte.

»Was sagst du mir da? Was soll das heißen? Ist das ein Scherz?«

Liane konnte selbst kaum fassen, dass sie sich Beate gerade anvertraut hatte, geschweige denn warum sie es getan hatte.

»Hey, nun sag was. Das wirst du mir gefälligst erklären«, insistierte Beate. »Herzchen, ich warne dich. Wehe, du willst mich nur veräppeln, weil ich dir gerade gesagt habe, dass du in Gefahr bist. Das finde ich überhaupt nicht komisch.«

»Ich habe dich nicht veräppelt«, antwortete Liane ruhig und seufzte. »Da ist so ein Kerl, ein Mann in den Fünfzigern. Sieht gut aus, dichtes Haar, braun gebrannt. Ich kenne ihn aber nicht, hab ihn vorher noch nie gesehen. Zuerst habe ich ihn für einen Urlauber gehalten. Fakt ist, dass er mir seit ein paar Tagen nachstellt.«

Beate starrte sie mit offenem Mund an. »Ich sage doch, die Karten lügen nicht. Bedroht er dich?«

»Nein.«

»Hast du das Saalfeld schon erzählt?«

»Nein.«

»Nicht? Warum nicht?«

Liane zuckte mit den Schultern. »Ich will ihn damit nicht belästigen. Der hat schon genug Scherereien wegen mir.«

»Da wette ich drauf. Aber du darfst nicht vergessen, dass der Junge in dich verknallt ist und wahrscheinlich alles für dich tun würde. Gerade in diesem Fall darfst du das nicht vergessen. Du musst es ihm sagen.«

»Ich fürchte, das kann ich nicht. Ist auch keine große Sache, ich wollte es dir eigentlich gar nicht erzählen. Ist mir einfach rausgerutscht.«

Liane sah ihrer Freundin in die Augen. Es war allzu offensichtlich, dass die sehr besorgt war.

»Ehrlich, Beate. Ich komme allein zurecht. Der Kerl hat mir nichts getan, und ich bin mir ziemlich sicher, dass er das auch nicht vorhat. Und wenn er es doch versuchen sollte, muss er erst mal mit mir fertigwerden. Du weißt, dass ich was draufhabe«, versicherte sie und musste sofort wieder an den armen Kerl in der Bäckerei denken.

»Das hat die beiden Arschlöcher vor zwei Jahren auch nicht daran gehindert, dir ein Loch in die Schulter zu schießen.«

Liane wusste nicht, was sie darauf erwidern sollte.

»Er macht dir Angst, oder?«

Beate hatte es als Frage formuliert, aber Liane war sehr wohl in der Lage, die Feststellung darin zu bemerken. Es war extrem schwer, ihrer Freundin etwas vorzumachen. »Vielleicht ein bisschen. Das ist eben eine ungewohnte Situation für mich. Mir hat noch nie jemand nachgestellt. Dass ich nicht weiß, wer es ist und warum er es überhaupt macht, behagt mir auch nicht. Vorhin hätte ich ihn fast zur Rede gestellt, aber da ist er mir irgendwie entwischt.«

»Er ist vor dir weggelaufen?«

Liane nickte.

»Versprich mir, dass du vorsichtig bist. Und denke bitte noch mal darüber nach, ob du dich Saalfeld nicht doch anvertrauen magst.«

»Was sollte er denn dann machen? Er könnte ja auch nicht rund um die Uhr auf mich aufpassen.«

»Denk bitte einfach noch mal drüber nach«, beharrte Beate und sah auf ihre Armbanduhr. »Verdammt, ich würde dir jetzt lieber so lange ins Gewissen reden, bis du alles tust, was ich von dir verlange, aber ich habe heute noch ein paar Kunden. Den ersten erwarte ich in ’ner Viertelstunde. Muss also leider wieder rüber.«

Beate nahm sie in den Arm und drückte sie – kräftiger als gewöhnlich.

***

Als es endlich an der Tür klingelte, hatte Liane schon unzählige Male mit zunehmender Nervosität zur Uhr gesehen. Ihr Mann hatte sie wie gewohnt über WhatsApp informiert, dass seine Abfahrt von der Kaserne unmittelbar bevorstand. Das war um halb eins gewesen. Nun war es bereits Viertel nach zwei, und seine Rückkehr aus Appen war nur noch eine Frage von Minuten. Die Wahrscheinlichkeit des von ihr unerwünschten Zusammentreffens zwischen ihm und Saalfeld war inzwischen auf ein besorgniserregendes Maß angewachsen.

Liane eilte zur Tür und war sich dabei ihrer erhitzten Wangen bewusst. »Ich dachte schon, du kommst nicht mehr. Mein Mann wird jeden Moment hier sein«, warf sie ihm, patziger als beabsichtigt, zur Begrüßung entgegen.

»Tut mir leid, aber es ging einfach nicht früher. Heute ist wieder einer dieser Tage. Wäre es denn wirklich so schlimm, wenn er mich hier sieht?«

»Ja! Er wird dann nämlich Fragen stellen, und ich weiß nicht, wie ich die beantworten soll.«

»Wie wäre es mit der Wahrheit?«

Liane starrte ihn nur mit offenem Mund an.

»Darf ich wenigstens kurz reinkommen? Wir sprechen das schnell durch, und dann bin ich auch schon wieder weg.«

Liane trat zur Seite und sah kurz nach draußen, während Saalfeld an ihr vorbei ins Haus ging.

»Konntest du mit deiner Freundin sprechen?«, kam er gleich zur Sache, nachdem sie die Tür zugemacht hatte.

»Ja, ich hab sie heute Morgen bei Balzers getroffen. Sie ist bei ihrer Version geblieben und schließt einen Irrtum kategorisch aus.«

Liane kam der Gedanke, Beates Rat zu befolgen und ihm endlich von dem Mann zu erzählen, der ihr seit einigen Tagen nachstellte. Sie hielt dies inzwischen für angebracht, Beates Worte hatten ihre Wirkung nicht verfehlt. Allein ihre Befürchtung, dass Saalfeld ihr dann, aus Sorge um ihre Sicherheit, sofort verbieten würde, weitere Nachforschungen anzustellen, hielt sie davon ab.

»Aus Prinzip oder aus echter Überzeugung?«

»Echte Überzeugung, würde ich sagen. Sie wirkte sehr selbstsicher.«

Saalfeld nahm die Mütze ab und kratzte sich am Kopf. »Dann haben wir ein kleines Problem. Der Reiseveranstalter hat mir nämlich bestätigt, dass Herr und Frau Willers am Urlaubsort eingetroffen sind und im Hotel eingecheckt haben. Der Quercheck über die Fluggesellschaft hat dasselbe Ergebnis gebracht. Beide sind vor knapp zwei Wochen an Bord des Fliegers Richtung Balearen gewesen. Die haben die Reise definitiv zu zweit angetreten.«

Saalfelds Aussage ließ Liane die bevorstehende Rückkehr ihres Mannes und die Beschattung durch den mysteriösen Fremden für den Moment vergessen. Nachdenklich lehnte sie sich gegen die Tür und verschränkte die Arme.

»Deine Freundin muss sich geirrt haben.«

»Aber sie war sich so verdammt sicher«, murmelte Liane. »Versteh das bitte nicht falsch. Im Grunde wäre ich froh, wenn es tatsächlich so gelaufen ist. Die Vorstellung, dass Heiko getan haben könnte, was ich vermute, ist mir immer noch nicht geheuer. Aber es passt alles zu gut.«

Saalfeld schüttelte ungeduldig den Kopf. »Eben nicht. Der

Logikfehler in Bezug auf das Benzin ist dir gestern selbst aufgefallen. Da lässt du dich im Prinzip nur noch von einem Gefühl leiten, oder nicht?«

»Ich weiß nicht. Mag sein. Aber alles andere passt.«

»Schon wieder falsch. Entschuldige, dass ich dich so vor den Kopf stoße, aber wir waren gestern doch übereingekommen, dass deine Theorie nur wasserdicht ist, wenn die Geschichte deiner Freundin bewiesen ist. Nur deswegen haben wir uns heute überhaupt die Mühe gemacht, die Qualität dieser Behauptung von zwei Seiten zu prüfen.«

Liane sah ihn verunsichert an.

»Nun müssen wir uns entscheiden: Lassen wir uns von der nicht bewiesenen Behauptung deiner Freundin leiten, die Herrn Willers als Einzige gesehen haben will? Oder verlassen wir uns lieber doch auf die belegten Aussagen von Reiseveranstalter und Fluggesellschaft? Was würdest du an meiner Stelle machen?«

Lianes Blick war auf den Boden gerichtet. Saalfelds Argumentation war schlüssig, daran gab es nichts zu rütteln. »Deine Entscheidung steht bereits fest, oder?«, fragte sie leise.

»Das tut sie«, bestätigte er. »Und wenn es dir noch so schwerfällt, loszulassen, mir fällt nichts ein, was du noch sagen könntest, um mich umzustimmen. Deine Freundin hat sich geirrt, und wir haben somit überhaupt keinen Grund, Herrn Willers wegen irgendwelcher, sagen wir mal, Unregelmäßigkeiten zu verdächtigen. Ein Versicherungsabschluss ist legitim, auch dann noch, wenn er dazu extra in den Nachbarort fährt. Vielleicht hat er ja einfach Streit mit diesem Herrn Pöhls gehabt, ohne dass der es seiner Frau erzählt hätte. Willers' Haus hat nie gebrannt, und bei der Obduktion des Einbrechers wurde nichts Verdächtiges gefunden. Deine erste Erklärung ist offensichtlich die richtige: Alles nur Zufall.«

»Und was wäre, wenn – ach, was soll's. Wahrscheinlich hast du recht.«

Saalfeld lächelte sie nachsichtig an. »Ein letztes Aufbäumen? Na los, raus damit.«

»Nein, lieber nicht. Du würdest es bestimmt in der Luft zerpflücken. Ich würde das an deiner Stelle wohl auch.«

»Nun komm schon, sag es mir. Wenn sich später herausstellen

sollte, dass du doch recht hattest, will ich mir nicht vorwerfen müssen, deine Argumente ignoriert zu haben.«

Liane stieß sich von der Tür ab und sah ihm fest in die Augen. »Also schön. Beide haben vor zwei Wochen die Reise angetreten, und beide haben im Hotel eingecheckt. Das müssen wir zur Kenntnis nehmen und akzeptieren. Aber können wir auch ausschließen, dass Heiko in der Zwischenzeit nicht einfach wieder in ein Flugzeug Richtung Deutschland gestiegen ist?«

Saalfeld öffnete den Mund, um etwas zu erwidern, schloss ihn aber gleich wieder.

»Das wäre zwar ein ziemlicher Aufwand gewesen, aber es ging ja auch um einiges. Viel besser kann man es eigentlich gar nicht machen, wenn du mich fragst. Nimm dich selbst als Beispiel – du hast es geschluckt«, setzte Liane nach.

»Du meine Güte«, ächzte Saalfeld. »Und anschließend, nachdem sein Plan in die Binsen gegangen war, ist er dann wieder in den Flieger gestiegen und hat einfach seinen Urlaub fortgesetzt?«

»Möglich, muss aber nicht sein. Vielleicht ist er auch hiergeblieben und wartet jetzt in Marne oder Itzehoe oder sonst wo auf das offizielle Ende seines Urlaubs, um nach Hause zurückkehren zu können.«

»Was muss ich auch nachhaken. So ein verdammter Mist!«, fluchte er. »Entschuldige bitte. Also schön, nehmen wir mal an, es hat sich tatsächlich so abgespielt. Wie konnte er dann so unglaublich unvorsichtig sein und sich beim Mercedes-Händler in Marne herumtreiben? Am helllichten Tag, mitten in der Woche?«

»Dafür habe ich auch keine Erklärung«, antwortete Liane und drehte sich erschrocken zur Haustür um. Sie bekam gerade noch mit, wie das Wagenheck ihres Mannes aus ihrem Blickfeld verschwand.

»Scheiße! Timo ist da. Du musst sofort gehen.«

»Das ist doch albern, Liane. Da draußen steht mein Dienstwagen. Dein Mann ist gerade daran vorbeigefahren, und wenn er nicht blind oder schwer von Begriff ist, weiß er, dass du Besuch von der Polizei hast.«

»Bitte geh. Tu mir den Gefallen«, drängte sie ihn.

Saalfeld zögerte kurz. »Nur wenn du morgen mit mir zum Flughafen fährst.«

Liane verschlug es die Sprache.

»Als Privatpersonen. Lass uns morgen zum Flughafen fahren und sehen, ob das Ehepaar Willers durch das Gate spaziert kommt.«

»Das geht nicht. Wie soll ich das Timo erklären?«, empörte Liane sich und wurde immer hektischer. »Nein, das geht auf gar keinen Fall. Geh jetzt bitte endlich.«

»Überleg es dir. Du weißt, wie du mich erreichen kannst«, forderte er sie auf. Dann öffnete er die Tür und trat nach draußen.

»Vielen Dank für Ihre Hilfe, Frau Maschmann«, sagte er förmlich und blickte nach links. »Ah, guten Tag. Sie müssen Herr Maschmann sein.«

Liane ließ alle Hoffnung fahren, die Situation noch retten zu können.

»Wir haben uns, glaube ich, noch gar nicht kennengelernt. Jan Saalfeld, der neue Leiter der Polizeistation«, hörte sie Saalfeld sagen.

Timo Maschmann, einen halben Kopf größer als Saalfeld und dank regelmäßigen Hanteltrainings auch deutlich breiter gebaut als der, drückte ihm stumm die Hand und lächelte auf Saalfeld hinab.

Nur Liane wusste, dass dieser Blick nicht mal halb so freundlich gemeint war, wie er auf Fremde wirkte. Es war die pure Überheblichkeit.

»Ich musste Ihrer Frau ein paar Fragen zu einem Notruf stellen, der vor ein paar Tagen irrtümlich bei ihr aufgelaufen ist.«

Timos Gesicht wurde ernst. »Schon wieder? Werden diese Idioten hier es eigentlich nie begreifen? Da fühlt man sich echt belästigt. Und es nimmt kein Ende«, regte er sich auf, sah kurz zu Liane und wieder zurück zu Saalfeld. »Ihrem Vorgänger ist es leider nicht gelungen, daran etwas zu ändern. Von Ihnen erwarte ich mehr.«

Saalfeld nickte dienstbeflissen. »Ich verspreche Ihnen, dass ich mich darum kümmern werde, Herr Maschmann. Nun muss ich aber leider wieder los. Hat mich gefreut.«

Liane sah ihm hinterher, wie er den Wagen bestieg und davonfuhr. Nun hatte sie ihm doch nicht mehr von dem Mann erzählt, der ihr seit einigen Tagen an den Fersen klebte, war völlig davon abgekommen. Sie wertete dies als Zeichen und beschloss, es auch dabei zu belassen. Zur Not müsste sie eben doch allein mit dem Kerl fertigwerden. Immerhin hatte sie als Polizistin einige fiese Tricks gelernt, um auch mit körperlich überlegenen Gegnern kurzen Prozess machen zu können. Und wie die jüngere Vergangenheit gezeigt hatte, wusste sie immer noch, wie die funktionierten.

Den Kuss, den ihr Mann beim Betreten des Hauses auf ihre Wange drückte, nahm sie kaum wahr.

Ein überraschender Empfang – Die Abgründe der Maria H. – Katerstimmung – Eine bittere Erkenntnis

Ihr Mann hatte sich keine Blöße gegeben. Mit keinem weiteren Wort war er nach seiner Rückkehr auf Saalfelds Anwesenheit eingegangen, und auch die von diesem vorgebrachte Begründung, die zumindest zur Hälfte gelogen war, wurde nicht mehr aufgegriffen. Liane kannte ihren Mann jedoch gut genug, um zu wissen, dass seine vermeintliche Gleichgültigkeit nur vorgetäuscht war. Attraktive Männer, die er nicht kannte und somit nicht einzuschätzen wusste, waren ihm ein Dorn im Auge – zumindest wenn sie sich mit Liane abgaben. Sie bemerkte die Veränderung in seinem Verhalten, hielt ihm jedoch zugute, dass er darüber keinen Streit mit ihr anfing.

Es war später Samstagmorgen, und die Maschmanns saßen beim gemeinsamen Frühstück auf ihrer Terrasse. Liane versuchte, den Nachrichtenteil der Marner Zeitung zu lesen, konnte sich jedoch nicht richtig darauf konzentrieren, weil sie das Gefühl hatte, jeden Moment laut lachen zu müssen. Schon am Vortag hatte sie beobachtet, wie ihr Mann immer wieder lange und nachdenkliche Blicke auf Garten und Auffahrt ruhen ließ. Und auch nun, während sie gemeinsam auf der Terrasse saßen, konnte er seine Augen nicht vom Garten losreißen.

»Sag mal –«, hob er an, beendete den Satz jedoch nicht.

Liane ließ die Zeitung sinken und setzte ein unschuldiges Gesicht auf. »Ja, was denn?«

»Nein, schon gut«, erwiderte Timo und griff nach der BILD, in der er noch nicht eine Zeile gelesen hatte, obwohl sie eigentlich seine Pflichtlektüre beim Frühstücken war.

Liane hob ihre Zeitung wieder hoch, biss sich auf die Lippe und zählte bis zehn.

»Kann es sein, dass du den Garten gemacht hast?«

»Hmm«, bestätigte sie, ohne ihren Schutzwall aus Zeitungspapier zu verlassen.

»Hab ich's mir doch gedacht.« Es folgte eine kurze Pause. »Und die Auffahrt? Hast du die gekärchert?«

»Ja. Die hatte es mal wieder dringend nötig, so grau, wie sie inzwischen war«, antwortete Liane, als wäre es eine Selbstverständlichkeit.

Ihr Mann erwiderte nichts. Stattdessen hörte sie nur das Rascheln der BILD.

Sie wusste, dass er im Begriff war, vor Neugierde zu platzen. »Küche und Bad haben übrigens auch mal wieder eine Grundreinigung bekommen. So viel Dreck.«

Rascheln. »Ist … hast du –« Rascheln. Das Klingeln seines Smartphones riss ihn aus den Grübeleien heraus und verdarb ihr den Spaß, den es ihr heimlich bereitete, ihn ein wenig zu quälen.

Durch aufmerksames Lauschen bekam sie schnell heraus, dass es sich um Christian handelte, einen Kameraden und Freund ihres Mannes aus Itzehoe. Offensichtlich hatte er etwas mit ihm vor, denn Timo bat ihn nach einem kurzen Dialog schließlich um einen Moment Geduld, um das Thema mit Liane besprechen zu können.

»Schatz? Haben wir für heute schon irgendwas vor?«

Liane ließ die Zeitung wieder sinken und überlegte kurz. »Nein, bis jetzt noch nicht. Warum?«

»Das ist Christian. Er hat zwei Karten für ein Testspiel vom HSV und fragt, ob ich Lust hätte.«

Spontan war Liane enttäuscht. Sie sah ihn selten genug und hielt es daher für unangebracht, dass er die knapp bemessene Zeit, in der sie gemeinsam etwas unternehmen konnten, mit einem Kameraden, den er werktags jederzeit um sich haben konnte, im Fußballstadion verbringen wollte. »Und jetzt willst du von mir wissen, ob du Lust hast?«

Timo verdrehte die Augen und presste das Handy auf seine Brust. »Darf ich das so verstehen, dass es dir nicht recht wäre?«

Genauso war es. Und am liebsten wollte sie sich dafür bedanken, dass er anscheinend nicht mal darüber nachdachte, ob sie vielleicht auch mitkommen wollte. Und dafür, dass er sie immer wieder in Situationen wie diese brachte, wenn er sie spüren ließ, dass ihm andere Dinge wichtiger waren als die gemeinsame Zeit mit ihr. Am Ende würde es ihr dann sogar ein schlechtes Gewissen bescheren, weil sie idiotischerweise das Gefühl bekam, ihm eine gute Zeit zu verwehren. Das alles hätte sie am liebsten gesagt und ihm eine von diesen Szenen gemacht, ohne die ihre gemeinsamen

Wochenenden schon seit vielen Monaten nicht mehr auszukommen schienen.

Dann fiel ihr Saalfelds Vorschlag vom Vortag wieder ein. »Das habe ich so ja gar nicht gesagt. Wann wärst du dann weg? Und für wie lange?«

»Na ja, in spätestens einer Stunde müsste ich schon los. Ich würde Christian abholen, dann müssen wir noch bis Hamburg fahren, und auf den allerletzten Drücker wollen wir natürlich auch nicht im Stadion sein. Der Anpfiff ist für drei geplant, dann sollte spätestens um fünf alles vorbei sein. Schätze, so zwischen sieben und acht bin ich wieder zurück, je nach Verkehrslage.«

Sie befürchtete, dass ihn ein zu schnelles Einlenken möglicherweise misstrauisch gemacht hätte, und bedachte ihn mit einem kritischen Blick, der ihren Empfindungen entsprach, aber auch ein wesentlicher Bestandteil der Show war.

»Wenn ich wieder da bin, gehen wir noch schön was essen. Du darfst auch aussuchen, wo.«

Liane hielt an ihrem Schweigen und dem unglücklichen Blick fest.

»Sogar Fisch.«

Das brachte sie zum Lachen. Timo versuchte, Fisch normalerweise zu vermeiden.

Mit einem triumphierenden Lächeln nahm er das Handy wieder auf und bestätigte seinem Freund, dass er spätestens um zwölf Uhr bei ihm sein werde.

Als Timo Maschmann seinen Ford Kuga mit dem Heck voraus langsam über die Auffahrt rollen ließ, hatte Liane bereits das Mobiltelefon in der Hand und wählte Saalfelds Nummer, der sich nach drei Freizeichen mit den Worten »Hast du es dir anders überlegt?« meldete.

»Würden wir es denn noch schaffen?«

»Wenn wir innerhalb der nächsten dreißig Minuten auf der Straße sind, müsste es noch passen. Dein Mann hat nichts dagegen?«

»Der weiß nichts davon. Dabei soll es auch möglichst bleiben. Wir müssen nur aufpassen, dass wir ihn nicht versehentlich auf der Autobahn überholen. Er ist gerade selbst in Richtung Hamburg aufgebrochen und kehrt wohl erst so gegen sieben zurück. Dann muss ich wieder hier sein. Kriegen wir das hin?«

»Ich bin in spätestens zehn Minuten bei dir.«

Aus den angekündigten zehn Minuten waren fünfzehn geworden. Trotzdem trafen die beiden nach einer anderthalbstündigen Fahrt und einem kurzen Fußmarsch rechtzeitig genug im Terminal 1 des Hamburger Flughafens ein, um die für dreizehn Uhr fünfzig geplante Landung der Willers nicht zu verpassen. Der Übersichtstafel war zu entnehmen, dass der Flug keine Verspätung haben würde.

Liane und Saalfeld setzten sich auf die Wartesitze und überbrückten die verbleibenden zehn Minuten schweigend. Beide hingen den eigenen Gedanken nach und hatten immer ein Auge auf die Übersichtstafel gerichtet.

Als auf die Minute pünktlich das Zeichen für die erfolgte Landung hinter der Flugnummer erschien, sahen die beiden sich an.

»Ich bin ein wenig aufgeregt«, gab Liane zu.

»Warum denn? Neugierig, ob du recht hast?«

»Weiß ich gar nicht so genau. Das wird sicher auch eine Rolle spielen. Vielleicht aber auch, weil ich nach so langer Zeit wieder in einem Fall ermittle – wenn auch nur als inoffizielle Gehilfin. Oder weil ich hier zusammen mit dir bin, ohne das Wissen meines Mannes. Keine Ahnung.«

Saalfeld lächelte nur, ohne etwas darauf zu erwidern.

Nach einer weiteren kurzen Zeitspanne, in der sie sich darauf einigten, auf jeden Fall auch mit den Willers sprechen zu wollen, allein um deren Reaktion auf ihre Anwesenheit zu sehen, erschien endlich das Zeichen für den Beginn der Gepäckausgabe hinter der Flugnummer.

Es vergingen weitere zehn Minuten, bevor die ersten Fluggäste das Gate passierten. Saalfeld beugte sich vor und stützte den Oberkörper mit den Ellenbogen auf den Oberschenkeln ab, während Liane sich um eine entspannte Haltung bemühte, die ihre Aufregung verbergen sollte.

»Da ist Jutta Willers. Die mit der Dauerwelle«, sagte Liane leise, als eine kleine rotblonde Frau, die ihren leicht übergewichtigen Körper mit einem roten Sommerkleid zur Geltung brachte, durch das Gate kam.

Einen großen roten Trolley hinter sich herziehend verließ Jutta Willers den abgesperrten Bereich, ging ein paar Schritte weiter und blieb schließlich neben den Wartesitzen stehen, keine fünf Meter von Liane und Saalfeld entfernt, die sie jedoch nicht bemerkte. Sie zog ihr Handy aus der Hosentasche und gab dort irgendetwas ein. Von Heiko Willers war noch immer nichts zu sehen.

Liane und Saalfeld warfen sich einen vielsagenden Blick zu.

»Da fehlt noch jemand«, murmelte Saalfeld.

Liane sah zu Jutta Willers. »Vielleicht kontaktiert sie ihn gerade, um die gemeinsame Rückkehr zu koordinieren. Bestimmt lässt sie sich von ihm –«

»Oh! Der da kommt mir irgendwie bekannt vor. Ist er das vielleicht?«, unterbrach Saalfeld.

Liane sah zum Gate und nickte dann langsam.

Heiko Willers, der einen schwer aussehenden Hartschalenkoffer am langen Arm trug, verließ gerade die Absperrung und hielt in dem dichten Gewusel aus Fluggästen und Wartenden nach seiner Frau Ausschau. Sein Blick blieb dabei kurz auf Liane hängen, suchte dann weiter und kehrte gleich darauf wieder zu ihr zurück. Er blieb stehen, zog die Augenbrauen hoch, stellte den Koffer ab und stemmte, mit einem breiten Lächeln im Gesicht, die Hände in die Hüften.

»Und schon hat er uns entdeckt«, raunte Liane Saalfeld zu, setzte selbst ein Lächeln auf und stemmte sich aus dem Wartesitz.

Sie war hin und her gerissen zwischen einer gewissen Erleichterung und einer nicht zu leugnenden Enttäuschung. Für den Moment sah es jedenfalls ganz danach aus, als wäre ihre Theorie über die Umtriebe des Heiko Willers entkräftet worden.

Liane ging auf Heiko Willers zu, gefolgt von Saalfeld, der inzwischen ebenfalls aufgestanden war.

»Liane Maschmann. Bist du etwa wegen uns hier?«, fragte Willers ungläubig und öffnete die Arme.

»Hallo, Heiko. Willkommen in der Heimat«, sagte Liane, drückte ihn kurz und trat wieder einen Schritt von ihm zurück. Eine Antwort blieb sie ihm schuldig, weil sie es für angebracht hielt, dass ihr Begleiter den Part des Erklärens übernahm.

»Damit habe ich nun wirklich nicht gerechnet. Wie kommt's?«, hakte Heiko Willers nach. Die Überraschung war ihm anzumerken, aber darüber hinaus wirkte er völlig normal. Mit seinem ehrlichen Lächeln sah er Liane unverwandt in die Augen und wartete offensichtlich auf eine Erklärung für ihre Anwesenheit. Die Präsenz von Saalfeld, der mit etwas Abstand hinter Liane stehen geblieben war, hatte er anscheinend noch nicht als Bestandteil des Empfangskomitees begriffen.

Jutta Willers hatte sie inzwischen ebenfalls entdeckt. Ehe Liane antworten konnte, trat diese nun von der Seite an Liane heran und tippte ihr auf die Schulter. »Was machst du denn hier?«, fragte sie nicht minder ungläubig und nahm Liane etwas ausgiebiger in den Arm.

»Das ist ehrlich gesagt eine längere Geschichte«, deutete Liane an.

»So? Na, dann lass mal hören. Ich bin gespannt.«

»Ich auch«, pflichtete Heiko Willers bei. »Wo ist denn Timo?«

»Timo ist mit einem Bekannten im Stadion. Irgend so ein Testspiel.«

Heiko Willers schnaubte verächtlich. »Der und sein HSV. Dann bist du allein hierhergekommen? Vertreibst dir die Wartezeit auf dem Flughafen?«

Liane spürte, wie ihr das Blut in die Wangen stieg. »Äh … nein. Und ich habe auch jemanden dabei.«

Sie wollte sich gerade nach Saalfeld umsehen, der sich bisher zurückgehalten hatte, als der auch schon an ihre Seite trat und das Heft in die Hand nahm.

»Hallo, Frau Willers. Herr Willers«, sagte Saalfeld höflich und hielt beiden die Hand hin, die nun eindeutig überrumpelt wirkten, seine Hand aber trotzdem ergriffen.

»Wir hatten bisher noch nicht das Vergnügen – glaube ich zumindest«, fügte er hinzu, während er Heiko Willers die Hand schüttelte und einen nachdenklichen Blick auf ihm ruhen ließ. »Wir sind uns doch noch nicht begegnet, oder?«

»Äh, nein. Nicht dass ich wüsste«, erwiderte Heiko Willers.

»Wahrscheinlich kenne ich jemanden, der Ihnen ähnelt. Ich bin jedenfalls Jan Saalfeld, der neue Leiter der Polizeistation Friedrichskoog. Freut mich sehr, Sie endlich persönlich kennenzulernen.«

Die Miene von Heiko Willers blieb mehr oder weniger unbekümmert und zeigte höchstens vage Anzeichen von freundlicher Verwirrung. Der Blick seiner Frau sprach jedoch Bände und veranlasste Liane zu dem Wunsch, dass sie der Erdboden auf der Stelle verschlucken möge. Mit weit geöffneten Augen sah sie von Liane zu Saalfeld und wieder zu Liane.

»Müssen wir uns Sorgen machen?«, wollte Heiko Willers wissen. »Ich meine, wenn die ehemalige Leiterin und der aktuelle Leiter unserer Polizeistation uns noch am Flughafen ihre Aufwartung machen?« Er wirkte immer noch unbekümmert, wenn auch ein bisschen zu bemüht fröhlich, das Lächeln leicht verkniffen, während er, so wie seine Frau, abwechselnd von Liane zu Saalfeld blickte. »Das kann doch eigentlich nur mit dem Einbruch bei uns zu tun haben, oder?«

»Das trifft es ziemlich genau, Herr Willers. Es gibt da ein paar Dinge, über die ich gern mit Ihnen und Ihrer Frau sprechen würde, wenn Sie nichts dagegen haben. Ich könnte allerdings verstehen, wenn Sie jetzt lieber erst mal zu Hause ankommen möchten. Dann führen wir dieses Gespräch zu einem späteren Zeitpunkt.«

Willers sah zu seiner Frau, die rein äußerlich keinen Hehl aus ihrer Unlust machte. »Was meinst du?«

»Mir egal«, sagte sie kurz angebunden.

»Sie brauchen sich da wirklich nicht zu scheuen. Wenn Sie jetzt nicht mögen, ist das in Ordnung. Ich muss der Vollständigkeit halber auch anmerken, dass ich nicht offiziell hier bin. Sie würden dieses Gespräch also mit der Privatperson Jan Saalfeld und nicht mit dem Polizeibeamten führen.«

Willers legte die Stirn in Falten. »Jetzt haben Sie mich neugierig gemacht.«

»Das war ehrlich gesagt auch meine Absicht. Dann erledigen wir es sofort?«

»Ich glaube, bereits erwähnt zu haben, dass es mir egal ist«, sagte Jutta Willers genervt, als ihr Mann sie erneut mit einem fragenden Blick bedachte.

»Wie wär's? Wollen wir uns dort drüben hinsetzen?«, fragte Liane und zeigte zu dem wenige Meter entfernten Bistro im Ankunftsbereich des Terminal 1. »Bei einem Kaffee redet es sich ungezwungener.«

Es kamen keine Einwände, sodass sich die vier schließlich ins Bistro begaben.

Nachdem sich jeder mit dem Getränk seiner Wahl versorgt hatte und alle am Tisch Platz genommen hatten, nahm Saalfeld den Gesprächsfaden wieder auf.

Sein Versuch, die Willers über ein bisher verschwiegenes Detail, den Unfalltod des Einbrechers, zu informieren, brachte zutage, dass sie von Frau Meister längst informiert worden waren. Man einigte sich darauf, dass Frau Meister eine akribische Beobachterin mit hohem Sendungsbewusstsein war, und Saalfeld ging zum nächsten Schritt über. »Herr und Frau Willers, ich will nicht um den heißen Brei herumreden. Uns liegen im Zusammenhang mit dem Tod des Einbrechers Erkenntnisse vor, die recht heftig an der gerade erwähnten Unfalltheorie rütteln. Wir halten es für möglich, dass dieser Mann gewaltsam ums Leben kam.«

Willers sah kurz zu seiner Frau. »Sie meinen, dass dieser Mann – dieser Einbrecher ermordet wurde? Ein Kapitalverbrechen in unserem Haus? Das wäre ja verrückt.« Er sah erneut zu seiner Frau. »Dann hättest du tatsächlich recht gehabt.«

»Wie meinen Sie das? Womit hätte Ihre Frau recht gehabt?«, wollte Saalfeld wissen.

»Wenn man erfährt, dass ein Toter aus dem eigenen Haus herausgetragen wurde, geht man nicht einfach zur Tagesordnung über und setzt sich mit einem Cocktail an den Hotelpool. Für den Rest des Tages gab es für uns kein anderes Thema mehr. Und auch an den folgenden Tagen kam es immer wieder auf.«

»Wir hatten auch ernsthaft darüber nachgedacht, unseren Urlaub abzubrechen«, warf Jutta Willers ein. »Aber was hätte uns das gebracht? Oder Ihnen?«

»Jedenfalls war es meine Frau, die auf die Idee kam, dass es vielleicht nicht nur ein Einbrecher, sondern gleich zwei oder mehr gewesen sein könnten. Vielleicht sind sie über irgendetwas in Streit geraten, wobei der eine, den Sie gefunden haben, auf der Strecke geblieben ist. Ich war eher der Verfechter der Unfalltheorie, weil ich mir das nicht so recht vorstellen konnte.«

»Was sind das denn für Erkenntnisse, die Ihnen da vorliegen?«, hakte Jutta Willers nach.

Saalfeld blickte Heiko Willers mit einem Ausdruck an, den Liane noch nicht kannte und der sie ziemlich beeindruckte. Er brachte keine Gemütsregung zum Ausdruck, war weder freundlich noch streng oder gar aufgeregt. Scheinbar emotionslos beobachtete er das verdächtige Ehepaar, während er die Bombe platzen ließ. »Wir halten es für möglich, dass Sie, Herr Willers, etwas mit dem Tod des Einbrechers zu tun haben.«

Die Reaktion der Willers hatte Liane so nicht erwartet. Nach einer kurzen Besinnungszeit brachen sie synchron in ein verhaltenes Gelächter aus, von dem sich jedoch weder Liane noch Saalfeld anstecken ließen.

Es war Jutta Willers, die den kurzzeitig verkannten Ernst der Situation als Erste zu bemerken schien. Ihr Lachen erstarb, und es gruben sich Falten in ihre Stirn. »Das sollte doch wohl ein Scherz sein, oder nicht? Ihr seid doch nicht ernsthaft hierhergekommen, um uns direkt nach der Rückkehr aus unserem Urlaub mit dem Tod eines Menschen in Verbindung zu bringen?«

»Quatsch. Natürlich sind sie das nicht«, sagte Heiko Willers, dem Saalfelds Satz augenscheinlich immer noch zu absurd erschien, um ihn ernst zu nehmen. Dann traf sein Blick auf Lianes, und die Fröhlichkeit verschwand auch bei ihm. »Hol mich der Teufel. Ihr meint das tatsächlich ernst?«

»Sie sind nicht offiziell angeklagt. Noch nicht. Wie ich schon sagte, ich bin ausdrücklich als Privatperson hier und möchte Sie nicht verhören, sondern erst mal nur mit Ihnen reden. Das ist sicher nicht das Standardvorgehen, aber Frau Maschmann hat mich ausdrücklich darum gebeten.«

»Das fasse ich jetzt nicht. Abgesehen davon, dass diese Anschuldigung lächerlich ist, seid ihr tatsächlich den weiten Weg aus Friedrichskoog hierhergekommen, um uns das um die Ohren zu hauen? Warum habt ihr damit nicht gewartet, bis wir wieder zu Hause sind?«, empörte sich Heiko Willers und sah zu Liane. »Liane? Jetzt mal ehrlich, was soll das? Und was hast du überhaupt damit zu tun? Du legst doch immer so großen Wert darauf, dich von deinem ehemaligen Beruf zu distanzieren.«

Für Liane war die Situation längst nahezu unerträglich geworden. Sie fragte sich, wie sie nur auf die dumme Idee hatte kommen können, zwei Menschen, die ihr nie etwas getan hatten und die sie sehr gern mochte, auf diese Weise nachzustellen. Heikos Frage, was sie überhaupt damit zu tun hatte, war absolut berechtigt.

Als hätte Saalfeld ihre Gedanken gehört, nahm er sie sofort in Schutz. Und er log sogar für sie. »Frau Maschmann ist diejenige, die mich unentwegt davon zu überzeugen versucht, dass meine Verdachtsmomente haltlos sind. Wie ich gerade schon sagte, mache ich mir nur deswegen überhaupt die Mühe, Sie nicht einfach offiziell zu einer Vernehmung vorzuladen. Warum wir damit nicht warten konnten, bis Sie wieder in Friedrichskoog eingetroffen wären, ist eine nachvollziehbare und berechtigte Frage, auf die Sie noch eine Antwort bekommen sollen. Vorher möchte ich Ihnen jedoch ein paar Fragen stellen, wenn Sie gestatten.«

Während Heiko Willers' Gesicht nun deutliche Anzeichen von Verärgerung und Unverständnis zeigte, machte Jutta Willers inzwischen einen eingeschüchterten Eindruck auf Liane. Mit unnatürlich weit aufgerissenen Augen hatte sie Saalfeld während dessen Ausführungen angestarrt und hielt sich – wahrscheinlich unwillkürlich – eine Hand vor den Mund.

»Ich höre mir diesen Quatsch nur weiter an, weil ich Liane mag und weil ich ehrlich gesagt sehr neugierig bin, was für Fragen das wohl sein werden. Ich möchte, dass Sie das wissen«, richtete Heiko Willers mit Nachdruck an die Adresse von Saalfeld.

Der schien immer noch die Ruhe selbst zu sein und nickte. »Zur Kenntnis genommen, Herr Willers. Bereit für die erste Frage?«

»Legen Sie los.«

»Also schön, Frage eins: Stimmt es, dass Sie vor einigen Wochen eine Brandschutzversicherung abgeschlossen und Ihre Hausratversicherung aufgestockt haben?«

Willers blinzelte und lief rot an. Ohne Zweifel eine Frage, mit der er nicht gerechnet hatte. »Äh, ja, das habe ich allerdings. Woher wissen Sie das?«

»Erst mal nicht von Bedeutung, Herr Willers. Stimmt es auch, dass Sie zu diesem Zwecke extra nach Marne gefahren sind, um es bei dem dortigen Vertreter Ihrer Versicherungsgesellschaft durchzuführen, statt wie gewohnt einfach zu Herrn Pöhls zu gehen, der praktisch um die Ecke wohnt und Ihre Angelegenheiten in diesen Dingen schon seit vielen Jahren regelt?«

Jegliche Lockerheit war Heiko Willers auf einen Schlag abhandengekommen. Er schlug die Beine übereinander, verschränkte die Arme und ließ in Sachen Gesichtsröte keine Wünsche offen. »Ja, stimmt«, antwortete er einsilbig.

Saalfeld lächelte ihm aufmunternd zu. Absolut kontrolliert und ohne jeden Überschwang. »Danke für Ihre Ehrlichkeit. Würden Sie mir das bitte erklären?«

»Muss ich denn?«

Saalfelds Lächeln wurde eine Nuance breiter.

»Hör auf damit und erklär es ihm bitte«, fuhr Jutta Willers ihren Mann an. »Das ist jetzt nicht der richtige Zeitpunkt für ein Kräftemessen. Wir sind hier nicht am Final Table in einem deiner Pokerturniere. Bitte sag es ihm. Ist doch nichts dabei.«

Heiko Willers bedachte seine Frau mit einem giftigen Blick, als wäre sie ihm in den Rücken gefallen. Dennoch räusperte er sich und kam Saalfelds Bitte nach. »Warum ich meinen Versicherungsstatus angepasst habe, geht niemanden etwas an. Jedermann hat jederzeit das Recht dazu. Es wäre mir zumindest neu, dass so etwas inzwischen illegal ist. Aber warum ich nicht zu Christian Pöhls bin, will ich Ihnen gern verraten. Die Kurzversion lautet: Pöhls ist ein ehrloser Opportunist, und solche Typen mag ich einfach nicht.«

Als jeder begriffen hatte, dass Heiko Willers dem nichts mehr hinzufügen wollte, setzte Saalfeld nach. »Ich fürchte, dass ich dann doch die Langversion brauche, um das etwas besser verstehen zu können.«

Willers sah erneut zu seiner Frau, die ihm ermunternd zunickte. Also berichtete er, wie Pöhls eines Tages zu ihm gekommen sei, um ihn zum Abschluss einiger Versicherungen zu bewegen, die er weder wollte noch brauchte. Pöhls habe ihm zu verstehen gegeben, dass er von Willers' guten wirtschaftlichen Verhältnissen wisse, während es bei ihm selbst zurzeit überhaupt nicht lief. Als Willers dennoch ablehnte, sei Pöhls unverschämt geworden, sodass Willers ihm schließlich sogar Prügel angedroht habe, um ihn loszuwerden.

»Aber Sie haben ihn nicht wirklich geschlagen?«, wollte Saalfeld wissen.

»Nein, er ist dann sofort abgezogen. Und erst in dem Moment

habe ich den Entschluss gefasst, mich zukünftig an Herrn Bents in Marne zu wenden.«

»Verstehe«, sagte Saalfeld.

Liane vermochte nicht auszumachen, ob er Willers' Ausführungen tatsächlich Glauben schenkte oder nicht. Sie selbst glaubte ihm.

»Haben Sie eine Ahnung, warum er sich mit diesem etwas unorthodoxen Anliegen ausgerechnet an Sie gewandt hat?«

Willers lachte spöttisch auf. »Es ist nun mal kein Geheimnis in Friedrichskoog, dass es uns wirtschaftlich sehr gut geht. Ich gehe davon aus, dass Sie wissen, wie ich mein Geld verdiene?«

Saalfeld nickte zur Bestätigung.

»Sehen Sie? Pöhls weiß das auch. Ich habe einige Neider im Dorf, nach deren Meinung es mir viel zu gut geht, obwohl ich keiner ehrlichen Arbeit nachgehe. Wahrscheinlich hat sich dieser Einfaltspinsel eingebildet, er könnte bei mir ein schlechtes Gewissen erzeugen.«

»Wenn ich Herrn Pöhls befragen würde, ob sich das tatsächlich alles so abgespielt hat, würde er mir das also bestätigen?«

»Soll das ein Witz sein?«, blaffte Willers Saalfeld an. »Woher soll ich das wissen? Er kommt bei dieser Geschichte ja nicht gerade gut weg. An seiner Stelle würde ich Ihnen das nicht so erzählen. Ein paar Details würde ich definitiv weglassen.«

»Da haben Sie allerdings recht«, murmelte Saalfeld und sah zu Liane.

Die erwiderte seinen Blick mit sorgenvoller Miene. Heiko Willers' Erklärung ließ ihre Theorie nun endgültig in einem neuen Licht dastehen.

»Darf ich mal fragen, inwieweit mein Problem mit Herrn Pöhls dazu beitragen konnte, dass Sie mich des Mordes an einem Einbrecher beschuldigen?«

»Ich habe Sie nicht des Mordes beschuldigt, Herr Willers. Ich versuche lediglich, die mir bekannten Fakten auf ihren Wahrheitsgehalt zu überprüfen und anschließend zu einem sinnvollen Bild zusammenzusetzen.«

»Wir sind hier, weil wir sehen wollten, ob ihr beide tatsächlich aus Mallorca zurückkehrt«, platzte es aus Liane heraus.

Sie spürte, wie Saalfeld sie anstarrte, vermied es aber, ihn direkt anzusehen. Unter normalen Umständen hätte sie sich niemals eingemischt, aber sie ertrug die Verwirrung der Willers nicht mehr, die ihr absolut aufrichtig vorkam.

»Warum hätten wir denn nicht zurückkehren sollen?«, fragte Jutta Willers.

»Weil wir Grund zu der Annahme hatten, dass zumindest Heiko schon vor ein paar Tagen die Rückreise angetreten hat.«

Saalfeld nutzte das darauf folgende Schweigen der Willers für die Bemerkung: »Dann ist die Katze jetzt ja wohl endlich aus dem Sack. So hatte ich mir das nicht unbedingt vorgestellt, aber gut. – Wenn du nichts dagegen hast, übernehme ich hier wieder«, schob er mit unverkennbarer Schärfe an Liane gerichtet nach, die bei seinen Worten rot anlief.

»Die Katze soll aus dem Sack sein? Tut mir leid, aber ich verstehe immer nur Bahnhof. Wie kommen Sie denn nun darauf, dass ich meine Frau auf Mallorca allein gelassen haben soll? Das wird ja immer verrückter.«

»Sie wurden gesehen, Herr Willers. Eine Bürgerin aus Friedrichskoog behauptet, Sie letzte Woche beim Mercedes-Händler in Marne gesehen zu haben, und schließt einen Irrtum aus.«

Heiko Willers starrte Saalfeld mit offenem Mund an. Wie paralysiert.

»Aber … das stimmt doch nicht! Mein Mann war die ganzen zwei Wochen bei mir. Auf Mallorca. Wir waren rund um die Uhr zusammen. Rufen Sie doch bei unserem Hotel an. Die können bestätigen, dass sie Heiko jeden Tag gesehen haben. Diese Augenzeugin hat sich geirrt.«

»Mich würde interessieren, wer diese Augenzeugin ist. Verraten Sie uns das?«, fragte Heiko Willers mit seltsam matter Stimme.

Liane und Saalfeld sahen sich an. Saalfeld gab ihr schließlich mit einem Nicken zu verstehen, dass sie diesen Part übernehmen sollte.

»Kommissar Saalfeld hat die Information von mir. Und ich habe sie von Maria.«

»Was?«, rief Heiko Willers laut aus und stand so schnell auf, dass sein Stuhl umkippte. Seine Frau schnappte hörbar nach Luft. »Etwa Maria Hinrichsen?«

»Ja«, bestätigte Liane und zwang sich, nicht an all die Blicke zu denken, die im Terminal 1 gerade auf ihre kleine Gruppe gerichtet wurden. »Sie hat es mir bei einer Massage verraten, nachdem ich ihr von dem Einbruch bei euch erzählt hatte.«

»Jetzt reicht es mir aber endgültig. Dieses verdammte Miststück«, rief Heiko Willers und lief ziellos hin und her.

Saalfeld stand auf und holte ihn wieder zurück. »Beruhigen Sie sich, Herr Willers. Kommen Sie, setzen Sie sich wieder zu uns und erzählen Sie uns dann in aller Ruhe, warum Sie das so aufregt. In Ordnung?«, redete er ruhig, aber bestimmt auf ihn ein.

Willers atmete mehrmals tief durch, nickte dann aber und ging zusammen mit Saalfeld zurück zum Tisch. »Entschuldigt bitte, dass ich mich hier so aufführe«, murmelte er, als er sich wieder setzte. »Das ist normalerweise nicht mein Stil.«

Seine Frau legte ihm die Hand in den Nacken, warf ihm einen mitleidigen Blick zu und sagte dann zu den anderen: »Er hat aber recht. Maria ist wirklich ein verdammtes Miststück. Ich weiß, dass du sie schon viel länger kennst als wir, Liane. Sie kann auch sehr nett sein, das will ich gar nicht bestreiten. Wir waren ja auch jahrelang mit ihr befreundet. Aber inzwischen haben wir eine Seite an ihr kennenlernen müssen, die wir selbst nicht für möglich gehalten hätten.«

»Für mich klingt das, als wäre Frau Hinrichsens angebliche Beobachtung Ihrer Meinung nach nicht einfach nur ein Irrtum, sondern eine bewusste Falschaussage«, spekulierte Saalfeld.

»Das hätte ich nicht besser auf den Punkt bringen können«, bestätigte Heiko Willers. »Genau so ist es.«

»Um Ihnen gezielt zu schaden?«

»Das ist doch wohl ganz offensichtlich, oder nicht? Wenn ich bis hierhin alles richtig verstanden habe, werde ich von Ihnen ja wohl nur deswegen mit dem Tod des Einbrechers in Verbindung gebracht. Ich fühle mich eindeutig geschädigt.«

»Kann ich verstehen. Wie wär's, ich spendiere noch eine Runde Kaffee und Sie erzählen Frau Maschmann und mir die Geschichte, die dahintersteckt?«

Jutta Willers seufzte. »Ich würde so langsam schon gern nach Hause fahren.«

»Ich auch. Aber noch viel dringender will ich das so schnell wie möglich klarstellen. Diese blöde Kuh hat ihre Lektion noch immer nicht gelernt und macht einfach weiter mit ihren Intrigen. So geht das nicht«, redete Heiko Willers sich wieder in Rage.

»Ruhig bleiben, Herr Willers. Sie kommen jetzt erst mal runter, und ich hole inzwischen die nächste Runde Kaffee. Danach höre ich mir alles an, was Sie mir zu Maria Hinrichsen erzählen wollen. Machen wir es so?«

***

Zehn Minuten später – vor Saalfeld wurden noch zwei weitere Kunden bedient – kam er mit einem vollen Tablett zurück an den Tisch und verteilte die Getränke.

Heiko Willers erweckte immer noch den Eindruck, als stünde er kurz vor der Detonation. Während der Wartezeit hatte er daher auch kein Wort gesprochen, sodass sich Liane von Jutta Willers, die konsequent davon abgesehen hatte, Liane zu ihrer unerwarteten Rolle in dieser Angelegenheit zu befragen, über den Urlaub berichten ließ.

»So, bitte schön. Herr Willers? Bereit?«

Willers nickte.

»Gut, wir hören. Fangen Sie einfach an zu erzählen, so wie es Ihnen am sinnvollsten erscheint.«

Willers richtete sich auf, trank einen Schluck Kaffee und sah kurz in die Runde. Dann lenkte er seinen Fokus allein auf Saalfeld, was Liane mit einem seltsamen Gefühl der Bitterkeit beobachtete.

»Wir sind lange Zeit befreundet gewesen, mit ihr und ihrem Mann Gerold. Sehr gut sogar. Gemeinsame Spieleabende, essen gehen, Kino, Konzerte, Silvester zusammen feiern. Wir sind sogar zusammen in die Sauna gegangen. Das ganze Programm. Irgendwann – das ist jetzt bestimmt schon fast ein halbes Jahr her – stellte meine Frau mich zur Rede und wollte von mir wissen, ob da was zwischen mir und Maria läuft.«

»Das ist schon fast ein Dreivierteljahr her«, verbesserte ihn Jutta Willers.

»Okay, dann eben ein Dreivierteljahr. Das ist ja nicht der entscheidende Punkt. Die Frage hatte mich jedenfalls ziemlich überrascht, denn soweit es mich betraf, lief da rein gar nichts. Maria ist hübsch anzusehen, aber als Frau an meiner Seite, ob fest und offiziell oder auch nur für ein sexuelles Abenteuer, konnte ich sie mir beim besten Willen nicht vorstellen.«

»Wie kamen Sie denn darauf, dass da was laufen könnte?«, fragte Saalfeld Jutta Willers.

»Es war die Art, wie sie ihn ansah. Anfangs nur, wenn sie glaubte, unbeobachtet zu sein, später dann auch ganz offen, im Beisein von Gerold und mir. Da lag plötzlich weit mehr in ihrem Blick als nur Freundschaft. Und sie begann auch, ihn bei jeder sich bietenden Gelegenheit anzufassen. Sie kraulte ihm den Nacken, boxte ihn, ließ eine Hand ungebührlich lang auf seinem Arm oder seinem Oberschenkel ruhen, wenn sie sich mit ihm unterhielt, und legte sogar ihren Kopf auf seine Schulter. Zuletzt, als es mir längst gegen den Strich ging, habe ich in diesen Situationen versucht, den Blickkontakt zu Gerold herzustellen, um herauszufinden, wie es ihm dabei ging. Er sah aber nicht ein einziges Mal in meine Richtung. Er sah auch nicht zu Maria und tat stattdessen einfach so, als wäre alles in Ordnung. Fast ein halbes Jahr lang habe ich das beobachtet, ohne etwas zu unternehmen, denn bei Heiko konnte ich keine alarmierenden Signale ausmachen. Als sie dann aber noch einen Schritt weiter ging und ständig von hinten die Arme um ihn legte, wenn er zum Beispiel in der Küche stand und etwas zubereitete oder mit Gerold auf der Terrasse eine Zigarette rauchte, reichte es mir. Ich kam mir zwar lächerlich vor und sagte mir selbst immer wieder, dass da nichts sein kann, aber ich musste es von Heiko selbst hören, um nicht verrückt zu werden.«

Saalfeld stieß einen leisen Pfiff aus. »Nachvollziehbar. Danke, Frau Willers.«

Willers nickte betreten. »Im Nachhinein ist es mir natürlich ausgesprochen peinlich, dass ich das nicht bemerkt habe. Aber als meine Frau mich damals darauf ansprach, habe ich sie zuerst nur belächelt, dann war ich sogar richtig beleidigt. Ich konnte das nicht ernst nehmen, weil es für mich undenkbar war – was sie wiederum nicht verstehen konnte. Wir sind darüber in eine richtige Beziehungskrise geraten.«

Nachdem für eine kurze Weile niemand mehr etwas gesagt hatte, brachte Liane das Gespräch wieder in Gang. »Und wie ging es dann weiter? Irgendetwas muss ja passiert sein, was dich doch noch zur Einsicht gebracht hat.«

»Na ja, abgesehen davon, dass dieser Vorwurf, dieses Misstrauen meiner Frau in den nächsten Monaten eindeutig zwischen uns stand, hat sich erst mal gar nichts geändert. Ich habe Marias Berührungen in der Folgezeit bewusster wahrgenommen, das schon, aber ich hielt Juttas Eifersucht immer noch für maßlos übertrieben. Gerold hatte Jutta zwischendurch auch mal einen Klaps auf den Hintern gegeben. Und sie hat ihn auch mal in den Arm genommen. Das war nie ein Problem für mich gewesen. Wir standen uns nun mal sehr nahe, und es war meine ehrliche Überzeugung, dass so etwas unter guten Freunden ohne blöde Hintergedanken möglich sein müsste. Es lief also alles weiter wie bisher. Jutta hat bei unseren Zusammenkünften gute Miene zum bösen Spiel gemacht, und ich darf gar nicht daran denken, welche Qualen ihr –« Willers versagte die Stimme, und er legte seine Hände vor die Augen.

Liane war schwer beeindruckt. Heiko Willers war ein Baum von einem Mann, und sie hatte ihn noch nie die Fassung verlieren sehen.

»Schon gut«, flüsterte Jutta Willers und streichelte ihrem Mann den Nacken. »Das liegt jetzt hinter uns.«

Willers ließ die Hände wieder sinken, schniefte kräftig und blinzelte ein paarmal, bevor er seine Ausführungen fortsetzte. »Entschuldigung, geht schon wieder. Um es also mal auf den Punkt zu bringen: Vor etwa drei Monaten, es war auf jeden Fall im April, stand Maria vor der Tür. Jutta war für ein paar Tage zu ihrer Schwester gefahren. Wir mögen uns nicht besonders, und unabhängig davon hatte Jutta ohnehin das dringende Bedürfnis, wegen unserer Krise mal ein wenig Abstand zu mir zu gewinnen. Deswegen bin ich nicht mitgefahren, und Maria wusste das. Zuerst war alles ganz normal. Ich habe uns einen Tee gemacht, ein paar Kekse dazugestellt, und wir haben gequatscht. Harmlose Themen, bestimmt ’ne Stunde lang, alles gut. Ich weiß nicht mehr, was der Anlass gewesen war und wer diese Richtung einschlug, aber wir hatten es dann doch irgendwie geschafft, beim Thema Beziehungen zu landen.«

Willers unterbrach erneut und erweckte den Eindruck, als müsste er kurz seine Gedanken ordnen. »Nach einigem Palaver fragte sie mich jedenfalls, ob zwischen Jutta und mir alles in Ordnung sei. Weil ich ihr nicht sagen mochte, dass es gerade ziemlich heftig kriselte und dass sie der Auslöser dafür war, habe ich gelogen. Sie sagte mir auf den Kopf zu, dass sie mir das nicht abkauft. Als ich noch überlegte, wie ich mich aus der Nummer wieder rausreden könnte, behauptete sie plötzlich, dass sie meine Blicke und dieses Knistern zwischen uns längst bemerkt habe. Sie wollte wissen, ob ich dieses Versteckspiel nicht auch inzwischen satthätte. Ich brauchte einen Moment, um den Schock zu verdauen und meine Gedanken wieder zu ordnen, gab ihr aber ganz klar zu verstehen, dass da nichts sei und dass sie sich das alles nur einbilde. Sie gab sich uneinsichtig, nannte mich einen Feigling und ließ mich wissen, dass sie nicht ewig auf mich warten werde.«

Liane konnte kaum glauben, was Willers gerade erzählt hatte. Das war nicht die Maria Hinrichsen, die sie kannte, aber er wirkte absolut authentisch auf sie. »Und dann?«

»Ich habe sie aufgefordert zu gehen«, antwortete er knapp.

»Und das war's?«, platzte es schriller als beabsichtigt aus Liane heraus, als sie begriff, dass dies seine ganze Antwort war.

»Was ich eigentlich sagen wollte ...«, schob sie nach, als sie die irritierten Blicke der drei anderen bemerkte, »... seitdem ist es mit eurer Freundschaft Geschichte? Jahrelang wart ihr praktisch unzertrennlich, und wegen eines Momentes der Schwäche ist das alles auf einen Schlag obsolet?«

»Nein, natürlich nicht«, antwortete er ruhig. »Ich habe das ganz genauso gesehen wie du. Ein Moment der Schwäche. Die Freundschaft zwischen uns vieren war mir sehr wichtig, und ich wollte sie nicht einfach einer Dummheit opfern. Darum beschloss ich, Jutta nichts davon zu erzählen. Ich fürchtete, dass sie sofort auf ein Ende der Freundschaft gedrängt hätte.«

»Und das hätte ich«, kommentierte Jutta bestimmt.

»Ja. Völlig zu Recht, wie sich dann herausstellen sollte. Nachdem Maria diese Grenze erstmalig überschritten hatte, fiel es ihr in der Folgezeit nämlich immer leichter, dies zu wiederholen. Ich habe nicht mitgezählt, wie viele Angebote ich in den folgenden Wochen von ihr erhielt, aber es waren viele. Persönlich, per Telefon, per SMS und sogar per Brief. Und es war alles dabei: heimlicher Sex, Viererbeziehung, mit ihr durchbrennen, Jutta rausschmeißen – alles, was ihr in den Sinn kam. Als hätte sie die

Gewissheit gehabt, mir müsste ebenso viel daran liegen wie ihr, sodass sie nur noch das richtige Angebot finden und formulieren musste, dem ich nicht mehr widerstehen könnte. Total verrückt.«

»Wann hast du Jutta eingeweiht?«, wollte Liane wissen.

»Ich habe mich lange dagegen gewehrt. Viel zu lange. Aber als Maria mir weismachen wollte, dass Juttas Rausschmiss überfällig sei, war für mich das Maß endgültig voll. Das hatte sie mir in einem Brief geschrieben, recht detailliert und langatmig. Als ich ihn Jutta gezeigt habe, erzählte ich ihr auch von allem, was davor gewesen war. Sie war natürlich total schockiert, regelrecht entsetzt, und hat darauf bestanden, dass ich ihn verbrenne – und ich habe ihr den Gefallen getan. Leider, muss ich wohl sagen, denn mich beschleicht gerade das Gefühl, dass ich ihn jetzt doch noch ganz gut gebrauchen könnte.«

Saalfeld kommentierte diese Vermutung mit der Andeutung eines Lächelns.

»Was ist mit den SMS? Sind die auch alle gelöscht?«, fragte Liane.

Heiko Willers antwortete nicht. Stattdessen atmete er tief durch und sah betreten zu seiner Frau.

In der brandete Zorn auf. »Moment mal. Soll das heißen, dass ihr uns das nicht abkauft? Sind wir ohne diese Nachweise von Maria Hinrichsens hurenhaftem Gebaren etwa nicht glaubwürdig?«, rief sie laut und lenkte damit erneut einen Teil der allgemeinen Aufmerksamkeit auf ihren Tisch.

»Beruhigen Sie sich, Frau Willers«, forderte Saalfeld sie auf. »Das hat niemand behauptet, und die Frage stellt sich auch nicht. Es ist, wie ich vorhin gesagt habe: Wir sind nicht offiziell hier und wollten uns eigentlich nur überzeugen, ob Sie und Ihr Mann tatsächlich an Bord des Flugzeugs waren. Seit Sie vorhin durch das Gate spaziert kamen, steht die Glaubwürdigkeit von Frau Hinrichsen darum auch in einem deutlich ungünstigeren Licht.«

»Gilt das auch für dich?«, fragte Jutta Willers Liane, ohne zu zögern.

Liane spürte, wie ihr erneut das Blut in die Wangen stieg. Sie musste an die Prophezeiung ihrer Freundin Beate denken und war nicht in der Lage, Juttas wütendem Blick standzuhalten.

»Na toll! Danke«, zischte Jutta Willers. »Willst du wissen, was noch von deiner sauberen Freundin kam, nachdem ich ihr postwendend per Telefon mitgeteilt hatte, dass sie sich für alle Zeiten aus unserem Leben raushalten und zum Teufel scheren soll? Ein paar Tage später besuchte sie mich, als ich allein war, und hat allen Ernstes versucht, den Spieß umzudrehen. Tat so, als wäre sie komplett ahnungslos und total überrascht von meiner Wut auf sie. Sie behauptete, all die Ungeheuerlichkeiten seien angeblich nur Heikos Phantasie entsprungen und er sei derjenige mit einem ernsthaften Problem. Was sagst du dazu?«

Liane war sprachlos, und es fiel ihr immer schwerer, der Freundin aus Kindheitstagen die Treue zu halten.

»Und seit diesem Tag herrscht Funkstille?«, fragte Saalfeld und lenkte die Aufmerksamkeit damit wieder auf sich.

»Ja«, antwortete Heiko Willers.

»Nein«, verbesserte ihn seine Frau, die noch immer weit davon entfernt war, sich wieder zu beruhigen. »Die Schlampe hatte doch noch unseren Schlüssel.«

»Ach ja, richtig. Der Schlüssel. Na ja, das war aber eigentlich nur noch ein kleines Nachbeben, angesichts der Ereignisse in den Wochen davor«, lenkte Heiko Willers ein und erweckte den Eindruck, als wollte er diese vermeintliche Banalität allen Anwesenden ersparen.

»Wir sind ganz Ohr, Herr Willers. Jetzt haben wir schon so viel erfahren, dass wir natürlich auch den letzten Teil der Geschichte hören wollen«, behauptete Saalfeld munter und wandte sich Liane zu. »Oder?«

Liane nickte nur benommen.

»Da gibt es wirklich nicht viel zu erzählen. Für den Fall, dass wir uns mal aussperren oder verreist sein sollten, hatten wir ihr unseren Schlüssel gegeben. Den wollten wir logischerweise zurückhaben, aber sie hat sich auch da quergestellt und wollte ihn zunächst nicht hergeben. Das ging dann ein paarmal hin und her, bis wir schließlich mit rechtlichen Schritten gedroht haben.«

»Was wir gleich hätten machen sollen«, sagte Jutta Willers.

»Ja doch, hätten wir. Hast ja recht.«

»Aber du musstest wieder deinen unsäglichen Schmusekurs fahren.«

Willers sah verlegen lächelnd in die Runde. Das Verhalten

seiner Frau war ihm in diesem Moment eindeutig unangenehm. »Ich bin einfach nicht der Typ, der gleich eskaliert, und habe daher zuerst an Marias Vernunft appelliert. War nicht mein erster Fehler und wird auch nicht mein letzter gewesen sein. Jedenfalls haben wir ihn nach unserer Drohung endlich zurückbekommen. Per Post.«

»Und das war definitiv der letzte Akt? Seitdem ist alles ruhig?«, fragte Saalfeld.

»Ja.«

»Keine weiteren unmoralischen Angebote? Kein Stalken? Nichts?«

Willers sah Saalfeld fest in die Augen und antwortete: »Nein, nichts dergleichen.«

Liane hätte nicht sagen können, woran sie es festmachte, aber in diesem Moment war sie überzeugt, dass Heiko Willers etwas verheimlichte.

»Tatsächlich? Da haben Sie dann aber Glück gehabt. Meine dienstlichen Erfahrungen mit Menschen, die eine derartige personenbezogene Obsession entwickelt haben, sprechen eine andere Sprache. Da geht es in der Regel nicht so glimpflich zu Ende«, behauptete Saalfeld, als hätte er Lianes Skepsis gespürt.

»Personenbezogene Obsession?«, wiederholte Willers skeptisch.

»Ja, sicher. Wie würden Sie das denn nennen? Wenn Frau Hinrichsen Ihnen tatsächlich all diese Angebote gemacht hat und sogar darauf drängte, dass Sie sich von Ihrer Frau trennen sollen, ist das nicht einfach nur eine harmlose Schwärmerei. Das ist Ernst, sitzt viel tiefer und lässt der betreffenden Person daher keine Ruhe.«

Willers sah Saalfeld für eine Weile nachdenklich an, bevor er schließlich verhalten zu lachen begann. »Ich glaube, da müssen wir uns keine Sorgen machen. Wenn das für Maria wirklich so ernst war, hat sie inzwischen einen guten Weg gefunden, um dieses Verlangen zu kompensieren. Ein etwas schräger Weg, wenn das stimmt, was ich gehört habe, aber Hauptsache, ich habe meine Ruhe.«

Nach Willers' letztem Satz konnte sich sogar seine Frau nicht das Lachen verkneifen.

»Wie darf ich das verstehen?«, hakte Saalfeld nach.

Willers schüttelte den Kopf. »Nicht so wichtig. Ein Insider.«

»Worauf spielen Sie da an? Vielleicht ist es ein Detail, das später noch von großer Wichtigkeit für uns sein kann«, gab Saalfeld zu bedenken.

»Nein, das glaube ich eher nicht. Wenn ich Sie jetzt neugierig gemacht habe, tut es mir leid. Ich möchte mir später aber nicht nachsagen lassen müssen, dass ich die Gerüchteküche angeheizt habe, denn mehr als ein Gerücht ist es nicht. Wir haben im Prinzip auch nur davon gehört und es nicht mit eigenen Augen gesehen.«

Saalfeld hob die Hände. »Ganz wie Sie meinen.«

»Sind wir denn jetzt fertig? Ich möchte endlich nach Hause«, sagte Jutta Willers.

Liane zuckte nur mit den Schultern, als Saalfeld einen fragenden Blick auf sie richtete. Sie hatte mehr als genug gehört, worüber sie sich Gedanken machen konnte, und ihre Sehnsucht nach den eigenen vier Wänden war inzwischen mindestens so groß wie die von Jutta Willers.

»Wenn Ihnen nichts mehr einfällt, was für uns von Interesse sein könnte, würde ich sagen: Ja, fertig«, sagte Saalfeld und stand auf. »Vielen Dank, dass Sie sich die Zeit genommen haben, und noch mal Entschuldigung dafür, dass das so überfallmäßig abgelaufen ist. Wenn sich noch offizieller Ermittlungsbedarf ergeben sollte, werden wir uns bei Ihnen melden«, fügte er an und reichte den Willers die Hände.

Beide verabschiedeten sich bei ihm und setzten sich mit ihren Koffern in Bewegung, ohne Liane auch nur eines Blickes zu würdigen.

***

»Alles in Ordnung bei dir?«, fragte Saalfeld, nachdem sie schon wieder seit zwanzig von Schweigen geprägten Minuten in Richtung Friedrichskoog unterwegs gewesen waren.

Liane reagierte nicht sofort und sah stattdessen noch für eine Weile nachdenklich aus dem Fenster. Saalfeld war zur Abwechslung einfühlsam genug, sie nicht zu einer Antwort zu drängen.

»Das war echt scheiße«, sagte sie schließlich. »Einfach nur schlecht, von Anfang bis Ende. Und das nur, weil ich mich partout nicht raushalten konnte.«

»Sei nicht so streng mit dir. Ich finde, dass wir eine ganze Menge erfahren haben, was uns noch von Nutzen sein könnte. Verrückte Geschichte, oder?«

»Verrückt?«, wiederholte Liane und dachte kurz über Saalfelds Wortwahl nach. »Eher unglaublich. Zumindest wenn man Maria schon so lange kennt wie ich. Man kann viel über sie sagen, denn sie hat natürlich auch unleugbar schlechte Eigenschaften. Ein schlimmeres Klatschweib als sie wirst du nicht so leicht finden. Aber das Bild einer obsessiven Stalkerin, die mit voller Absicht und schon fast skrupellos die Beziehung eines ihr nahestehenden Menschen sabotiert, kann ich so gar nicht mit ihr in Einklang bringen.«

»Dann glaubst du den Willers nicht?«

»Ich möchte ihnen nicht glauben.« Liane seufzte herzhaft. »Aber ich tu's wohl trotzdem. Die wirkten beide sehr glaubwürdig auf mich, und ihre Ausführungen waren zu detailliert, um spontan erfunden worden zu sein. Sie werden kaum damit gerechnet haben, dass wir da auf sie warten und sie entsprechend befragen würden.« Liane schwieg und sah wieder aus dem Fenster.

»Das sehe ich ganz genauso«, bestätigte Saalfeld.

Es folgten weitere Minuten der Stille. Während Saalfeld sich auf den Verkehr konzentrierte, unternahm Liane den erfolglosen Versuch, an nichts zu denken, während sie die vorbeiziehende Landschaft beobachtete.

»Wollen wir über die Art des Abgangs der Willers reden?«, fragte Saalfeld unvermittelt und mit recht viel Fürsorge in der Stimme.

»Nein, wollen wir nicht. Das Kind ist jetzt in den Brunnen gefallen, und wenn es dumm läuft, bleibt es da auch. Die sind erst mal stinksauer auf mich und haben auch alles Recht der Welt dazu. Geschieht mir ganz recht.«

Saalfeld holte schon für die Gegendarstellung Luft, aber Liane kam ihm zuvor. »Bitte nicht! Ich weiß, was du jetzt sagen willst, aber belass es bitte dabei. Ich habe gerade einen ziemlich blöden Fehler gemacht, indem ich viel zu voreingenommen war. Ich müsste es besser wissen – ich weiß es besser. Und darum geschieht es mir recht. Punkt.«

»Bin schon still. Zumindest soweit es dein Verhältnis zu den

Willers betrifft. Darf ich trotzdem über den Fall sprechen, oder soll ich lieber ganz den Mund halten?«

Liane rang sich ein Lächeln ab. »Nein, schon gut. Leg los.«

»Mich würde interessieren, wie du Marias Aussage jetzt bewertest. Hast du dazu schon eine Meinung?«

»Du meinst ihre Behauptung, Heiko in Marne gesehen zu haben? Was soll ich dazu noch groß sagen? Wenn Heiko und Jutta gerade nicht gelogen haben, und davon müssen wir wohl ausgehen, hat sie sich eben doch geirrt. Du hattest von Anfang an recht.«

Als keine Reaktion von Saalfeld erfolgte, drehte sie ihm den Kopf zu und beobachtete ihn kritisch dabei, wie er scheinbar nur noch Aufmerksamkeit für den Straßenverkehr zu erübrigen vermochte. Das brachte sie ins Grübeln.

»Du glaubst, dass sie bewusst gelogen haben könnte«, sagte sie leise.

Endlich sah er wieder zu ihr. Zwar sagte er nichts, aber sein ernster Blick reichte als Antwort. Aus unerfindlichen Gründen verspürte sie große Erleichterung über diese Ernsthaftigkeit.

»Um sich an ihm zu rächen?«, fügte sie nach einer Weile an. »Dafür, dass er sie unmissverständlich aus seinem Leben verbannt hat?«

»Oder dafür, dass er es wagt, ihr eine andere Frau vorzuziehen. Eine, die ihn nach Marias Meinung nicht verdient hat. Ich habe ja vorhin schon angedeutet, dass ich mit solchen – entschuldige bitte – Verrückten bereits Erfahrung sammeln durfte.«

»Aber … verdammt, das würde bedeuten, dass sie nicht mal davor zurückschreckt, einen untadeligen Menschen als Kriminellen in Verruf zu bringen.« Liane dachte über ihren letzten Satz nach und schüttelte energisch den Kopf. »Nein, auf gar keinen Fall. Da ziehe ich die Grenze. Das ist nicht Maria. So etwas macht sie einfach nicht. Und abgesehen davon hat sie gar nicht das Potenzial, einen so perfiden Plan zu schmieden und in die Tat umzusetzen. Das würde ja sonst bedeuten, dass sie alles haarklein geplant hätte. Angefangen mit der beiläufig gestreuten Information, Heiko in Marne gesehen zu haben. Und dass sie die ausgerechnet bei mir angebracht hat, würde wiederum bedeuten, dass sie genau wusste, was sie damit bei mir auslösen würde.

Welchen Prozess sie da in Gang setzen würde. Das soll meine Maria fertiggebracht haben?«

Jetzt zeigte Saalfeld wieder sein jungenhaftes Grinsen. »Dir ist klar, dass du gerade meine Gedanken ausgesprochen hast?«

»Vollkommen ausgeschlossen! Auf gar keinen Fall.«

»Woher nimmst du diese Gewissheit?«

»Wir beide wurden entsprechend ausgebildet und befassen uns mit derlei Dingen von Berufs wegen. Na ja, ich zumindest noch bis vor zwei Jahren. Maria – ich will sie jetzt nicht als Dummchen hinstellen, aber sie hat trotz einer Ehrenrunde nur mit Ach und Krach den Realschulabschluss geschafft. Wenn heute jemand das Gespräch mit ihr sucht und dabei das Thema auf Politik lenkt oder etwas anderes Anspruchsvolleres, ist sie verdammt schnell aufgeschmissen. Sie hatte nie den Anspruch oder den Ehrgeiz, ihre Allgemeinbildung zu verbessern. Maria ergeht sich lieber in seichten Gesprächen und tratscht für ihr Leben gern. Eigentlich schlägt sie sich schon ihr ganzes Leben mit ihrem guten Aussehen und ihrer angeborenen Gabe, Menschen schnell für sich einzunehmen, durch.« Liane hielt kurz inne. »Jetzt habe ich sie doch als Dummchen dargestellt, oder? Aber egal; was du da unterstellst, geht über ihre Fähigkeiten. Das hat sie einfach nicht drauf. Überleg doch mal. Wie naiv war es, einfach zu Jutta zu gehen und der weismachen zu wollen, dass Heiko sich das alles nur ausgedacht hat? Wo sie doch kurz zuvor diesen unmöglichen Brief an ihn geschrieben hat.«

»Wenn es diesen Brief wirklich gegeben hat«, gab Saalfeld zu bedenken.

»Ja, wenn. Aber das ist ein verdammt kleines Wenn, da waren wir uns doch schon einig, oder nicht? Außerdem würde die Nicht-Existenz dieses Briefes wiederum bedeuten, dass die Willers uns doch die Hucke vollgelogen haben.«

»Punkt für dich.«

Liane schnaubte verächtlich. »Dafür kann ich mir leider nichts kaufen. Und du auch nicht. Das wird es dann wohl gewesen sein, oder?«

»Wie meinst du das?«

»Na ja, mit dem Einbrecher. Maria hat sich ganz offensichtlich geirrt, also gibt es keinen Grund mehr, die Todesumstände dieses Finanzbeamten hinterfragen zu wollen. Es war doch nur ein Unfall. Fall geschlossen.«

»Ach so. Ja, ist wohl so«, erwiderte Saalfeld nachdenklich und erweckte den Eindruck, als wäre er von seinen Worten selbst nicht überzeugt.

»Höre ich da so etwas wie Zweifel?«

Saalfeld antwortete nicht sofort. Liane beobachtete, wie er die Lippen immer wieder schürzte und zusammenpresste.

»Darf ich der Frau in dir mal eine Frage stellen?«, sagte er schließlich.

Was ist das denn für eine verunglückte Frage, dachte Liane, sagte aber nur: »Kannst es ja mal versuchen.«

»Stell dir bitte mal vor, du würdest während deines Urlaubs in welchem Land auch immer erfahren, dass gerade in dein Haus eingebrochen wurde. Noch dazu ist der Einbrecher dabei ums Leben gekommen. Es dürfte also nichts weggekommen sein, aber du wüsstest, dass bei deiner Rückkehr ein Haus auf dich wartet, in das sich ein Fremder zuerst gewaltsam Zutritt verschafft und in dem er dann all deine persönlichen Sachen durchwühlt hat, bevor er einen dummen Unfall hatte, dabei das Leben verlor und – immer noch in deinem Haus – dort noch für eine Weile tot herumlag. Anschließend ist da dann auch noch eine Horde Menschen unbestimmter Anzahl, bestehend aus Polizisten, Spurensicherung, Tatortreinigern und Bestattungsunternehmern, durchgetobt, um ihren Job zu machen.«

»Okay, ich stelle es mir vor.«

»Gut. Jetzt die Frage: In was für einer Verfassung würdest du dich bei deiner Rückkehr, kurz vor dem erstmaligen Betreten des Hauses seit diesen Vorfällen, wohl befinden?«

»Hm. Ich glaube, dass ich ein ziemlich ungutes Gefühl dabei hätte. Weniger wegen der durchwühlten Sachen und dem ganzen Nachspiel, aber sehr wohl wegen des toten Fremden. Ich bin eigentlich nicht zimperlich oder abergläubisch oder so, aber … ach verdammt, ich kann es nicht richtig in Worte fassen. Ein toter Fremder in meinem Haus. Das ist schon irgendwie unheimlich. Eklig.«

Saalfeld nickte langsam. »Ich hätte mit allen Aspekten ein Problem. Meine Wohnung beziehungsweise mein Haus, mein

Zufluchtsort, der Platz, an dem ich mich für gewöhnlich sicher fühle. Meine Burg. Und plötzlich, während ich nicht mal da war, um meine Burg verteidigen zu können, wurde sie gestürmt und entweiht.«

Liane lächelte ihn von der Seite an und konnte sich eines Gefühls tiefer Zuneigung nicht erwehren.

»Glaubst du, dass ich sehr falschliege, wenn ich unterstelle, dass es den meisten normalen Menschen auch so gehen würde? Und lass mich noch einen Schritt weitergehen: Wären es nicht gerade die Frauen, die im Vergleich zu uns Männern in der Regel deutlich empfindsamer sind und daher unter solchen Ereignissen in besonderem Maße leiden würden?«

»Abgesehen davon, dass diese Unterstellung zumindest ein kleines bisschen sexistisch ist, könntest du damit durchaus recht haben.«

»Ist doch so, oder?«, rief Saalfeld aus und wirkte plötzlich sehr aufgeregt.

»Ja, ganz eindeutig. Ich weiß von einer Frau im Ort, die ihr Haus mit irgendwelchen Kräutern ausgeräuchert hat, weil sie kurz nach ihrem Einzug erfuhr, dass der Vorbesitzer seine Frau durch das ganze Haus geprügelt hat. So wollte sie, glaube ich, die bösen Geister oder negativen Schwingungen oder was auch immer vertreiben.«

»Ach was. Ehrlich?«

»So hat man es mir erzählt«, bestätigte Liane.

»Verrückt. Aber durchaus denkbar. Und genau deswegen frage ich mich schon die ganze Zeit, warum Frau Willers so verdammt cool geblieben ist, als ich den toten Einbrecher erwähnte. Natürlich wusste sie es schon seit ein paar Tagen, aber da war irgendwie gar nichts zu sehen oder zu spüren. Der einzige Widerwille, den ich spüren konnte, galt zuerst mir, dann Maria Hinrichsen und zuletzt – na ja, du weißt ja. Stattdessen hat sie ständig gequengelt, endlich wieder in dieses entweihte Haus zurückkehren zu wollen.«

Liane wusste nicht, was sie darauf erwidern sollte.

Saalfeld sah ein paarmal kurz zu ihr, als würde er sie so zu einer Antwort nötigen können. »Kam dir das nicht komisch vor? Oder ist sie einfach nur eine coole Sau? Du kennst sie ja besser als ich.«

Liane hob die Schultern. »Nein, als besonders cool kenne ich sie eigentlich nicht. Aber dass ihr Verhalten mir jetzt verdächtig vorkam, kann ich auch nicht behaupten. Worauf willst du denn hinaus? Dass die beiden doch was mit dem Tod des Einbrechers zu tun haben?«

»Weiß ich selbst nicht so genau. Wohl eher nicht – und trotzdem. Es sitzt mir schon die ganze Zeit quer.«

Wie nach einer Absprache ergingen sich beide für den Rest der Heimfahrt in sporadischem und belanglosem Small Talk. Über den Fall, der sich zumindest in Lianes Wahrnehmung anschickte, keiner mehr zu sein, wurde nicht mehr gesprochen.

Es war beinahe achtzehn Uhr, als Saalfeld seinen Mazda in den Schleusenweg lenkte.

»Du kannst mich bei dir rauslassen. Die letzten paar Meter möchte ich zu Fuß gehen. Das brauche ich jetzt noch, nach dem ganzen Rumsitzen heute.«

Als Saalfeld den Wagen schließlich auf seinem Parkplatz zum Stehen brachte, wandte sie sich ihm zum Abschied noch einmal zu. »War das jetzt ein erfolgreicher Ausflug oder doch eher ein Schlag ins Wasser?«

Saalfeld lächelte sie an. »Es war jedenfalls nicht sinnlos, dass wir das gemacht haben.«

Liane legte die Stirn in Falten. »Was für eine Aussage. Das kann ja alles und nichts bedeuten.«

Saalfeld erwiderte nichts darauf. Liane hatte den Eindruck, dass er sich in eine Aura latenter Gleichgültigkeit hüllen wollte, aber sie konnte sehen, wie es in ihm arbeitete.

»Jetzt bist du es, der keinen Haken hinter diese Angelegenheit setzen kann, oder?«, mutmaßte sie.

»Kannst du es denn?«, fragte er ehrlich überrascht.

»Tja … ja. Ich muss wohl, denn meinen Aufhänger hat Heiko in der Luft zerfetzt. Und was du vorhin noch über Maria gemutmaßt hast – na ja, du weißt ja, wie ich darüber denke.« Saalfeld erwiderte ihren prüfenden Blick, und Liane musste lachen. »Ach herrje! Entschuldige mein Lachen, aber den Blick kenne ich, und zwar von mir. Du kannst wirklich nicht aufhören, darüber nachzudenken.«

Saalfeld presste die Lippen zusammen und legte den Kopf schief. »So sieht es wohl leider aus. Aber das ist mein Problem. Passiert mir aber auch nicht zum ersten Mal, ist also nicht weiter schlimm. Mit Hilfe des kalten Bieres in meinem Kühlschrank bekomme ich die Sache schon wieder in den Griff.«

Liane nickte sanft und hatte bereits den Türgriff in der Hand. »Wenn das bei dir wirklich so einfach funktioniert, beneide ich dich. Bei mir gab es leider immer nur einen Weg, um damit fertigzuwerden: Wann immer ich bei einem Fall glaubte, keinen Faden mehr zu haben, an dem ich ziehen konnte, und entsprechend nah an der Verzweiflung war, habe ich mir einen starken Kaffee gemacht, ein deftiges Essen zubereitet und mich damit über die Akte gebeugt. Und zwar genau so lange, bis es klick gemacht hat. Und ob du mir das nun abkaufen magst oder nicht, es hat auf diese Weise jedes Mal klick gemacht. Ich habe dabei immer entscheidende Details entdeckt, die ich bis dahin unterschätzt hatte oder die mir einfach noch nicht aufgefallen waren.«

Saalfeld sah sie neugierig an. »Ein deftiges Essen, sagst du?«

Liane nickte eifrig.

»Etwas Bestimmtes?«

»Nein. Obwohl – doch, eigentlich schon.«

»Ich höre.«

»Bist du sicher? Hinter dieser Tür wartet ein ganz übles Klischee auf dich.«

»Ein übles Klischee in Sachen deftiges Essen«, murmelte Saalfeld. »Da fallen mir spontan zwei Möglichkeiten ein.«

Liane streckte ein paar Finger aus. »Du hast drei Versuche.«

»Labskaus«, sagte Saalfeld trocken.

Liane hätte ihn in diesem Moment gern in den Arm genommen, beschränkte sich aber auf ein herzliches Lächeln und sagte: »Treffer und versenkt.«

»Das ist – wirklich übel.«

»Du hast es also schon mal gegessen?«

»Nein. Aber ich habe es gesehen. Und dran gerochen. Der Geruch ist eigentlich ganz okay, aber die Optik zerstört einfach alles. Appetit, Experimentierfreude – den Glauben an die Notwendigkeit der Nahrungsaufnahme. Aber wenn es dir geholfen hat und sogar schmeckt, will ich nichts gesagt haben.«

Liane musste nun laut lachen. »So schlimm ist es nun wirklich nicht. Ich mache es aus Kartoffelpüree und Corned Beef. Da ist doch nichts Ekliges dran.«

Saalfeld presste die Lippen zusammen. »Vielleicht habe ich all die Horrormärchen über pürierte Küchenabfälle einfach zu oft gehört. Das ist, glaube ich, auch mein größtes Problem, dass man nicht identifizieren kann, was drin ist.«

»Wenn du es selbst zubereitest, hättest du Gewissheit.«

Er kratzte sich nachdenklich am Kopf. »Du meinst also, ich soll das auch mal versuchen? Mit der Akte und dem Essen?«

Liane lachte erneut. »Nein, ich meinte eigentlich nur das Essen. Dass es mir beim Tüfteln geholfen hat, muss nicht automatisch heißen, dass es bei dir auch so läuft.«

Saalfeld hielt das Lenkrad fest umklammert, sah geradeaus und sagte laut: »Labskaus«, als würde er versuchen, ein paar Brocken einer fremden Sprache zu lernen. »Ach, was soll's. Ich werde es einfach mal versuchen. Was kann schlimmstenfalls schon passieren?«

»Manche machen sich noch Röstzwiebeln drüber.«

»Igitt, bloß nicht.«

»Aber auf den Rollmops und die Rote Bete darfst du nicht verzichten.«

»Mag ich beides.«

»Und das Allerwichtigste ist ein Spiegelei. Ob daneben oder obendrauf, ist egal, Hauptsache, das Eigelb ist noch flüssig.«

»Jawohl, Spiegelei«, sagte er schließlich und strahlte Liane kurz und herzlich an, bevor er die Tür öffnete und ausstieg. »Mir tut es heute jedenfalls nicht um meine Freizeit leid. Frau Maschmann, es war mir ein echtes Vergnügen, gemeinsam mit Ihnen Angst und Schrecken unter unseren Mitbürgern zu verbreiten. Und jetzt wünsche ich dir noch ein schönes Wochenende mit deinem Mann. Wir sehen uns.«

***

Mit um den Körper geschlungenen Armen trat Liane die letzten zweihundert Meter ihres Heimweges an. Den Blick auf den Fußweg gesenkt, dachte sie über die letzten Stunden nach. Trotz des eher heiklen Anlasses und obwohl eigentlich nichts so gelaufen war, wie sie sich das erhofft hatte, war es sehr angenehm gewesen, den Nachmittag in Saalfelds Gesellschaft zu verbringen. Viel besser, als sich allein zu Hause zu langweilen oder die Zeit mit ihrem Mann und dessen Kumpel bei einem Testspiel des HSV zu vertrödeln. Viel besser als die meisten Wochenenden in den letzten beiden Jahren.

Nach ungefähr fünfzig Metern, als sie sich auf Höhe des kleinen Bistros mit dem Namen »Im Krabbennest« befand, nahm Liane aus den Augenwinkeln wahr, wie die Tür des Bistros geöffnet wurde und jemand nach draußen trat. Liane sah kurz hin, bediente sich routiniert eines desinteressiert freundlichen Gesichtsausdrucks, dessen prophylaktischen Einsatz man als Einwohner eines Urlaubsortes schon als Kind erlernte, und setzte ihren Weg fort. Sie schaffte ungefähr fünf Meter, bevor ihr Gehirn die Botschaft der Sehnerven ausgewertet hatte. Dann blieb sie abrupt stehen, wurde sich der Gänsehaut auf Armen und Nacken bewusst und riss die Augen auf. Ehe sie sich umdrehen oder einen klaren Gedanken fassen oder in sonstiger Weise reagieren konnte, hörte sie seine Stimme.

»Jetzt reicht es mir«, knurrte der Mann in ihrem Rücken, noch mit relativ leiser Stimme. »Jetzt reicht es mir aber wirklich. Ich bin es leid, und das ist auch nicht mehr witzig, hören Sie? Das ist inakzeptabel. Sie werden mir jetzt sofort erklären, was Sie damit bezwecken.«

Liane drehte sich langsam um und starrte den Mann, der sie in den letzten Tagen verfolgt hatte, mit weit offen stehendem Mund an. Offensichtlich war er doch nicht einem undenkbaren Schicksal zum Opfer gefallen und in einer von Balzers Toiletten verloren gegangen. Ganz im Gegenteil, er sah ziemlich lebendig und gesund aus, wie er da plötzlich gut gebräunt und leger gekleidet vor ihr stand. Noch viel wichtiger war, dass er überhaupt nicht mehr bedrohlich auf sie wirkte. Ganz im Gegenteil hatte sie sogar den Eindruck, als hätte der Kerl ein kleines bisschen Angst vor ihr. Und falls sie sich irrte und der Kerl auf die Idee kommen sollte, sie anzufassen, würde er schnell merken, was für eine dumme Idee das wäre. Aber danach sah es zurzeit nicht aus. Er schien allerdings wegen irgendetwas zornig zu sein.

»Wollen Sie sich nun auch noch über mich lustig machen, oder hat es Ihnen die Sprache verschlagen? Äußern Sie sich!«

Äußern? Wozu äußern? Und warum sie? Liane schüttelte den Kopf. »Ich verstehe nicht. Was wollen Sie von mir? Wer sind Sie überhaupt? Und warum stellen Sie mir nach?«

»Das …« Der Mann verstummte, griff sich mit beiden Händen an den Kopf und sah sich um, als würde er nach Zeugen Ausschau halten, die später bestätigen konnten, in was für eine Farce er da geraten war. Es war nur leider niemand da. »Ich soll Ihnen nachstellen? *Ich Ihnen?* Sie meinen, neulich auf dem Seeweg? Gleich zwei Mal an einem Tag, davon einmal mitten in der Nacht? Dann in Marne? Das war übrigens eine echt unheimliche Erkenntnis, dass sie mir nicht nur nachlaufen, sondern sogar hinterherfahren. Und dann die Sache gestern in der Bäckerei? Erst sind Sie mir schon wieder hinterhergestiegen, und dann verlieren Sie aus irgendwelchen Gründen auch noch die Kontrolle über sich und verprügeln wahllos andere Gäste. Wohl aus Wut darüber, dass Sie mich nicht zu fassen gekriegt haben.«

Der Mann war so aufgebracht, dass ihm die Röte ins Gesicht stieg und er kurz nach Luft schnappen musste. »Eine verrückt gewordene Expolizistin. Ja, ganz recht, ich weiß das. Am Nebentisch saß ein Einheimischer, der hat es mir erzählt. Mir tut leid, was Ihnen passiert ist, aber das ist keine Rechtfertigung für Ihr Verhalten. Jetzt sind Sie mir schon wieder gefolgt, und ich fordere Sie hiermit unmissverständlich und ultimativ auf, das zu unterlassen. Ich mache hier Urlaub, verdammt. Ich bin hier, um meine Ruhe zu haben, und nicht, um von einer weiteren Verrückten verfolgt zu werden. Da hätte ich auch gleich eine meiner Exfrauen oder meine Assistentin mitnehmen können. Sie sind auch überhaupt nicht mein Typ, okay? Sie werden mich also ab sofort gefälligst in Ruhe lassen. Sehe ich Sie während meines restlichen Aufenthalts hier auch nur noch ein einziges Mal, werde ich Ihre ehemaligen Kollegen auf Sie ansetzen.«

Der Mann wartete nicht auf eine weitere Reaktion von ihr. Das hätte ihn auch mehrere Minuten gekostet, denn Liane fehlten in jeder Hinsicht die Worte. Selbst in ihrem Kopf herrschte absolute Sprachlosigkeit, als er ihr einen letzten verächtlichen Blick schenkte und der Hafenstraße forschen Schrittes Richtung Norden folgte. Liane sah ihm lange hinterher. Selbst als er längst aus ihrem Blickfeld verschwunden war, starrte sie noch den

Schleusenweg hinauf und gab sich widerstandslos dem völligen Fehlen irgendeines gedanklichen Impulses hin.

Bestimmt zehn Minuten stand sie so da, bevor der Gedankenfluss wieder einsetzte. Er begann mit Erinnerungen an ihre Therapie. Liane hatte sich damals nur widerwillig darauf eingelassen, wollte den harten Cop geben, der sich von einem lausigen Schuss in die Schulter nicht aus der Fassung bringen ließ. So hatte die Therapeutin die ersten Sitzungen vor allem darauf verwendet, Liane den Ernst der Situation und die Notwendigkeit der Therapie zu verdeutlichen. Sie hatte Liane ausdrücklich vor den Spätfolgen gewarnt, die bei ausbleibender oder auch nur unzureichender Behandlung eines Traumas auftreten konnten. Die Palette reichte von körperlichen Beschwerden, die letztlich natürlich auch psychische Ursachen hatten, über Panikattacken und Depressionen bis hin zu Persönlichkeitsstörungen. Liane konnte sich noch sehr lebhaft daran erinnern, wie sehr die Verwendung des Begriffs Persönlichkeitsstörungen sie amüsiert hatte. Sie hatte die Androhung der Therapeutin damals als Meinungsverstärker interpretiert. Liane hatte sich keine allzu große Mühe gegeben, ihr Desinteresse an der Therapie zu verbergen, und wenn die Therapeutin ihr Handwerk verstand, musste sie es einfach bemerkt haben.

Folgerichtig hatte Liane die Behandlung nicht bis zum Ende durchlaufen. Mit ihrer Kündigung beendete sie nicht nur ihr Arbeitsverhältnis, sondern auch den Zwang zur unerwünschten Therapie.

Nun war sie erheblich verunsichert. War es normal, dass sie geglaubt hatte, der Mann würde sie verfolgen? Hätte jemand anders, wie zum Beispiel Beate oder Maria, die keine Traumata aus der jüngeren oder älteren Vergangenheit zu verarbeiten hatten, das auch geglaubt? Oder hatte sie tatsächlich einen ernst zu nehmenden Knacks davongetragen, dessen Opfer sie nun schließlich doch noch geworden war? Hatte die Therapeutin auch etwas von Verfolgungswahn gesagt? Liane konnte sich nicht erinnern. Aber sie würde der Sache in naher Zukunft auf den Grund gehen. Wie es schien, hatte sie keine andere Wahl mehr.

Verblüffende Ähnlichkeit – Kein Freundschaftsbesuch – Klartext

»Schatz?«

Liane stopfte gerade die getragenen Uniformen ihres Mannes in die Waschmaschine und verdrehte die Augen. Sie hatte ihn vor nicht mal fünf Minuten allein gelassen, und schon rief er wieder nach ihr. Manchmal war er wie ein kleiner Junge, der ohne seine ihn versorgende Mami vollkommen aufgeschmissen war.

»Komme gleich«, rief sie zurück.

Offenbar zu leise, denn kurze Zeit später rief er schon wieder. »Scha-hatz?«

»Das darf doch wohl nicht wahr sein«, murmelte Liane, zwang sich zur Ruhe und kümmerte sich weiter um die Wäsche.

Als sie den Weichspüler in die Schublade goss, öffnete sich die Tür zum Hauswirtschaftsraum, und ihr Mann steckte den Kopf herein.

»Hier bist du. Hast du mich nicht gehört?«, fragte er.

Wahrscheinlich war sie nach den vielen Jahren des Zusammenlebens wirklich die Einzige, die seinen gekränkten Unterton wahrnahm. Zumindest hatte sie nie Verständnis erfahren, wenn Timo in Gegenwart anderer so mit ihr sprach und sie sich darüber beklagt hatte. Fakt war aber, dass sie diesen Unterton nur zu gut wahrnehmen konnte und darüber von Mal zu Mal fuchsiger wurde. Sie konnte sich nicht erinnern, zu Beginn ihrer Beziehung ähnlich empfunden zu haben. »Doch. Ich habe auch geantwortet.«

»Hab ich nicht gehört.«

Die Steigerung: Kränkung auf Grundlage einer vermeintlichen Lüge. Liane seufzte. »Was kann ich für dich tun, mein armer Junge?«

Man hätte meinen können, dass ihm ihr kaum verhohlener Sarkasmus erst recht stinken würde, aber Liane wusste es besser. Diesen Worten unterstellte er keine böse Absicht, weil er sie als aufrichtige Fürsorge interpretierte.

»Ich kann die Magentropfen nicht finden.«

»Hast du im Küchenschrank nachgeschaut? Der ganz rechts, unteres Fach?«

»Hab ich. Keine Tropfen.«

»Dann sind sie wohl alle. Müssen wir halt neue besorgen«, sagte Liane lapidar und füllte Waschpulver ein.

Als sie die Schublade geschlossen, das richtige Programm gewählt und den Startknopf gedrückt hatte, wollte sie den Hauswirtschaftsraum wieder verlassen, aber ihr Mann stand noch immer in der Tür und versperrte ihr den Weg. Dabei trug er einen so unglaublich gekränkten Gesichtsausdruck, wie selbst Liane ihn noch nie bei ihm gesehen hatte.

»Ist noch was?«, wollte sie wissen.

»Interessiert dich wohl gar nicht, wofür ich die Tropfen brauche?«

Liane zwang sich erneut zur Ruhe, drängte sich an ihm vorbei und sagte: »Du wirst was mit dem Magen haben, nehme ich an. Dafür benutze ich sie zumindest immer.«

»Natürlich habe ich was mit dem Magen«, polterte er. »Aber ich finde schon, dass du dich zumindest dafür interessieren könntest, wie es mir geht.«

Liane hielt in der Bewegung inne, machte auf dem Absatz kehrt und ging zu ihrem Mann zurück. Sie umfasste seine Hände und legte ein Übermaß an Fürsorge in ihre Stimme, um ihn ein wenig auf den Arm zu nehmen.

»Mein armer Timo! War etwa einer von den bösen Fischen gestern Abend nicht gut für meinen Schatz?« Sie wusste, dass sie gerade gemein war, aber sie ertrug es einfach nicht, wenn auf Kommando bestimmte Gefühlsregungen von ihr verlangt wurden. Schon gar nicht, nachdem sie am Vortag hatte einsehen müssen, dass sie zurzeit schon mit sich selbst überfordert war.

»W… weiß ich nicht. Könnte sein«, erwiderte er verdutzt und warf ihr einen verunsicherten Blick zu. »Sag mal – verarschst du mich gerade?«

»I wo«, antwortete sie und ließ seine Hände wieder los. Dann wendete sie sich schnell von ihm ab und flüchtete in die Küche.

Sie hatte ein schlechtes Gewissen und wusste eigentlich nicht mal, warum sie ihm an diesem späten Sonntagmorgen so aggressiv begegnete. Der vergangene Abend war eigentlich noch ganz schön gewesen, allen Umständen zum Trotz. Er war pünktlich vom Fußballspiel zurückgekehrt, um dann – nach einer kurzen

Dusche – wie versprochen mit ihr essen zu gehen. Er hatte sogar Fisch gegessen. Das allein war schon gut, aber es sollte noch besser kommen. Anstatt nach dem Zahlen der Rechnung auf sofortige Heimkehr zu drängen, hatte er, ohne dass es großer Überredungskunst ihrerseits bedurfte, noch einen ausgedehnten Spaziergang mit ihr gemacht. Und als wäre das nicht der ungewohnten Harmonie genug gewesen, hatte er nach ihrer Heimkehr sogar davon abgesehen, sich sofort mit einem Bier vor den Fernseher zu setzen. Stattdessen verbrachte er den Rest des Abends ohne zu murren mit ihr auf der Terrasse, trank Wein und plauderte mit ihr, im Schein einiger Teelichte und der Gartenfackeln. Liane konnte sich nicht erinnern, wann sie das letzte Mal einen dermaßen entspannten Abend mit ihm verbracht hatte.

Sie wusste natürlich nur zu gut, dass ihre gereizte Stimmung mit ihrer offensichtlich labilen psychischen Verfassung zu tun hatte. Die unterschwellige Wut darüber, dass Abende wie der letzte eine ausgesprochene Seltenheit waren – zumindest in den letzten zwei bis drei Jahren –, spielte jedoch mit großer Sicherheit auch eine Rolle.

Während sie sich einen Tee zubereitete, trat ihr Mann von hinten an sie heran und legte seine Hände auf ihre Schultern.

»Das war ein schöner Abend gestern«, raunte er ihr zu.

»Fand ich auch«, erwiderte sie mit seltsam belegter Stimme. Sie wusste, dass er nun von ihr erwartete, dass sie sich wieder umdrehen würde. Sie tat ihm den Gefallen jedoch nicht und packte stattdessen mit übertriebener Sorgfalt einen Teebeutel aus.

»Schade, dass wir am Ende des Abends schon so müde waren.«

»Hmm«, presste sie hervor und überlegte fieberhaft, wie sie sich aus der Situation befreien konnte, ohne ihm wehzutun.

Das Läuten der Türklingel kam daher zum perfekten Zeitpunkt.

»Mann! Immer im falschen Moment«, schimpfte Timo, ließ sie los und ging zur Tür.

Liane stützte sich auf der Arbeitsplatte ab, atmete ein paarmal tief durch und fragte sich, was eigentlich nicht mit ihr stimmte.

Als ihr Mann einige Sekunden später in Begleitung in die Küche zurückkehrte und sich ihre Stimmung wie durch Zauberhand aufhellte, bekam sie eine recht konkrete Antwort auf die Frage.

»Oh! Herr Saalfeld«, sagte sie gestelzt und fand, dass die Zunft der Schauspieler ohne sie sicher besser dran war.

»Hallo, Frau Maschmann«, erwiderte Saalfeld und zeigte sich dabei deutlich talentierter als sie. »Ihr Mann war so freundlich, mich hereinzubitten.«

Es entstand ein für Liane fast unerträglicher Moment peinlichen Schweigens, während dessen sich die drei in der Küche gegenüberstanden und einander musterten. Speziell der Blick ihres Mannes fuhr ihr regelrecht in die Knochen.

»Äh, ich will auch gar nicht lange stören. Eigentlich hätte es auch bis morgen Zeit gehabt, aber das ist so eine Marotte von mir. Wenn mir etwas einfällt, möchte ich das möglichst immer sofort geklärt haben. Selbst dann, wenn ich eigentlich gar nicht im Dienst bin.«

Liane konnte beobachten, wie zumindest ein kleiner Teil der Anspannung aus ihrem Mann entwich.

»Das hat mich allerdings auch gewundert«, sagte Timo Maschmann folgerichtig. »Dass Sie ausgerechnet heute hier auftauchen. Was gibt es denn so Wichtiges, dass Sie uns sonntags belästigen müssen?«

»Timo! Er belästigt uns doch nicht.«

»Na ja, Frau Maschmann, Ihr Mann hat schon irgendwie recht«, sagte Saalfeld zu ihr und gab sich dabei so beeindruckend authentisch, dass Liane sich beschämt dabei ertappte, ihm seine offensichtliche Begabung zu neiden.

»Ich habe vorhin über der Ermittlungsakte des Willers-Einbruchs gesessen und bin dabei auf eine Unstimmigkeit gestoßen, die mit dem Anruf von Frau Meister bei Ihrer Frau zusammenhängt. Wenn sie nichts dagegen hat und es Ihre Zeit zulässt, würde ich ihr dazu gern noch ein paar kurze Fragen stellen«, erläuterte Saalfeld, wieder an Timo Maschmann gerichtet.

Sehr gut, dachte Liane. Saalfeld gab ihrem Mann das Gefühl, so etwas wie ein Mitspracherecht zu haben, ob es zu dieser Befragung kommen würde.

»Ich muss Ihre Frau dazu allerdings unter vier Augen sprechen. Da es sich um eine laufende Ermittlung handelt, ist es leider streng untersagt, Außenstehende mit einzubeziehen.«

Ganz beschissen, dachte Liane. Jetzt hatte er ihren Mann doch noch zum Außenstehenden degradiert. Außerdem war die Begründung für Timos Ausschluss kompletter Unsinn. Und natürlich blickte ihr Mann sie sofort an, auf der Suche nach Bestätigung dieser Behauptung.

»Wenn es dich nicht stört«, sagte sie und wandte sich, ohne eine Reaktion ihres Mannes abzuwarten, Saalfeld zu. »Und nur, wenn es wirklich schnell geht.«

Timo Maschmann wich, dem Anschein nach einsichtig, aber dennoch offen missmutig, auf die Terrasse aus, während Liane und Saalfeld sich an den Küchentisch setzten, an dem sie wenige Tage zuvor Lianes Notizen diskutiert hatten.

»Jetzt mal ehrlich, muss das sein?«, zischte Liane, nachdem sie sich vergewissert hatte, dass ihr Mann draußen und die Tür geschlossen war. »Ich erwarte Spektakuläres, um das hier zu rechtfertigen.«

»Ich glaube, das bekomme ich hin«, behauptete Saalfeld. »Ich habe gerade nur zum Teil geflunkert. Ich habe nämlich deinen Rat befolgt und tatsächlich die Ermittlungsakte studiert«, sagte er und lächelte sie geheimnisvoll an.

»Du hast was gefunden?«

Saalfeld legte den Aktendeckel, den er – von Liane unbemerkt – schon die ganze Zeit in der Hand gehalten hatte, auf den Tisch, klappte ihn auf und drehte ihn um hundertachtzig Grad.

In dem Aktendeckel befand sich nur ein Foto. Im ersten Moment glaubte Liane, ein älteres Foto von Heiko Willers vor sich zu haben, bemerkte jedoch schnell, dass er es nicht sein konnte. Die Nase des Mannes auf dem Foto war feiner geschnitten, die Augen waren dunkler, und er schien weniger kräftig zu sein.

»Wer ist das?«, wollte Liane wissen.

»Heiko Willers«, antwortete Saalfeld, ohne eine Miene zu verziehen.

»Blödsinn«, kommentierte sie, ohne aufzusehen. »Also los jetzt, wer ist das?«

Saalfeld kicherte kurz. »Ich mag es, wenn du dich so unbeirrbar gibst. Aber du wirst doch wohl zugeben, dass dieser Mann eine nicht zu leugnende Ähnlichkeit mit Willers hat, oder?«

»Ja, hat er«, antwortete sie und warf einen kurzen Kontrollblick zur Terrassentür. »Aber ich weiß noch immer nicht, wer das ist. Wirst du es mir noch verraten?«

»Das ist Patrick Cronjäger.«

Mit beginnender Ungeduld riss Liane ihren Blick vom Foto los. »Kann ich die Informationen bitte etwas gebündelter bekommen? Timo ist schon sauer genug, und ich will es nicht noch schlimmer machen.«

»Name und Foto gehören zu dem Einbrecher, der im Haus der Willers sein viel zu frühes Ende fand. Er ist der Grund, warum mir Heiko Willers am Flughafen so bekannt vorkam.«

Liane klappte der Mund auf.

»Dass der Kerl aus Marne stammt, hatte ich früher schon mal erwähnt, oder?«, fügte Saalfeld an.

Bei Liane fiel der Groschen sofort. »Das ist der Mann, den Maria gesehen hat.«

Saalfeld strahlte über das ganze Gesicht und klappte den Aktendeckel wieder zu. »Und bevor ich es vergesse, vorher habe ich mir eine Portion Labskaus zubereitet.«

»Ach, schau an. Und?«, fragte Liane mit echter Neugierde.

»Mit Abstand das Ekelhafteste, was ich jemals gegessen habe. Mir ist wirklich schleierhaft, wie man das mögen kann.«

Liane presste sich beide Hände auf den Mund, um ihr Lachen zu ersticken.

»Frau Maschmann, vielen Dank für Ihre freundliche Unterstützung. Ich empfehle mich«, sagte er, nun im Stile eines sehr schlechten Schauspielers, stand auf, ging zur Terrassentür und klopfte gegen die Scheibe.

Kurz darauf kehrte Timo Maschmann in sein Haus zurück.

»Sind Sie alle Fragen losgeworden?«, fragte der, ohne sich um Freundlichkeit zu bemühen oder ein ernsthaftes Interesse an der Antwort zu demonstrieren.

»Bin ich, Herr Maschmann. Ich bitte nochmals um Entschuldigung für die Störung und bedanke mich für Ihr Verständnis. Und nun lasse ich Sie endlich allein. Ich finde allein heraus. Einen schönen Sonntag noch.«

***

»Irgendwie mag ich den Kerl nicht. Ich könnte nicht sagen, was mich an ihm stört, aber da ist etwas«, teilte Timo Maschmann seiner Frau mit, nachdem Saalfeld die Tür hinter sich geschlossen hatte.

»Och, ich finde ihn eigentlich ganz nett. Er ist zumindest aufgeschlossener als sein Vorgänger Gräfe. Der alte Griesgram hat ja sogar die Straßenseite gewechselt, wenn ich ihm entgegengekommen bin«, erwiderte Liane, während sie das inzwischen abgekühlte Teewasser erneut zum Kochen brachte.

»Das war ein einziges Mal. Und ich behaupte nach wie vor, dass er das nicht wegen dir getan hat. Der hatte dich bestimmt nicht mal gesehen. Und außerdem hat er mit mir immer ganz normal gesprochen.«

»Du warst auch nicht sein Vorgänger als Leiter der Polizeistation.«

Als hätte es die letzten zehn Minuten nicht gegeben, trat er erneut von hinten an sie heran. Wie es schien, war er fest entschlossen, die wegen allgemeiner Müdigkeit ausgefallene Krönung des vergangenen Abends so schnell wie möglich nachzuholen. Aber allein der Gedanke daran, jetzt mit ihrem Mann intim zu werden, schnürte ihr die Kehle zu. Sie konnte und wollte das jetzt nicht.

Abrupt drehte sie sich zu ihm um und schob ihn sanft von sich weg. »Entschuldige bitte, aber ich muss schon die ganze Zeit ganz dringend«, behauptete sie und ging mit eiligen Schritten zum Gäste-WC. »Gießt du mir bitte den Tee auf, wenn das Wasser kocht?«, rief sie ihm noch zu, bevor sie die Toilettentür hinter sich zuzog und abschloss.

Sie setzte sich auf den Klodeckel, vergrub das Gesicht in ihren Händen und rief sich selbst zur Ordnung. Wo sollte das hinführen, fragte sie sich, wenn sie jetzt plötzlich nicht mehr zu Intimität mit ihrem eigenen Mann fähig war? Längst konnte sie sich selbst nicht mehr darüber hinwegtäuschen, dass sie schon seit geraumer Zeit in einer Krise steckten. Der Umstand, dass Timo nur an den Wochenenden zu Hause war und selbst dann nur allzu oft rein physisch, weil sein Kopf immer noch irgendwo anders zu sein schien, war dabei keine Hilfe. Ihre Versuche, dies mit Hilfe von Gesprächen aufzuarbeiten, scheiterten regelmäßig an Timos nicht vorhandener Bereitschaft, überhaupt das Vorhandensein einer Krise anzuerkennen. Sie fragte sich – und dies weiß Gott nicht zum ersten Mal –, ob ihre Beziehung langsam, aber sicher im Scheitern begriffen war.

Das erneute Läuten der Türglocke riss sie aus ihren Gedanken. Sie hoffte, dass es nicht schon wieder Saalfeld war. Ihr Timo war schon immer ein eifersüchtiger Mensch gewesen, und sein Unbehagen dem neuen Leiter der Polizeistation gegenüber kam nicht von ungefähr. Wenn ein gut aussehender Mann wie Jan Saalfeld auffällig oft den Kontakt zu Liane suchte, brauchte Timo Maschmann nicht lange, um Fahrt aufzunehmen.

Um heraushören zu können, wer der neue Besucher war, verhielt Liane sich ganz still und atmete möglichst flach. Zuerst konnte sie gar nichts hören, nicht einmal Timos tiefe Bassstimme, die normalerweise alles und jeden zu übertönen vermochte.

Während sie darüber nachdachte, ob sie die sichere Deckung des Gäste-WCs ihrer Neugierde opfern sollte, drang plötzlich eine männliche Stimme an ihr Ohr, die anscheinend sehr aufgeregt, eindeutig sehr laut und weder ihrem Mann noch Saalfeld zuzuordnen war. Trotz der Lautstärke hatte sie Schwierigkeiten, etwas zu verstehen, weil sich der Sprecher vor Aufregung regelrecht überschlug, sodass sie sich fragte, was für eine Tragödie da schon wieder ihren Lebensweg zu kreuzen gedachte. Als sie jedoch das Satzfragment »dieses hinterhältige Klatschweib« vernahm, entschied sie sich schweren Herzens für die Aufgabe ihrer sicheren Position.

Das Gezeter des Besuchers hielt unvermindert an, als sie die Tür öffnete und sich zur Haustür in Bewegung setzte. Während sie sich noch wunderte, dass ihr Timo es tatsächlich fertigbrachte, einfach nur zuzuhören, statt wie sonst üblich zu versuchen, den anderen zu übertönen, wurde sie schon eines Besseren belehrt.

Sie hörte ihn »Na warte« sagen, ausgesprochen mit unverkennbarer Schärfe, was in Timos Fall der Ankündigung einer unabwendbaren Handlungsabsicht gleichkam.

Als sie um die Ecke bog, sah sie Christian Pöhls, den Friedrichskooger Versicherungsvertreter, durch die Luft fliegen, gegen die Wand prallen und zu Boden sinken. Da ihr Mann sich hinter der geöffneten Haustür befand und für sie somit nicht sichtbar war, konnte man den Eindruck gewinnen, dass Pöhls diesen verunglückten Flug aus freien Stücken angetreten hatte, nur um zu sehen, was passieren würde. Aber Liane wusste es natürlich besser – und war geschockt.

Der Aufprall hatte Pöhls' Tirade kurzzeitig unterbrochen. Als er sich wieder aufrappelte und dabei Liane erblickte, ergriff sein offenkundiger Zorn aber erneut Besitz von ihm. »Du! Alles nur wegen dir. Weil du dein verdammtes Maul nicht halten kannst.«

Pöhls' Gesicht war von Abscheu und echtem Zorn verzerrt, sodass er kaum wiederzuerkennen war. Seine starken Emotionen wirkten sich auch auf seine Stimme aus, die ganz anders klang als in ihrer Erinnerung. Liane spürte, wie sich ihr Puls beschleunigte und sie am ganzen Körper eine Gänsehaut bekam.

»Weil du dich bei dem neuen Sheriff unbedingt einschleimen musst. Du bist eine falsche Schlange, eine geltungssüchtige Oppor–«

Weiter kam er mit seinen Verwünschungen nicht, weil Timo Maschmann ihn von hinten am Kragen packte und wie ein Spielzeug erneut gegen die Wand schleuderte. »Pass auf, wie du mit meiner Frau redest«, donnerte Timo und versetzte Pöhls einen hässlich aussehenden Schwinger in die Magengrube.

Der sackte sofort in sich zusammen, hatte aber noch einen Adrenalinüberschuss in der Blutbahn. »Mach du lieber endlich mal die Augen auf, mit was für einer Giftspritze du da liiert bist«, keuchte Pöhls. »Deine saubere Frau Gemahlin hat mich schön reingeritten, einfach so, weil es ihr gefiel. Diese dumme Kuh!«

Timo Maschmanns Faust sauste nach unten und traf den keifenden Pöhls direkt auf den Mund, was den auf die Seite fallen ließ und schließlich endlich zum Schweigen brachte.

Liane stand mit weit aufgerissenen Augen und an die Wangen gepressten schweißnassen Händen daneben und beobachtete das ungleiche Duell. Sie hätte längst eingreifen müssen, aber Pöhls' Auftritt war so unverhofft gekommen und auf so bizarre Weise aggressiv gewesen, dass es sie regelrecht paralysiert hatte.

»Kannst du mir das bitte mal erklären?«, wollte Timo Maschmann wissen.

Liane konnte ihren Blick nicht von dem jetzt regungslosen Pöhls abwenden, und nach der Frage ihres Mannes wollte sie es auch gar nicht mehr. Sie hatte bisher noch keinen Gedanken an Pöhls' Motivation verschwendet, aber erst mal darauf angesprochen, hatte sie sofort einen Verdacht – von dem sie ihrem Mann jedoch lieber nichts erzählen wollte.

»Oh mein Gott! Wie hart hast du ihn getroffen? Er regt sich gar nicht mehr.« Sie trat einen Schritt auf Pöhls zu und ging in die Knie. »Und er blutet.«

»Ich habe jedenfalls nicht mit voller Kraft zugeschlagen«, verteidigte sich ihr Mann. »Mir tut nicht mal die Hand weh.«

»Komm, hilf mir mal. Wir tragen ihn in die Küche und setzen ihn auf einen Stuhl.«

»Was soll das denn jetzt? Wieso willst du dem Arschloch jetzt auch noch helfen?«

»Weil man das so macht. Wir können ihn in dem Zustand ja wohl schlecht einfach auf die Straße schmeißen. Außerdem will ich nicht, dass er mir hier vorne alles vollblutet. Also los jetzt, pack mit an! Du rechts, ich links.«

Beim Verlegen ihres unerwünschten Besuchers kam dieser wieder zu sich. »Wasmachtihr … mitmir?«

»Halt einfach den Mund und lass uns machen. Du hast jetzt Pause«, wies ihn Timo Maschmann zurecht.

Sie setzten ihn, wie von Liane beabsichtigt, auf einen der Küchenstühle. Während Timo aufpasste, dass er nicht versehentlich vom Stuhl fiel, holte Liane ein Handtuch aus dem Gäste-WC. Nachdem sie es befeuchtet hatte, forderte sie den jetzt leise schluchzenden Pöhls auf, den Kopf zu heben. Er leistete Folge und ließ zu, dass Liane ihm vorsichtig die bereits anschwellende Unterlippe sowie das leicht blutverschmierte Kinn abtupfte. Sie hoffte, dass nur sie das Zittern ihrer Hand wahrnehmen konnte.

»Nimm dir bitte mal ein sauberes Geschirrhandtuch und leg ein paar Eiswürfel hinein«, wies sie ihren Mann an, der ebenfalls sofort Folge leistete.

Nachdem er Liane das improvisierte Cold Pack gereicht hatte, ging er neben Pöhls in die Knie und suchte dessen Blick.

»So, du Schwachkopf. Jetzt will ich was hören. Wenn es nach mir ginge, würdest du jetzt blutend auf unserem Rasen liegen. Du hast es allein Lianes Gutmütigkeit zu verdanken, dass es nicht dazu gekommen ist.«

Pöhls blitzte ihn böse an. »Gutmütigkeit? Ich tippe eher auf schlechtes Gewissen.«

»Sag mal – wie bescheuert bist du eigentlich? Hast du noch immer nicht genug?«

»Doch, schon gut«, grummelte Pöhls kleinlaut.

»Will ich dir auch geraten haben, Freundchen. Also raus mit der Sprache. Was hast du dir dabei gedacht, hier so ein Fass aufzumachen?«

Pöhls sah kurz zu Liane, aber beide hielten den Blick des jeweils anderen nicht lange aus. »Ich hatte heute Morgen auch schon Besuch. Von Heiko Willers! Alles klar?«

Timo Maschmann starrte ihn verständnislos an. »Wie jetzt? Das war's? Heiko besucht dich, und das soll deinen Auftritt hier rechtfertigen?«

Pöhls wollte schon wieder ausfallend werden, stolperte aber noch rechtzeitig über den Gedanken, dass weitere körperliche Maßregelungen von Timo Maschmann nicht erstrebenswert waren.

»Es war kein Freundschaftsbesuch. Heiko war stinksauer, weil Kommissar Saalfeld und deine Frau ihn gestern am Flughafen abgefangen und des Mordes an dem Einbrecher verdächtigt haben. Und weil sie sich dabei auf die von mir stammende Information berufen haben, dass er kurz vor dem Einbruch sein Versicherungsportfolio aufgestockt hat, stand ihm der Sinn nach Rache. Falls es dich also interessiert, du bist heute nicht der Erste, der mich geschlagen hat.« Pöhls betastete vorsichtig seine geschwollene Lippe. »Und so einer will unser neuer Bürgermeister werden«, grummelte er verächtlich.

Liane war sich sicher, dass ihr Mann definitiv nur Bahnhof verstanden hatte und nun mit seinen Fragen an sie loslegen würde.

»Dabei war ich es nicht mal selbst. Meine *Frau* hat es deiner Frau erzählt. Aber dass die damit gleich zum neuen Sheriff rennt und ihm alles haarklein erzählt, hätte auch meine Britta nicht gedacht. Das ist der einzige Vorwurf, den ich meiner Frau machen kann: Naivität. Einmal Polizist, immer Polizist, sag ich nur. Hab ich ihr schon damals gesagt, als deine Frau mit der Massagepraxis anfing. Ich habe Britta sogar gewarnt, dass sie sich bei den Anwendungen nicht einlullen lassen soll.«

Statt wie ein Bluthund so lange die frische Fährte zu verfolgen, bis er endlich seine Beute bekam, sagte Timo Maschmann zu Lianes größtem Erstaunen nur: »Verstehe. Na gut, das war sicher eine Überreaktion von Heiko. Hätte man auch anders klären können. Das kann aber trotzdem keine Rechtfertigung dafür sein, dass du deinerseits zu uns kommst, um den gleichen Mist wie Heiko zu bauen.«

Pöhls nickte verdrossen und tastete weiter an seiner Unterlippe herum. »Kann schon sein. Aber ich werde trotzdem nicht um Entschuldigung bitten.«

Timo Maschmann stand auf und warf Liane einen finsteren Blick zu. Die Sache war noch nicht vorbei.

»Kann ich jetzt gehen?«, wollte Pöhls wissen.

»Natürlich kannst du gehen. Du bist ja nicht unser Gefangener. Verschwinde einfach. Und wenn du schlau bist, gehst du uns in Zukunft erst mal aus dem Weg.«

Pöhls stand auf, zuckte kurz zusammen, als er den Schmerz in der Magengrube verspürte, und verließ ohne weitere Worte das Haus der Maschmanns.

Timo Maschmann wartete noch einen kurzen Moment, bevor er ebenfalls zur Haustür ging. Nachdem er sich vergewissert hatte, dass die Tür geschlossen und Pöhls tatsächlich gegangen war, kehrte er zu Liane zurück.

***

Angesichts des nun fälligen Geständnisses hatte Liane bereits Platz genommen und kämpfte gegen die innere Panik an, die sich ihrer bemächtigen wollte, angesichts des blanken Hasses von Pöhls und der darauf folgenden körperlichen Gewalt ihres Mannes. Sie hatte vor Pöhls Angst gehabt. Vor Pöhls! Einem schmerbäuchigen Männchen, dessen Überwältigung ihr weder in diesem noch in irgendeinem anderen Universum größere Anstrengungen abnötigen würde.

Ihr Mann drehte Liane einen Stuhl zu, setzte sich und ließ einen ernsten Blick auf ihr ruhen. Er würde das, was er gleich zu hören bekommen sollte, leidenschaftlich hassen, daran bestand für sie kein Zweifel. Ihrer inneren Unruhe zum Trotz versuchte sie dennoch, der Situation etwas Positives abzugewinnen. Wenigstens würde nun endlich das Lügen und Versteckspielen aufhören. Zumindest soweit es ihren Mann betraf.

»Was möchtest du zuerst wissen?«, fragte sie ihn mit zittriger Stimme.

Timo verzog keine Miene. »Warst du gestern wirklich am Flughafen? Zusammen mit Saalfeld?«

»Ja.«

»Gab es diesen Plan schon, bevor Christian mich angerufen hat?«

»Nein. Das heißt – doch, eigentlich schon. Saalfeld hatte es tags zuvor erwägt. Ich hatte jedoch abgelehnt. Wegen dir.«

»Weil du lieber mit mir zusammen sein wolltest?«

Liane zögerte nur kurz, bevor sie sich für die Wahrheit entschied. »Weil ich nicht wusste, wie ich es dir erklären sollte.«

Timo verzog noch immer keine Miene, was Liane schwer beeindruckte. »Und ihr wart wirklich da, um Heiko einen Mord anzuhängen?«

»Nein, das stimmt so nicht. Wir wollten nur sehen, ob er tatsächlich in der Maschine aus Mallorca saß.«

»Warum hätte er nicht darin sein sollen?«

»Das …«, Liane atmete tief durch, »… ist eine längere Geschichte.«

Timo Maschmann sah auf die Uhr. Es war kurz nach zwölf. »Ich habe noch ein paar Stunden, bevor Christian mich abholen kommt. Meinst du, du schaffst es, mir bis fünf Uhr alles zu erzählen?«

»Fahrt ihr nicht erst um sechs?«

»Muss noch packen.«

Liane schenkte ihm ein ehrliches Lächeln und begann mit ihrer Beichte. Sie fing mit Frau Meisters Anruf in der Nacht des Einbruchs an und arbeitete sich chronologisch weiter vor. Den Abschluss ihrer Ausführungen bildete schließlich eine sehr detaillierte Wiedergabe des Gespräches zwischen den Willers, Saalfeld und ihr.

Eine Stunde der Berichterstattung, die weder durch Fragen ihres Mannes, durch Klingeln oder Sonstiges unterbrochen wurde.

Da Liane nach Abschluss ihres Monologs der Meinung war, dass der Ball nun erst mal bei ihrem Mann lag, war sie fest entschlossen, vor dessen Reaktion kein weiteres Wort mehr zu sprechen, und wenn es noch so an ihren Nerven zerren würde.

Timo Maschmann reizte die sich ausbreitende Stille bis an die Grenze des Erträglichen aus und sagte minutenlang nichts. Äußerlich entspannt saß er da, die Ellenbogen auf den Knien, die Finger verschränkt, und richtete den leeren Blick auf irgendeinen bedeutungslosen Fleck am Fußboden. »Ich verstehe das nicht«, sagte er schließlich nach einer gefühlten Ewigkeit. »Du bist seit damals immer so darauf bedacht gewesen, dich aus solchen Dingen komplett rauszuhalten. Wenn ich daran denke, wie sauer du manchmal geworden bist, wenn dich mal wieder jemand Frau Kommissarin genannt hat.« Er warf ihr einen Blick zu, aus dem erneut größte Verunsicherung sprach, wie Stunden zuvor, als sie ihn wegen seiner Magenverstimmung hochgenommen hatte.

Sie spürte, dass er mehr zum Ausdruck bringen wollte, als seine Sprachgewandtheit es gerade zuließ – und kam ihm entgegen. »Du willst wissen, ob das alles nur Show war? Ob ich dir während der ganzen Zeit etwas vorgemacht habe, so wie den anderen auch?«

Er nickte dankbar.

»Ich bin mir da ehrlich gesagt selbst nicht ganz sicher. Noch nicht. Es könnte schon sein, dass ich unbewusst wirklich ein bisschen Theater gespielt habe. Aber weniger für dich und alle anderen, sondern wohl in erster Linie für mich selbst.«

Ihre Antwort verwirrte ihn nur noch mehr, wie sie gleich erkannte, auch wenn er gewillt war, ihre Position nachzuvollziehen.

»Das Gefühl, wieder an der Aufklärung eines Falles mitzuwirken – möglicherweise sogar eines echten Mordfalles –, war unglaublich. Mein Gott, das hat mir so viel Freude gemacht. Zuerst wollte ich mich da wirklich nicht einmischen oder reinziehen lassen, das musst du mir bitte glauben. Ich habe sozusagen meine übliche Show abgezogen, aber dieses Mal hat es nicht funktioniert. Das –«

Liane unterbrach den Satz, überlegte kurz, ob sie tatsächlich aussprechen sollte, was ihr gerade durch den Kopf ging, und entschied sich dafür. »Ich glaube, das liegt zum Teil auch an Kommissar Saalfeld. Er ist ganz anders als sein Vorgänger – wirklich ganz anders. Er sucht ständig meinen Rat, will von mir Tipps und Ratschläge haben und bindet mich wie selbstverständlich ein. Ich habe ihm gleich mehrfach zu verstehen gegeben, dass es mir nicht recht ist, aber …«

Sie unterbrach sich erneut und suchte, um ihren Mann nicht über Gebühr aufzuregen, nach unzweideutigen Worten. »Dieser Kerl scheint die beneidenswerte Fähigkeit zu besitzen, andere Menschen richtig einzuschätzen. Weißt du, was ich meine? Es ist, als könne er hinter die Fassade sehen. Das habe ich noch bei keinem anderen Menschen erlebt, und – ja, wie es scheint, hat er in meinem Fall relativ schnell gespürt, dass mir die Polizeiarbeit fehlt, allen gegenteiligen Beteuerungen zum Trotz.«

Timo sah ihr tief in die Augen, sein Blick war eindeutig verletzt. »Kommissar Saalfeld ist nicht der Einzige, dem das aufgefallen ist.«

»Aber warum –?« Sie sprach nicht zu Ende. Ihm in diesem Moment die Frage zu stellen, warum er sie nie darauf angesprochen hatte, wäre fies gewesen, weil sie die Antwort nur zu gut kannte. Sie hätte sich nicht darauf eingelassen und darüber einen Streit mit ihm angefangen. Dass sie ohnehin gerade in einer Krise steckten, kam noch erschwerend hinzu. »Bist du sehr enttäuscht von mir?«, fragte sie ihn stattdessen.

»Nein, nicht sehr. Ich verstehe, dass dir deine alte Arbeit fehlt, und dass du es allen anderen nicht unbedingt auf die Nase binden magst, verstehe ich auch. Sogar viel besser, als du wahrscheinlich denkst. Aber dass du dich mir nicht anvertrauen mochtest, ist schon ein wenig enttäuschend.«

Sie umfasste seine großen, ineinander verschränkten Hände, die die Größe eines Handballs hatten, und lächelte ihn an. »Tut mir leid, Timo. Ich gelobe Besserung.«

»Schon gut. Ich schätze, dass wohl jeder seine kleinen Geheimnisse hat«, erwiderte er und lief rot an.

Liane zog ihre Hände zurück und fragte sich, ob das nur eine Floskel war oder mehr zu bedeuten hatte. Da er sich aus eigenem Antrieb nicht zu einer Erläuterung hinreißen ließ, zog sie in Erwägung, ihn darum zu bitten. Aber noch während sie darüber nachdachte, kam er ihr mit einer Bemerkung zuvor, die sie sofort ablenkte.

»Ich komm echt nicht drüber weg, dass ausgerechnet unser sauberer Herr Bürgermeister dafür sorgt, dass ihr Heiko und Jutta dazu gebracht habt, sich über Maria auszukotzen. Daran muss ich die ganze Zeit denken.«

Liane stutzte kurz. »Was meinst du damit? Dass ausgerechnet die Person, die mich an die Kette legen wollte, erst dafür sorgt, dass ich so richtig Fahrt aufnehme?«

»Nein. Was ich meinte, war Heikos Bemerkung über Marias schräge Art und Weise, ihr Faible für Heiko zu kompensieren.«

Liane starrte ihn an.

»Der Begriff passt übrigens im wahrsten Sinne des Wortes gut, wenn du mich fragst.«

»Heiko hat uns nicht aufgeklärt, was er mit dieser Anspielung meinte. Er hat sich geweigert.«

»Kann ich mir denken, sonst hättest du es definitiv erwähnt«, sagte Timo breit grinsend. »Ich weiß es aber, und du brennst bestimmt darauf, es zu erfahren, oder? Deswegen mache ich es ja so spannend. Möchtest du vielleicht erst raten?«

»Hör auf, mich zu quälen. Sag es mir bitte!«

»Eigentlich habe ich schon alles Wesentliche gesagt«, behauptete er.

Liane stand auf der Leitung und starrte ihn wieder nur an.

»Greve und Maria«, rief Timo Maschmann aus, als müsse man schon sehr begriffsstutzig sein, um diese Transferleistung nicht erbringen zu können.

Liane öffnete und schloss ihren Mund ein paarmal, bevor sie etwas sagen konnte. »Die beiden haben ein *Verhältnis*?«

»Hatten. Es dauerte nicht lange und ist auch schon wieder vorbei. Sie hat es Heiko von Thomas Bünz unter die Nase reiben lassen. Und als Thomas ihr dann mitgeteilt hat, dass es Heiko scheißegal ist, muss sie das Verhältnis wohl ganz schnell wieder beendet haben. Zumindest hat sie Heiko das dann auch gleich unter die Nase gerieben, wohl für den Fall, dass er es sich noch anders überlegen sollte.«

Liane stand langsam auf und ging im Raum hin und her. Maria Hinrichsen und Ludwig Greve. Es war so naheliegend, wenn man erst mal darüber nachdachte. Sie musste an ihre Freundin Beate und deren schlechte Meinung über Maria denken. Liane hatte Maria in den vergangenen Tagen gleich zwei Mal in Begleitung Greves angetroffen. In Marne hatte sie Greve sogar für Heiko Willers gehalten, wenn auch nur für eine Sekunde. Die Ähnlichkeit zwischen den beiden war nicht groß und hielt einer näheren Betrachtung nicht lange stand, aber sie war da. Hatte das irgendeine Bedeutung?

Auf einmal fiel es ihr ein, und die Puzzlestücke ergaben plötzlich einen neuen Sinn. »Ich bin so eine Idiotin!«, rief sie. Greves Bemühungen, sie von weiteren Nachforschungen abzuhalten, und dann noch Saalfelds Entdeckung, von der sie erst vor wenigen Stunden erfahren hatte. Von einem Moment auf den anderen war alles ganz offensichtlich.

»Ich bin eindeutig aus der Übung«, murmelte sie. »Aber das ist wie Schlittschuhlaufen, da kommt man wieder rein.«

»Ich habe keine Ahnung, wovon du da gerade redest.«

Liane schenkte Timo nur ein herzliches Lächeln und war im positiven Sinne aufgeregt.

Ihre Freundin, die angeblich harmlose und manchmal etwas einfältige Maria Hinrichsen, spielte in dieser Angelegenheit ganz offensichtlich eine weitaus größere Rolle als die der zufälligen Beobachterin von Heiko Willers. Sie hatte eine noch unscharfe Vorstellung davon, was für eine Rolle das sein mochte, aber sie war zuversichtlich, dass sie die Konturen herausarbeiten konnte. Eine Idee, wie sich das anstellen ließ, hatte sie auch schon.

Ihren Mann über die Bedeutung ihrer mysteriösen Andeutungen aufzuklären war jedoch keine Option. Daher gab sie sich – sozusagen als Entschädigung für ihre erneute Geheimniskrämerei – in den verbleibenden Stunden bis zu seiner Abfahrt die allergrößte Mühe, ihm die beste aller Ehefrauen zu sein.

Auf den Busch geklopft – Eine Geschichte für Jan Saalfeld – Ein Blick in den Abgrund – Mit vereinten Kräften

Lianes erste Kundin der neuen Woche sollte niemand Geringeres als Maria Hinrichsen sein. Eigentlich auf den Dienstag festgelegt, hatte diese einige Wochen zuvor, beim Planen der Termine, gleich zu verstehen gegeben, dass es ihr in der Woche am Montag besser passen würde. Liane wäre nur zu froh gewesen, wenn sie tatsächlich erst hätte nachschauen müssen, ob in dieser chronisch vollgebuchten Woche überhaupt noch etwas gehen würde. Die Realität sah nur leider so aus, dass sie die wenigen Kunden und Termine, die sie hatte, ohne Probleme im Kopf behalten konnte. Der von ihr geführte Terminkalender war letztlich nur Makulatur. Also sagte sie ihrer Freundin sofort zu, die somit die erste und einzige Kundin an diesem Montag sein sollte.

Liane war aufgeregt. Es handelte sich dabei aber um eine positive Erscheinungsform der Aufregung, jene, die sie schon am Vortag verspürt hatte und an die sie noch lebhafte Erinnerungen aus ihrer Anfangszeit bei der Polizei hatte. Auch ihre ersten Monate als Leiterin der Polizeistation ihres Heimat- und Geburtsortes waren davon geprägt gewesen. Sie konnte es nicht mehr leugnen – die Ereignisse der letzten Tage hatten erstmalig dazu geführt, ihre Entscheidung, den Polizeidienst zu verlassen, aufrichtig und bewusst zu bedauern.

Im Behandlungsraum war bereits alles sorgfältig hergerichtet. Frische Handtücher lagen bereit, die brennenden Duftkerzen verbreiteten ihr wohliges Aroma, und im Hintergrund spielte entspannende Instrumentalmusik, nicht zu laut, aber gerade so, um wahrgenommen zu werden und eine Wirkung zu erzielen. Es fehlte somit nur noch die Hauptperson.

Liane sah auf die Uhr und wurde ein kleines bisschen kribbelig. Sie hatten zehn Uhr vereinbart, und nach ihrer in der Regel immer korrekt gestellten Armbanduhr war Maria bereits zwei Minuten zu spät. Liane wusste natürlich nur zu gut, dass Maria in Sachen Pünktlichkeit nicht besonders zuverlässig war. Verspätungen bis zu einer Viertelstunde waren bei ihr keine Seltenheit und bei dem notorischen Kundenmangel eigentlich auch kein wirkliches

Problem für Liane. Dieser Vormittag sollte jedoch einen gänzlich anderen Schwerpunkt als das bloße Massieren haben und sich somit deutlich von allen anderen Vormittagen, die sie nun schon als Bodyworkerin zugebracht hatte, unterscheiden. An diesem Morgen wollte sie nicht für Entspannung und Wohlbefinden sorgen. Sie wollte schockieren.

Um sich nicht über Gebühr verrückt zu machen, womöglich so, dass es Maria am Ende sogar auffallen würde, entschied sich Liane für den Einsatz von ein wenig Alltagsvoodoo. Sie ging in die Küche, um sich einen Tee zuzubereiten. Als sie noch Raucherin war, gab es eine Regel in ihrem Leben, die ihr half, mit Verzögerungen besser klarzukommen. Wann immer sie auf jemanden oder etwas wartete, brauchte sie sich nur eine Zigarette anzuzünden, und der überfällige Bus oder die verspätete Freundin würde spätestens bis zum dritten Zug auftauchen. Sie rauchte nun schon seit vielen Jahren nicht mehr, aber es hatte sich herausgestellt, dass sich die Regel mit leichten Einschränkungen auf die Zubereitung eines Tees übertragen ließ.

Während sie den Teebeutel geduldig in dem heißen Wasser auf und ab tanzen ließ, bestätigte das Klingeln der Türglocke zum wiederholten Male, dass ihr Alltagsvoodoo alles andere als Schwachsinn war, wie ihr Mann und ausgerechnet Beate es immer wieder behaupteten, wenn Liane darüber schwadronierte. Was wussten die schon?

Liane ließ achtlos den Teebeutel in das Wasser plumpsen, schwor sich ein letztes Mal auf unbekümmertes Verhalten ein und ging zur Tür.

»Huhu!«, sagte Maria, offensichtlich gut gelaunt, nachdem Liane die Tür geöffnet hatte. »Bin ich zu spät?«

Liane sah mit gespielter Neugierde auf ihre Armbanduhr. »Nur ein paar Minuten. Verschlafen?«, antwortete Liane und trat zur Seite, um Maria hereinzulassen.

»Nein, gar nicht. Ich bin schon seit halb acht auf den Beinen. Aber irgendwie habe ich nach dem Frühstücken die Zeit aus den Augen verloren. Durchfegen, spülen, Wäsche machen. Schlimm, oder?«

Liane schloss hinter Maria die Tür und umarmte sie kurz. »Gibt Schlimmeres«, behauptete sie und wies Maria die Richtung zum Behandlungsraum, wohl wissend, dass diese Hilfestellung überflüssig war.

Liane folgte Maria sofort. Normalerweise ließ sie ihre Kundinnen und Kunden die ersten Minuten im Behandlungsraum allein, um ihnen die Möglichkeit zu geben, sich in Ruhe und unbeobachtet ihrer Kleidung zu entledigen. Selbst wenn sie bei der Behandlung doch vieles zu Gesicht bekommen sollte, war der Vorgang des Entkleidens etwas, bei dem die meisten Menschen für sich selbst einen sehr eng gefassten Kreis an erlaubten Zuschauern festgelegt hatten. Maria war in dieser Hinsicht die Ausnahme von der Regel und zog sich, ohne zu zögern oder auch nur die Spur eines wahrnehmbaren Unbehagens zu offenbaren, jedes Mal in Lianes Beisein um.

Auch an diesem Morgen drehte sie sich nicht einmal von ihr weg und plauderte stattdessen mit Liane, während sie ihre großen und bereits stark hängenden Brüste aus dem BH befreite.

Liane freute sich heimlich über die Unbefangenheit ihrer Freundin. Die Laus, die Maria beim letzten Aufeinandertreffen in Balzers Bäckerei anscheinend über die Leber gelaufen war, machte ihr an diesem Tag offensichtlich nicht mehr zu schaffen. Außerdem schien sie noch nichts von Lianes Gespräch mit Heiko Willers erfahren zu haben. Selbst die mit dem Ruf der Schamlosigkeit behaftete Maria hätte andernfalls nicht so locker agieren können.

»Wie war denn dein Wochenende mit Timo? Abgesehen davon, dass es wahrscheinlich zu kurz war, meine ich«, fragte Maria, während sie sich die Hose auszog.

Ihre baumelnden Brüste weckten Assoziationen mit zur Hälfte gefüllten Sandsäcken bei Liane, die dem Schauspiel ungeniert zusah und sich daran erinnerte, dass es auch Vorteile haben konnte, wenn man keine Kinder zur Welt gebracht hatte.

»Ja, ganz nett eigentlich. Timo war Samstag tagsüber mit ’nem Kameraden im Stadion, aber der Abend gehörte dann nur uns und war auch sehr schön. Freitag und Sonntag kann man eigentlich gar nicht mitrechnen, weil beide Tage im Schatten der Anreise beziehungsweise Abreise standen.«

»Der hat dich am Samstag allein gelassen, um mit ’nem Kameraden ein Fußballspiel zu sehen? Ihr habt doch nur das Wochenende.«

Liane seufzte. »Ich weiß. Aber ich bin es leid, immer diejenige zu sein, die daran erinnern muss. Ich komme mir dann jedes Mal wie ein Spielverderber vor, und darauf habe ich keinen Bock mehr. Wenn er nicht von allein darauf kommt und sich einfach etwas anderes vornimmt, dann ist das eben so.«

»Dir ist aber klar, dass du dann auch keine Rücksicht mehr nehmen musst? Wenn er das mal wieder macht und du nichts mit dir anzufangen weißt, melde dich einfach«, bot Maria an und legte sich bäuchlings auf die Massagebank.

Liane quittierte das Angebot mit einem stummen Lächeln, goss sich ein wenig Öl in die Hand und begann mit der Massage.

»Hast du schon was von Heiko und Jutta gehört? Die müssten doch inzwischen wieder im Lande sein, oder?«, fragte Liane beiläufig.

»Nee, noch nicht. Die müssen bestimmt erst mal wieder richtig ankommen. Irgendwann melden die sich schon. Was gibt es denn so Neues bei dir?«

Liane lächelte wissend. Ihre Frage hatte Maria spürbar nicht behagt, und der abrupte Themenwechsel passte ebenfalls ins Bild.

»Och, nicht viel. Die Hitze nervt mich langsam. Und ich habe letzte Woche aus freien Stücken das Haus blitzblank geputzt, den Garten gemacht und die Auffahrt gereinigt.«

»Ja, das mit der Auffahrt ist mir aufgefallen. Wie kommt's? Langeweile oder Frust?«

»Weiß auch nicht. Wahrscheinlich beides. Ich hatte jedenfalls das Gefühl, dass ich mich ablenken muss, um nicht zu viel nachzudenken.«

Maria drehte ihr den Kopf zu und sagte mit einem anzüglichen Lächeln: »Zum Beispiel über den neuen Dorfsheriff?«

»Sehr witzig«, sagte Liane.

Tatsächlich war sie für Marias unfreiwillige Vorlage jedoch sehr dankbar, da sie das Gesprächsthema dadurch wieder unauffällig in die von ihr gewünschte Richtung lenken konnte.

»Ha, erwischt! Du hast beim letzten Mal doch selbst davon angefangen, was für ein schnuckeliges Bürschchen er ist. Übrigens völlig zu Recht. Hast du denn mal wieder Kontakt zu ihm gehabt?«

»Ja, allerdings. Am Samstag, kurz nachdem Timo nach Hamburg aufgebrochen war, sind wir uns am Hafen über den Weg gelaufen und haben ganz nett geplaudert.«

»Gib ruhig zu, dass du dich von ihm mit Polizeiinterna versorgen lässt.«

Liane überlegte kurz, ob und wie sich diese Bemerkung als Einstieg nutzen ließ oder ob sie auf eine bessere Gelegenheit warten sollte, und traf eine Entscheidung. »Nein, gar nicht. Ganz normaler Small Talk. Außerdem brauche ich ihn nicht, um an interessante Informationen zu kommen. Dafür habe ich noch meine alten Kanäle zur Zentralstation in Marne. Da habe ich erst vor ein paar Tagen was echt Interessantes abgegriffen. Stell dir vor –«, täuschte Liane an und sprach einfach nicht weiter.

»Was? Was soll ich mir vorstellen?«

»Ich sollte das besser nicht weitererzählen. Obwohl – in den nächsten Tagen wird es ja sowieso bekannt.« Liane tat, als würde sie angestrengt nachdenken, heimlich erfreut über den forschenden Blick ihrer Freundin. »Nein, lieber nicht«, sagte sie schließlich und massierte seelenruhig weiter, als wäre das Thema damit durch.

Marias ausgeprägtes Interesse an Informationen, die sie angeblich nichts angingen, arbeitete zuverlässig. »Nun komm schon. Wenn es eh bald alle wissen, kannst du es mir doch wohl erzählen. Ich verpfeif dich auch nicht.«

»Darauf muss ich mich aber verlassen können.«

»Versprochen. Hoch und heilig.«

Liane atmete tief durch und tat, als müsste sie sich einen Ruck geben. »Also schön. Du hast inzwischen doch bestimmt auch mitbekommen, dass der Mann, der bei Heiko und Jutta eingestiegen ist, bei der Aktion ums Leben kam.«

Marias gut ausgebildete Rückenmuskulatur wurde hart wie Holz. »Es stand in der Zeitung«, antwortete sie mit dünner Stimme.

»Die waren sich von vornherein nicht sicher, ob er wirklich nur einen Unfall hatte. Die Gründe für diese Erkenntnis hat mir mein Informant zwar nicht verraten, aber ich habe erfahren, dass der Einbrecher obduziert wurde.«

Maria hob den Kopf an und hauchte: »Die … haben ihn aufgeschnitten?«

»Eine kriminaltechnische Untersuchung mit allem, was dazugehört. Das volle Programm. Wenn ich das richtig verstanden habe, konnten zwar keine Anhaltspunkte gefunden werden, die eindeutig für ein Gewaltverbrechen sprechen, aber dafür etwas anderes.«

»Was denn?«

Liane führte einen letzten und eher kurzen Kampf mit ihrem Gewissen, bevor sie sich dafür entschied, an ihrem Plan festzuhalten. Sie hatte sich schon am Tag zuvor eine haarsträubende Lügengeschichte zurechtgelegt, die sie Marias blinder Neugierde nun zum Fraß vorwerfen würde. »Der Typ muss kurz vor seinem Tod Sex gehabt haben. Die Gerichtsmedizin ist ja mittlerweile hoch technisiert, sodass die fast auf die Minute genau sagen können, wie viel Zeit zwischen seinem letzten Geschlechtsverkehr und dem Eintritt des Todes gelegen hat.«

Maria atmete schwer, wand sich aus Lianes Massagegriff und setzte sich auf.

»Geht es dir nicht gut?«, fragte Liane scheinheilig und bereitete sich, nicht völlig frei von Skrupeln, auf die finale Attacke vor.

»Geht schon. Mir war nur gerade ein wenig ... komisch.«

»Soll ich weitererzählen oder dir lieber erst mal ein Glas Wasser holen?«

Maria starrte sie erschrocken an. »Das war noch nicht alles?«

»Nein, das Beste kommt noch. Die denken jetzt nämlich ernsthaft darüber nach, einen großflächigen DNA-Test durchzuführen. Erst mal nur bei allen ortsansässigen Frauen. Wenn das ergebnislos bleiben sollte, will man es vielleicht sogar auf die Nachbarorte ausweiten. Für mich klang es eher so, als hätten sich die Verantwortlichen zu diesem Schritt inzwischen so gut wie durchgerungen, den hohen Kosten zum Trotz. Mit anderen Worten: Wir zwei Hübschen werden wohl bald dazu aufgefordert, uns ein Q-tip in den Mund stecken zu lassen.«

Maria glitt von der Massagebank, sah sich hektisch um und rannte zu der Vitrine, in der Liane ihr Massagezubehör aufbewahrte. Neben der Vitrine stand ein Mülleimer, vor dem Maria in die Knie ging, um sich in ihn zu erbrechen.

Statt sich zu freuen, mit ihrer Geschichte genau das erreicht zu haben, was sie sich vorgenommen hatte, brach für Liane eine kleine Welt zusammen. Im besten Fall wusste Maria nur etwas über den

Tod dieses Mannes. Nach Lianes derzeitiger Einschätzung war die Wahrscheinlichkeit, dass es wirklich nur ein Unfall gewesen war, sehr gering. Vermutlich kannte Maria sogar den kompletten Hergang und hatte diese Informationen zurückgehalten, was sie immerhin der Mittäterschaft schuldig machen würde. Im schlimmsten Fall war sie selbst dafür verantwortlich. Die kleine naive Maria, die immer so arglos tat. Ihre Freundin aus Kindertagen. Liane hatte es zwar vermutet, aber auch bis zuletzt an der Hoffnung festgehalten, dass sie sich irrte. Was für eine niederschmetternde Erkenntnis.

Maria hatte sich inzwischen lautstark schluchzend auf den Boden gesetzt und gegen die Vitrine gelehnt, das Gesicht in den Händen vergraben.

Liane hielt es für überflüssig, weiterhin die Arglose zu spielen. Ihre Freundin sollte immerhin wissen, dass sie es mit einer ausgebildeten, wenn auch nicht mehr aktiven Polizistin zu tun hatte, die eins und eins zusammenzählen konnte.

Sie nahm sich ein Handtuch und hielt es Maria mit ausdrucksloser Miene hin. Die ergriff es sofort und presste es sich aufs Gesicht.

»Möchtest du mir etwas sagen?«

Maria schüttelte den Kopf.

»Was ist passiert, Maria? Warum hast du das bloß getan?«

Maria ließ Hände und Handtuch sinken und starrte Liane mit ihren verheulten Augen an. »Du … weißt davon?«

»Na, hör mal! Worüber haben wir denn gerade gesprochen?«

»Hä? Aber –« Marias Augen öffneten sich noch weiter, und ihr stand kurz der Mund offen. »Oh nein. Nein! Du denkst, dass ich Patrick umgebracht habe? Ermordet? Das habe ich nicht. Es war ein Unfall! Oh bitte, Liane, denk jetzt bloß nichts Falsches von mir«, bettelte sie und weinte wieder.

»Also gibst du zu, dass du ihn kanntest?«

»Natürlich kannte ich ihn«, rief Maria. »Sonst wäre ich wohl kaum mit ihm in Heikos Haus gewesen. Aber ich habe ihn nicht umgebracht! Das musst du mir einfach glauben.«

»Ganz ruhig, ganz ruhig. Jetzt atmest du erst mal tief durch, versuchst, ein wenig runterzukommen, und dann erzählst du mir, was da an diesem Abend passiert ist«, sagte Liane sanft und setzte sich neben Maria auf den Boden.

Und Maria hörte auf sie. Sie beruhigte sich, wenn auch zuerst nur langsam. Aber nachdem sie mit der Schilderung der Ereignisse angefangen hatte, entspannte sie sich immer mehr und ging ganz in deren Wiedergabe auf.

Liane musste nichts weiter tun, nicht beruhigen, nachhaken oder sonst wie eingreifen, und beschränkte sich darauf, einfach nur konzentriert zuzuhören und Marias Worte auf sich wirken zu lassen.

Eine Dreiviertelstunde lang plapperte Maria wie ein Wasserfall. Dabei sprang sie immer wieder von jüngeren zu älteren Punkten in der Ereigniskette, formulierte bereits geschilderte Sachverhalte um oder ergänzte diese um vergessene Details, sodass Liane teilweise Mühe hatte, ihrer Freundin zu folgen. Letztlich formte sich aber ein deutliches Gesamtbild heraus, mit dem Liane etwas anzufangen wusste.

Nachdem Maria ihre Ausführungen beendet hatte, lehnte sie sich gegen Liane und legte ihr laut atmend den Kopf auf die Schulter.

Die brauchte einen Moment, um das Gehörte sacken zu lassen. Um es überhaupt fassen zu können. Sie war hin und her gerissen zwischen dem Impuls, sich über das Gehörte kaputtzulachen, und dem Verlangen, für die schier unglaubliche Dummheit ihrer Freundin wie von Sinnen auf sie einzuprügeln.

Sie glaubte Maria jedes Wort – und war erleichtert. Was sie zuerst vermutet hatte, passte einfach nicht zu ihrem Bild von Maria. Einzelne Aspekte der gerade gehörten Geschichte, speziell jene, die Heiko Willers' Behauptungen vom Flughafen bestätigten, waren damit im Prinzip immer noch schwer in Einklang zu bringen. Aber der Großteil ließ sich problemlos einfügen.

»Du musst mir jetzt ganz genau zuhören«, sagte Liane schließlich. »Habe ich deine Aufmerksamkeit?«

Maria sagte nichts, aber Liane spürte an der Schulter, wie ihre Freundin nickte.

»Du steckst in Schwierigkeiten, meine Liebe. Ich glaube dir, dass du diesen Patrick Cronjäger nicht umgebracht hast, und ich werde dir zur Seite stehen, um das auch zu beweisen. Aber all die anderen Dinge, die du getan hast, waren immer noch Straftaten – und moralisch höchst fragwürdig. Das weißt du hoffentlich auch.

Wir müssen jetzt etwas unternehmen, damit du am Ende nicht als Sündenbock aus dieser Geschichte hervorgehst. Verstehst du mich?«

»Was hast du vor?«, fragte Maria mit ängstlicher Stimme und umklammerte Lianes Arm.

»Ich werde jetzt Kommissar Saalfeld anrufen und ihn bitten, sofort hierherzukommen. Ihm musst du das alles noch mal erzählen, das kann ich dir leider nicht ersparen. Aber er wird uns helfen. Er wird dir helfen. Das verspreche ich.«

»Kann er das denn? Wenn die diesen Gentest machen, haben sie mich doch. Und wenn dann meine Aussage gegen –« Maria kam nicht weiter und weinte wieder bitterlich.

Liane presste die Lippen zusammen. Irgendwann würde sie Maria aufklären müssen, dass das Märchen vom Gentest nur ein Mittel zum Zweck gewesen war, um sie aus der Reserve zu locken. Dies war jedoch der falsche Moment, denn Maria würde sich todsicher darauf stürzen und nicht mehr kooperieren wollen. Das konnte und wollte Liane nicht riskieren, denn als ehemalige Polizistin konnte sie Marias Straftaten nicht einfach unter den Teppich kehren. Zumal zumindest eine davon eine laufende Ermittlung der örtlichen Polizei betraf. Dass nicht nur ihre Freundin Maria darin verstrickt war, kam noch erschwerend hinzu.

Also versuchte sie erst mal, Maria zu beruhigen. »Ich denke schon. Wenn nicht er, dann keiner – und dann hättest du ein echtes Problem. Du kannst dich ihm beruhigt anvertrauen. Ich kenne ihn inzwischen etwas besser und bin mir sicher, dass er es gut mit dir meinen wird. Und wenn nicht, bekommt er es mit mir zu tun. Einverstanden?«

Maria nickte wieder und nahm noch ein kleines Bad im Selbstmitleid.

Es war nicht ganz einfach für Liane, sich aus ihrem Griff zu befreien, aber schließlich gelang es ihr, und sie stand auf. »Ich rufe ihn jetzt an. Du solltest dich vielleicht schon mal wieder anziehen. Nicht weglaufen, ich bin gleich wieder da.«

Sie rief direkt auf Saalfelds Handy an. Es musste nicht gleich jeder in der Polizeistation mitbekommen, dass es sie nach ihm verlangte – oder dass er sofort alles stehen und liegen lassen würde, wenn sie nach ihm rief. Abzustreiten wäre es jedenfalls nicht gewesen, denn er erwähnte zwar eine anstehende Besprechung mit seinen Mitarbeitern, aber als Liane andeutete, dass Maria gerade bei ihr war und sich alles von der Seele geredet hatte, kündigte er ohne Umschweife an, in wenigen Minuten bei ihr zu sein.

Liane bat ihn, direkt über die Terrasse ins Haus zu kommen, beendete das Gespräch und ging zurück zu Maria, die sich inzwischen wieder angezogen hatte und mit ausdrucksloser Miene auf der Massageliege saß. Sie forderte ihre Freundin auf, ihr in die Küche zu folgen, wo sie sich gleich daranmachte, eine Kanne Kaffee aufzusetzen. Maria könnte den jetzt sicher gut vertragen, ebenso wie sie selbst. Und sie hatte so eine Ahnung, dass Saalfeld auch einen brauchen würde, wenn Maria ihm erst ihre Geschichte erzählt hatte.

***

Eine Viertelstunde später trat Saalfeld vor die Terrassentür, klopfte pro forma und trat ein. »Die Damen«, sagte er höflich, lächelte Liane kurz an, ging aber sofort mit forschendem Blick und ausgestreckter Hand auf Maria zu.

»Wir haben uns noch nicht persönlich kennengelernt. Jan Saalfeld, neuer Leiter der Polizeistation. Freut mich sehr.«

Maria sah ihn schüchtern an und erwiderte seinen Händedruck, bekam aber die Zähne nicht auseinander.

Saalfeld ließ sich davon nicht beirren, zog einen Stuhl heran und nahm direkt gegenüber von Maria Platz. »Frau Maschmann sagte mir, dass Sie zur Aufklärung des Einbruchs bei Familie Willers und der Todesumstände des Einbrechers beitragen können«, sagte er mit sanfter Stimme und sah sie dabei freundlich an. »Ich bin gespannt.«

Maria erwiderte seinen Blick mit einem verträumten Lächeln. »Mein Gott, Sie sehen aber auch wirklich unverschämt gut aus – tut mir leid. Ich weiß, das gehört hier nicht her, aber es musste raus.«

»Schon gut«, erwiderte Saalfeld und lächelte. »Ich finde ja auch, dass Sie vollkommen recht haben. Aber so gern ich das jetzt vertiefen würde, möchte ich doch lieber über den Einbruch mit Ihnen reden. Sind Sie bereit?«

Liane hatte inzwischen den Kaffee, Tassen, Milch und Zucker auf den Tisch gestellt und sich zu den beiden gesetzt. Als Maria kurz zu ihr sah, nickte Liane zur Ermutigung, und Maria legte los.

Sie begann mit ihrer großen Leidenschaft für Heiko Willers. Wie sie nach jahrelanger Freundschaft eines Tages spürte, dass da mehr war, und wie es sich von da an immer weiter steigerte, sodass sie ihn schließlich nicht mehr aus dem Kopf bekam. Bis sie sich schließlich eingestehen musste, dass sie ihm verfallen war. Sie wiederholte praktisch alles, was Heiko Willers und seine Frau schon am Flughafen erzählt hatten – nur eben anders gefärbt durch ihre persönliche Perspektive –, und bestätigte damit den Wahrheitsgehalt von deren Behauptungen.

Saalfeld hörte aufmerksam und ohne zu unterbrechen zu, sodass er beide Aussagen im Geiste unverfälscht nebeneinanderlegen und vergleichen konnte.

Dann gelangte Maria an den Punkt, der Saalfeld in neues Terrain führen sollte. »Unsere Freundschaft war dahin. Unwiederbringlich. Heiko wollte nichts mehr von mir wissen, hat all meine Angebote abgelehnt und mir ganz klar zu verstehen gegeben, dass er sich nie von Jutta trennen werde und ich ihn gefälligst in Ruhe lassen solle. Ich bin mir immer noch sicher, dass ich ihm längst nicht so egal war, wie es von ihm letztlich dargestellt wurde. Doch Jutta hatte natürlich kein Interesse daran, ihn ausgerechnet an mich zu verlieren, und hat bestimmt entsprechenden Druck auf ihn ausgeübt. Ich war wütend, verletzt, am Boden zerstört. Ich wollte mich nur noch einigeln und nichts mehr sehen und hören. Und ich war verzweifelt, weil ich Heiko immer noch liebte und keine Ahnung hatte, wie ich jemals über ihn hinwegkommen sollte. Meine einzige Idee war konsequenter Abstand. Kein Kontakt mehr. Er hätte ihn ohnehin nicht mehr gesucht, das stand für mich fest, sodass ich mir nur noch überlegen musste, wie ich zufällige Begegnungen vermeiden konnte.«

Maria machte eine kurze Pause. Sie schluckte und kämpfte sichtlich darum, die Fassung zu bewahren, richtete dann aber wieder ihren Blick auf Saalfeld. »Dieser Plan war leider alles, was ich hatte. Das war nicht besonders viel, und ich war auch nicht übermäßig optimistisch, aber zumindest guten Willens. Und was kam dann? Was musste einfach passieren? Ein paar Tage später meldete Heiko sich bei mir. Ich hatte gerade einen weniger katastrophalen Tag, und dann meldete sich der Kerl plötzlich bei mir. Weil er seinen Haustürschlüssel von mir zurückhaben wollte. Die sind ja regelmäßig verreist, und weil ich bei deren Abwesenheit immer nach dem Rechten gesehen habe, Blumen gießen, Post reinholen und so weiter, hatte ich den noch. Ich war so sauer. So unglaublich stinkwütend. Da versuchte ich mich mit allem gebotenen Ernst in den Griff zu bekommen und wurde ausgerechnet von dem Menschen, der mich so in die Krise gestürzt hatte, prompt sabotiert. Ich bin schier durchgedreht und habe mich in meiner Wut einfach geweigert. Als dann die Gegenreaktion kam, nämlich die Androhung von rechtlichen Schritten, da hat etwas bei mir ausgesetzt. Da bin ich ganz merkwürdig ruhig geworden und habe mir einen Plan zurechtgelegt, wie ich Heiko diese Gemeinheit heimzahlen könnte.«

Maria legte erneut eine kurze Pause ein, um ein paar Schlucke Kaffee zu sich zu nehmen. Die beiden anderen taten es ihr gleich.

Liane hatte den Eindruck, dass Maria jetzt viel strukturierter und chronologischer erzählte als zuvor im Behandlungsraum, was auch Liane zugutekam. Beim ersten Durchlauf hatte sie noch nicht begriffen, dass Marias nächster Schritt durch das Einfordern des Schlüssels ausgelöst worden war.

»Bevor ich diesen dummen Schlüssel eingetütet und per Post an die beiden zurückgeschickt habe, war ich damit noch beim Schlüsseldienst und habe mir eine Kopie anfertigen lassen«, fuhr sie fort und wirkte dabei fast triumphierend auf Liane. »Ich wollte ihm wehtun. Natürlich nicht körperlich. Doch der emotionale Schmerz, den er mir bereitet hatte, und die Demütigung, die ich hatte erdulden müssen – das alles wollte ich ihm heimzahlen. Ich wollte, dass er das auch durchmachen muss. Zur Ausführung dieses Planes brauchte ich einen Mann, der gewisse Kriterien zu erfüllen hatte. Und ich wusste auch schon, wer das sein würde. Jemand, der mich schon immer mit seinen Blicken ausgezogen hatte und – das war mir der wichtigste Punkt – Heiko sogar ein bisschen ähnlich sieht. Bürgermeister Ludwig Greve.«

Maria bemerkte die leicht amüsierten Blicke von Liane und Saalfeld. »Na ja, zumindest ein ganz kleines bisschen. Kommt schon, das müsst ihr doch zugeben. Na ja, und wenn schon. Jedenfalls sah mein Plan vor, dass ich es mit ihm in Heikos Haus treiben würde. In seinem Bett. Und ich wollte Fotos davon machen, die ich Heiko dann unter die Nase reiben konnte. Ich wusste natürlich, dass es illegal ist, in anderer Leute Häuser einzudringen, aber das war mir wirklich scheißegal. Ich wollte einfach nur meine Rache. Greve war sofort Feuer und Flamme, was das Verhältnis an sich betraf. Der geile Bock hat sich vor Freude und Aufregung gar nicht mehr eingekriegt, als ich ihm signalisiert habe, dass zwischen uns tatsächlich was gehen könnte.«

Liane sah sich nun endgültig zu einer Frage genötigt, die sie sich vorhin verkniffen hatte, um Maria nicht versehentlich zu bremsen. »Sag mal, wie geht eigentlich dein Mann damit um? Ich meine, erst hast du mehr oder weniger offen um Heiko geworben, nach seiner Zurückweisung warst du am Boden zerstört und hast dann ein Verhältnis mit Greve angefangen. Davon muss er doch was mitbekommen haben.«

Marias Miene wurde kalt. »Gerold ist ein komplett asexueller Waschlappen. Und er trinkt. Unsere Beziehung und unser Kind sind ihm schon lange nicht mehr wichtig. Der ist froh, wenn er in Ruhe gelassen wird, und redet mir nicht rein. Ich habe mich längst damit arrangiert und mache nun, was ich will. Wenn er sich nicht beklagt – und das tut er nicht –, werde ich nichts ändern. Er hat für mich damals auch nichts geändert, obwohl ich ihn gleich mehrfach darum gebeten hatte, also dürfte das in Ordnung gehen. Mehr habe ich zu meinem Mann nicht zu sagen«, führte sie mit fester Stimme aus und trank erneut von dem Kaffee.

»Fahren Sie doch bitte fort, Frau Hinrichsen. Sie haben mit Greve also ein Verhältnis angefangen.«

»Genau. Er ist wie gesagt ziemlich schnell auf meine Avancen eingegangen. Doch ich dachte mir, dass ich ihn erst mal anfüttern muss. Die ersten Male haben wir es darum in seinem Auto getrieben. Wir sind mitten in der Nacht auf den Parkplatz am Hafen gefahren und hatten Sex. Im Auto, auf dem Auto und neben dem Auto. Es war kein echtes Vergnügen für mich, hat aber zum Glück nie lange gedauert, wenn ihr versteht.«

Maria hielt kurz inne und rieb sich das Gesicht. »Zu diesem Zeitpunkt hatte ich noch einen Rest Skrupel. Also, was die Sache mit dem Sex in Heikos Haus betrifft, meine ich. Ich hoffte, dass es vielleicht schon reichen würde, wenn er erfährt, dass jemand anders mich als Frau zu schätzen weiß. Da habe ich mein Verhältnis mit Greve einem gemeinsamen Bekannten anvertraut, bei dem ich mir sicher war, dass er es Heiko erzählen würde. Das hat er auch gemacht. Er hat es mir gestanden, als ich ihn ein paar Tage später zur Rede gestellt habe. Von ihm habe ich auch erfahren, dass Heiko anscheinend amüsiert auf diese Nachricht reagiert hat. Das hat mich zwar ziemlich getroffen, trotzdem wollte ich immer noch nicht wahrhaben, dass er kein Interesse an mir hat. Deshalb hielt ich den Zeitpunkt für gekommen, meinen ursprünglichen Plan doch in die Tat umzusetzen.«

»Den ursprünglichen Plan, der besagte, dass Sie mit einem anderen Mann in Heiko Willers' Bett schlafen?«, hakte Saalfeld nach.

»Genau. Da habe ich Greve wissen lassen, dass ich gern mit ihm eine Nummer im Bett der Willers schieben wollte. Ich habe ihm verraten, dass ich einen Schlüssel habe und auf den Kick stehe. Das war zwar eine Lüge, aber ich bildete mir ein, dass Greve darauf anspringen würde. Außerdem habe ich erzählt, dass Heiko in mich verknallt ist, ich ihn aber gleich mehrfach habe abblitzen lassen. Ich wusste, dass Ludwig nicht viel von Heiko hält. Er ist nämlich einer von denen, die Heiko seinen Wohlstand neiden. Außerdem hat er eine Heidenangst, dass Heiko ihm tatsächlich das Bürgermeisteramt streitig machen könnte. Das wäre für Ludwig die größtmögliche Katastrophe. Ich dachte deshalb, dass es ihm daher ein Vergnügen sein müsste, Heiko auf diese Weise ins Gesicht spucken zu können. Ich lag aber auf ganzer Linie falsch. Ludwig war total entsetzt über diesen Vorschlag und schloss das kategorisch aus. Stattdessen hat er mir vorgeschlagen, es in seinem eigenen Ehebett zu treiben. Ich dürfte dabei sogar die Nachthemden seiner Frau anziehen, wenn ich wollte. Das müsst ihr euch mal vorstellen. Ich bin natürlich nicht drauf eingegangen und habe stattdessen das Verhältnis mit ihm für beendet erklärt. Ihr hättet sehen sollen, wie überrascht er war und wie er mich angebettelt hat, ihm noch eine Chance zu geben. Gefleht hat er und sogar geweint. Aber als ich ihm die Pistole auf die Brust gesetzt habe – entweder im Haus der

Willers oder gar nicht mehr –, konnte er sich noch immer nicht dazu durchringen.«

»Hatte er sich dann damit abgefunden, dass es aus ist?«, wollte Saalfeld wissen.

»Nein, hat er nicht. Er hat mir nachgestellt. Telefonanrufe, Kurznachrichten und Briefchen. Manchmal stand er sogar abends vor unserem Haus. Stundenlang. Dachte wohl, dass ich es nicht bemerken würde, der Idiot. Aber das war mir alles egal. Ich wollte meine Rache an Heiko, so wie ich sie geplant hatte. Also musste ich mir woanders einen Heiko-Doppelgänger suchen und habe mich dafür bei C-Date angemeldet. Wissen Sie, was das ist?«

Saalfeld legte die Stirn in Falten und überlegte. »Das ist so ein … die organisieren doch … da geht's um Seitensprünge, oder?«

»Im Grunde ja. Die formulieren das natürlich anders, damit es nicht so unmoralisch klingt, aber letztlich läuft es genau darauf hinaus. Man kann praktisch bis ins kleinste Detail festlegen, wonach man sucht. Das fängt beim Aussehen des Mannes oder der Frau an und hört bei deren Neigungen und Bedürfnissen auf. Das hätte ich besser gleich machen sollen, dann wäre mir zumindest Ludwig Greve erspart geblieben. Ich habe die Filter so gesetzt, dass er gern Sex an ungewöhnlichen Orten haben und natürlich eine gewisse Ähnlichkeit mit Heiko aufweisen sollte. Mir wurden gleich mehrere Vorschläge gemacht, von denen einer Patrick war. Er erwies sich als echter Volltreffer, weil er nicht nur der gleiche Typ war, sondern ihm auch zum Verwechseln ähnlich sah. Dass er noch dazu gleich um die Ecke in Marne lebte, war pures Glück. Und dass Heiko und Jutta für zwei Wochen nach Mallorca fliegen würden, kurz nachdem ich den Kontakt zu Patrick hergestellt hatte, war sozusagen das Sahnehäubchen.«

»Haben Sie ihn auch erst – wie haben Sie es gerade ausgedrückt? – angefüttert?«, fragte Saalfeld.

»Nein. Wir haben uns vorher ein paarmal getroffen, um uns etwas besser kennenzulernen und um unsere Seitensprünge zu planen, hatten aber keinen Sex.«

»Dann war die Nacht des vermeintlichen Einbruchs also das erste Mal für Sie und Herrn Cronjäger?«

»So ist es«, bestätigte Maria.

»Aber etwas ging schief«, stellte Saalfeld fest.

»So ist es«, bestätigte Maria erneut, wurde blass und senkte den Blick.

»Ich kann mir vorstellen, dass es nicht einfach für Sie ist, sich das wieder zu vergegenwärtigen, Frau Hinrichsen. Ich muss Sie aber trotzdem bitten, mir den genauen Hergang zu schildern, der zum Tod von Herrn Cronjäger geführt hat.«

***

Liane schob sich mit ihrem Stuhl direkt neben Maria und legte ihr die Hand auf die Schulter, was diese mit einem dankbaren Lächeln honorierte.

»Wir hatten uns für Mitternacht verabredet. Treffpunkt war wieder der Parkplatz am Hafen. Von dort sind wir dann zu Fuß zum Haus der Willers gegangen, weil es schon irgendwie blöd gewesen wäre, wenn er sein Auto bei mir oder bei den Willers abgestellt hätte. Als wir drinnen waren, sind wir gleich übereinander hergefallen. Er gefiel mir wirklich, und durch unsere vorherigen Treffen, bei denen wir noch die Finger voneinander gelassen hatten, durch das ganze Gerede über unsere Vorlieben und die Planerei hatte sich eine prickelnde, sexuelle Spannung zwischen uns aufgebaut. Das erste Mal habe ich's ihm direkt hinter der Haustür besorgt. Das war mir wichtig, damit es dann beim zweiten Mal, oben in Heikos Bett, nicht so schnell vorbei sein würde.«

»Direkt hinter der Haustür, sagen Sie? Die Spurensicherung hat dort aber nichts gefunden. Also – Sie wissen schon. Keine Spermaspuren.«

Maria lief rot an. »Ähm, nein. Konnten die auch nicht. Das habe ich – na ja, runtergeschluckt.«

Liane musste sich auf die Zunge beißen, als sie beobachtete, wie bei Saalfeld langsam das Kleingeld durchfiel.

»Ach so«, sagte er schließlich. »Okay, verstanden. Weiter bitte.«

»Danach sind wir dann in aller Ruhe nach oben. In Heikos Schlafzimmer. Wir haben uns ausgezogen und gegenseitig ein bisschen heißgemacht. Wie, dürfte wohl egal sein. Bei Männern dauert es ja in der Regel ein bisschen, bis sie wieder können, aber er wurde bemerkenswert schnell wieder hart. Also legten wir auch wieder los.« Maria hielt kurz inne und atmete ein paarmal tief durch. »Und zwar richtig. Es war ziemlich guter Sex. Nein, das trifft es nicht. Es war sogar absolut großartig. So einen Liebhaber hatte ich noch nie. Er war einfühlsam und hatte Stehvermögen. Was er neben seinem Stehvermögen aber auch hatte, waren gewisse Neigungen, die, sagen wir mal, eher ungewöhnlich sind. Auf jeden Fall zu ungewöhnlich für seine Frau. Das ist einer der Hauptbeweggründe für Männer, sich überhaupt bei C-Date anzumelden, und ich hatte bei unseren Treffen Bereitschaft signalisiert, ihm all seine Wünsche zu erfüllen. Als wir bestimmt schon eine Stunde lang miteinander beschäftigt waren und er sich inzwischen zwei Mal bei mir revanchiert hatte, bat er mich schließlich, ihm den Gefallen zu tun.«

Maria stieg noch mehr Farbe ins Gesicht, und sie schien nach den richtigen Worten zu suchen. »Das war schon ziemlich starker Tobak, selbst für mich. Ich wäre zumindest nicht von allein auf die Idee gekommen, so etwas bei einem Mann zu machen, obwohl ich mich selbst nicht als prüde bezeichnen würde. Ach was soll's, es war pervers, und zwar so richtig. Schmutzig und beinahe abartig. Ich möchte eigentlich lieber nicht erzählen, was für eine Sexpraktik das war. Das wäre mir peinlich. Ist das in Ordnung? Oder bestehen Sie darauf?«

Saalfelds Gesicht war nach Lianes bescheidener Meinung nicht mit Geld zu bezahlen. Sie schätzte ihn als den Typ zuverlässiger Arbeiter ein. Ehrlicher und grundsolider Sex ohne Schnörkel oder gar Experimente, dafür aber leidenschaftlich und zur Not mit letzter Kraft ausgeführt. Maria hingegen schien keine Grenzen zu kennen, probierte zumindest alles einmal aus und hätte wohl auch mitten im Akt ein Huhn geopfert, wenn sie sich einen Extrakick davon versprochen hätte. Die Abgründe, auf die diese experimentierfreudige Frau Saalfeld gerade zuführte, lagen weit außerhalb seiner Vorstellungskraft und weit außerhalb seines Repertoires. Liane kannte seine Antwort, bevor er sie aussprach.

»Nein, nicht nötig. Zumindest vorerst nicht. Es sei denn, es ist für die Erklärung, wie Herr Cronjäger zu Tode kommen konnte, unverzichtbar. Also rein technisch«, antwortete ein Kommissar Saalfeld, der gerade ganz offensichtlich ein gewisses Unbehagen verspürte.

Maria überlegte kurz. »Nein, ich glaube nicht. Die nächsten zwanzig Minuten würde ich dann mal weglassen, okay? Ich habe ihn – mit dem, was er sich von mir gewünscht hat – auf dem Bett vor mir hergetrieben. Er war darüber enorm in Fahrt geraten, hat sehr laut gestöhnt und gekeucht, und ich bin mir ziemlich sicher, dass er außerhalb seines sexuellen Rausches schon nichts mehr wahrnehmen konnte. Das hat ihn wirklich unheimlich angemacht. Er kniete da also vor mir und hatte mir den Rücken zugewandt. Plötzlich stellte er sich hin, auf das Bett, grätschte die Beine und beugte den Oberkörper hinunter. Wie ein Schwimmer auf dem Startblock stand er da, sah mich mit verschwommenem Blick durch seine Beine hindurch an und forderte mich auf, etwas ganz Bestimmtes zu tun.«

Maria seufzte herzhaft. »Und dann geschah es. Obwohl ich mich zum ersten Mal wirklich ein wenig geekelt habe, tat ich ihm auch diesen Gefallen. Er verlor dabei auf einmal das Gleichgewicht, fiel vornüber von der Bettkante und landete direkt auf seinem Kopf. Dabei entstand so ein richtig widerliches, knirschendes Geräusch. Da wusste ich gleich, dass etwas Schlimmes passiert sein musste. Ich bin nach vorne gekrabbelt und sah ihn auf dem Boden liegen. Er hat noch leicht gezuckt, aber das hörte dann praktisch auch schon im selben Moment auf.«

Maria rieb sich erneut das Gesicht. »Meine Güte, er hat nicht mal versucht, den Sturz auf den Kopf mit den Händen abzufangen oder sich abzurollen. Ich glaube, dass er vor lauter Wollust gar nicht mitbekommen hatte, überhaupt das Gleichgewicht verloren zu haben. Verrückt, oder?«

Für eine Weile sprach keiner. Liane und Maria tauschten verlegene Blicke aus, während Saalfeld offenbar versuchte, die unglaubliche Geschichte mit der zwar hübschen, aber im Grunde harmlos aussehenden Maria Hinrichsen in Verbindung zu bringen.

»Wie hat er das Gleichgewicht verloren? Haben Sie ihn vielleicht gestoßen? Nicht absichtlich natürlich. Ein versehentlicher kleiner Schubser.«

»Nein. Definitiv nicht.«

»Aber er wollte doch sicher, dass Sie ihn in irgendeiner Form berühren.«

»Jaja, das schon. Ich habe ihn auch berührt. Aber nicht angefasst. Alles klar?«

Das war es wohl nicht. Saalfeld legte die Stirn in Falten. Es bestürzte Liane ein wenig, dass dieser ansonsten so eloquente und clevere Mann in dieser Beziehung so offenkundig unbedarft und naiv war.

Als er zu ihr sah, deutete Liane auf ihren Mund und hoffte, dass er mit dieser Hilfestellung nicht auch überfordert sein würde.

»Ich habe nach seinem Puls gefühlt. Am Hals und am Handgelenk. Ich habe sogar meinen Kopf auf seine Brust gelegt. Da war aber nichts mehr. Patrick war tot«, führte Maria weiter aus, ohne auf weitere Signale des Verstehens zu warten. »Ein fremdes Haus, ein toter Mann, und ich hatte gerade erst zwei Orgasmen gehabt. Das war mir zu viel auf einmal, und ich bin in Panik geraten. Die Aussicht, als die Frau in die Schlagzeilen zu geraten, die fremde Männer in fremden Schlafzimmern zu Tode vögelt, hat mir ganz und gar nicht gefallen. Ich denke, das sollte nachvollziehbar sein. Ohne groß nachzudenken, hielt ich es daher aus dem Bauch heraus für eine gute Idee, einfach einen Einbruch vorzutäuschen. Also habe ich Patrick wieder bekleidet.«

Maria wurde erneut blass und sackte ein wenig in sich zusammen. »Das war grauenvoll. Es war auch schwierig, aber vor allem grauenvoll. Wenn ich daran denke, wie beweglich sein Kopf gewesen war, als ich den Oberkörper anhob – da läuft es mir immer noch kalt den Rücken runter.«

Liane und Saalfeld tauschten mitleidige Blicke aus, aber Maria nahm schon wieder Haltung an.

»Als ich das geschafft hatte, habe ich das Bett gemacht. Für die Decken und Kissen hatten wir keine Verwendung gehabt und sie daher von vornherein auf den Boden geworfen. Das Laken war allerdings beschmutzt. Ich habe es einfach abgezogen, gegen ein frisches ersetzt und später mit nach Hause genommen. Danach habe ich Patrick bei den Füßen gepackt und ihn zur Treppe gezogen. Zum Glück ist im ganzen Obergeschoss lackiertes Parkett verlegt. Mit Teppich wäre es sicher viel schwieriger für mich geworden. Dann habe ich ihn die Treppe hinuntergleiten lassen – was übrigens viel einfacher ging, als ich zuerst befürchtet hatte – und ihn am Fuß der Treppe liegen lassen. Danach bin ich raus, ums Haus gelaufen, hab mir von der Palette mit den Steinen, die noch vom Pflastern der Auffahrt übrig waren, einen genommen und damit das Fenster zum Gästezimmer eingeschlagen. Die körperliche Anstrengung hatte mir wohl irgendwie ganz gutgetan, sodass ich schon wieder etwas gefasster war. Ich war ehrlich überzeugt, alles so hergerichtet zu haben, damit man Patrick für einen Einbrecher hält, der einfach Pech gehabt hatte. Ob mich bei meinen Bemühungen jemand beobachtet haben könnte, darüber habe ich nicht ein einziges Mal nachgedacht. Für mich stand fest, dass um diese Zeit jedermann schläft. Wir sind hier immerhin im kleinen Friedrichskoog und nicht auf dem Kiez.«

»Aber es hat Sie jemand beobachtet.«

Maria nickte grimmig. »Als ich zurückgehen wollte, stand plötzlich Ludwig Greve vor mir. Ich hab mich vielleicht wegen dieses Vollidioten erschreckt. Schleicht sich einfach an mich ran, steht wie blöd da, ohne etwas zu sagen, und beobachtet mich mit einem gruseligen Lächeln.«

»Warum war er da?«

Maria stutzte kurz. »Das habe ich ihn nicht gefragt. Ich konnte es mir ja denken. Das wird wieder eine der Nächte gewesen sein, in denen er heimlich vor unserem Haus Stellung bezogen hatte, um einen Blick auf mich zu erhaschen. Und als er mich das Haus verlassen sah, ist er mir einfach gefolgt. Schätze ich zumindest. Wie gesagt, ich habe ihn nicht gefragt, und es war mir in dem Moment auch ziemlich egal. Er war da, und ich hatte somit ein neues Problem. Ich bilde mir ein, dass er noch keinen Ton von sich gegeben und mich somit auch nicht zu einer Erklärung aufgefordert hatte. Ich fing trotzdem an zu plappern und habe ihm alles erzählt, was gerade passiert war. So bescheuert sich das jetzt anhören mag, aber irgendwie war ich erleichtert, dass da jemand war, dem ich es erzählen konnte. Aber ich hatte natürlich auch Angst, dass er mich jetzt bei allen möglichen Menschen und den Behörden verpfeifen würde. Da habe ich ihn vorsichtshalber gleich angefleht, das zu unterlassen. Ich glaube, ich bin sogar vor ihm auf die Knie gefallen und habe richtig gebettelt.«

»Aber irgendwann hat er was gesagt.«

»Ja, natürlich. Aber nicht sofort. Erst hat er mich einfach am Arm gepackt, ist mit mir rein ins Haus und hat sich das mit eigenen Augen angesehen. Das hat keine fünf Minuten gedauert. Dann hat er nur gesagt, dass ich das mit dem Einbruch gut gemacht habe, dass wir da schnellstens verschwinden sollten und ich nicht vergessen darf, die Haustür wieder abzuschließen. Danach sind wir zum Hafen gegangen, und auf dem Weg dorthin ist er dann zur Sache gekommen. Fragen musste er ja keine mehr stellen, weil ich ihm schon alles aus freien Stücken verraten hatte. Er versprach mir, niemandem etwas zu erzählen. Aber nur unter der Voraussetzung, dass ich seine Bedingungen akzeptiere. Punkt eins: sofortige Wiederbelebung unserer Affäre, mit dem Zusatz, dass ich immer dann Gewehr bei Fuß zu stehen habe, wenn es ihn nach mir verlangt. Punkt zwei: niemandem sonst davon erzählen. Nicht der besten Freundin, nicht dem eigenen Mann und schon gar nicht der Polizei. Punkt drei: falsche Fährte legen.«

»Jetzt bin ich gespannt«, murmelte Saalfeld.

»Seine Frau und Britta Pöhls – das ist die Frau eines unserer Versicherungsvertreter – gehören demselben Lesekreis an. Die treffen sich einmal die Woche, lesen sich erst aus ausgewählten Büchern vor, sprechen dann darüber, und hinterher fließt meistens noch Alkohol. Britta hat bei einem dieser Treffen nach ein paar Gläsern Prosecco Dampf abgelassen, weil ihr Mann wohl zurzeit einige Probleme hat. Das Geschäft läuft nicht so recht, unter anderem weil sich alte Stammkunden von ihm abwenden. Als Beispiel hat sie explizit Heiko Willers genannt, der für den Abschluss von irgendwelchen neuen Versicherungen extra nach Marne gefahren ist, statt es wie bisher bei ihrem Mann zu machen. Frau Greve ist ein noch viel schlimmeres Klatschweib als ich und hat es ihrem Ludwig natürlich brühwarm erzählt. Das hat er mir allerdings erst viel später verraten. An diesem Abend hat er mir einfach nur zu verstehen gegeben, dass ich in den nächsten Tagen hier und da anmerken solle, Heiko Willers in Marne gesehen zu haben, während er eigentlich auf Mallorca hätte sein sollen. Er hat behauptet, das Gerücht werde dann langsam, aber sicher seine Wirkung entfalten und im unwahrscheinlichen Fall einer Ermittlung von mir ablenken. Damals habe ich nicht verstanden, wozu das gut sein sollte, aber ich war viel zu erleichtert, dass er mich nicht verraten und mir obendrein sogar noch helfen wollte, und habe darum keine Fragen gestellt. Dann hat er noch was von seinem Beitrag zur Plausibilität des Gerüchtes und ›zwei Fliegen mit einer Klappe schlagen‹ gefaselt und angekündigt, Witwe Borchardts Garten mit einem Spezialdünger bearbeiten zu wollen. Ganz stolz war er auf diese Idee. Ich hatte mitbekommen, dass das noch in derselben Nacht passieren sollte, aber was für ein Spezialdünger das war und warum er das überhaupt machen wollte, habe ich bis heute nicht begriffen.«

»Der Spezialdünger war Benzin«, sagte Liane. »Und er hat es da verschüttet, weil ihm der Garten von Witwe Borchardt schon lange ein Dorn im Auge ist. Sein eigener kann da nämlich nicht mithalten, und das gefällt dem eitlen Pfau gar nicht. Vor allem aber sollte es den Anschein erwecken, als hätte Heiko in Panik das Benzin loswerden wollen, nachdem ihm ein Einbrecher seinen Plan mit dem Versicherungsbetrug vereitelt hatte. Die Versicherungen, die er in Marne abgeschlossen hat, waren nämlich eine Brandschutzversicherung und eine Aufstockung seiner Hausratversicherung. Greve wollte es so aussehen lassen, als hätte Heiko sein eigenes Haus abfackeln und dafür die dicken Prämien kassieren wollen. Die Nummer mit dem Benzin war eigentlich ziemlich dämlich – aber ich muss leider zugeben, dass ich kurzfristig tatsächlich drauf reingefallen bin.«

»Das ist jetzt erst mal nicht so wichtig. Weiter bitte«, drängte Saalfeld.

Maria warf ihm einen überraschten Blick zu. »Nichts weiter. Das war es im Prinzip. Er hat mir dann nur noch versprochen, dass mir keine Gefahr droht, wenn ich mich nur an den Plan halte, und erneut bekräftigt, dass er polizeiliche Ermittlungen eher für ausgeschlossen hält. Dann wurde er wieder überheblich und behauptete, dass er als Bürgermeister ja auch durchaus seine Möglichkeiten habe, jegliche Bestrebungen dieser Art gleich im Keim zu ersticken. Ich war dumm genug, ihm alles zu glauben und seinen Bedingungen zuzustimmen.«

»Auch Punkt eins?«, fragte Saalfeld.

»Besonders dem. Ich bin vielleicht keine Intelligenzbestie, aber dass ihm dieser Punkt von allen der wichtigste war, hatte ich sofort begriffen, ohne dass er es extra betonen musste.«

»Jetzt erklärt sich auch, warum der Kerl wie zufällig immer dann auftauchte, wenn ich gerade bei Heikos Haus war, um mir selbst ein Bild zu machen. Du hast ihm erzählt, dass du das Gerücht bei mir platziert hast, stimmt's?«, sagte Liane.

»Ja. Tut mir wirklich leid, dass ich ausgerechnet dich da mit reingezogen habe. Das hatte ich eigentlich gar nicht vor. Aber wie ich da bei dir auf der Massagebank lag und du mich so schön verwöhnt hast – da fiel endlich mal etwas Anspannung von mir ab, und ich dachte mir: Was soll's. Und weil du immer so großen Wert darauf legst, dass dich niemand mehr mit deiner Vergangenheit als Polizistin nervt, habe ich ehrlich gesagt nicht damit gerechnet, dass du es ausgerechnet ihm erzählen würdest«, behauptete Maria und sah zu Saalfeld. »Ich habe euer gutes Verhältnis zueinander unterschätzt.«

Saalfeld blieb äußerlich gelassen, aber Liane lief rot an, was ihr ein vielsagendes Lächeln von Maria einbrachte, die dies sofort bemerkt hatte.

»Wie hat Greve denn reagiert, als du ihm das von mir erzählt hast?«, versuchte Liane abzulenken.

Mit Erfolg. Das Lächeln verschwand sofort und verwandelte sich in etwas Kleinlautes. »Oh Mann, der ist total ausgerastet. Er war außer sich vor Wut und hat mich minutenlang angebrüllt, auch noch, als ich längst in Tränen ausgebrochen war. Wie ich so unfassbar dumm sein könne, was ich mir dabei gedacht hätte, ausgerechnet eine ehemalige Polizistin und krankhafte Schnüfflerin wie dich dafür auszuwählen, und ob ich tatsächlich die Einzige sei, die nicht bemerkt habe, was für einen guten Draht du zu Kommissar Saalfeld hättest. Das war es im Prinzip, was er mir wieder und wieder an den Kopf geworfen hat, nur immer etwas anders formuliert. Mit immer neuen Beleidigungen. Als er sich dann wieder eingekriegt hatte, meinte er nur, dass er sich um dich kümmern werde.«

Liane suchte Saalfelds Blick. »Was hältst du davon?«

»Verrückte Geschichte. Aber nicht so verrückt, dass man sie nicht glauben könnte. Ich denke, dass deine Freundin die Wahrheit sagt.«

Liane beäugte ihn skeptisch. »Bilde ich es mir nur ein, oder hängt da noch ein großes Aber in der Luft?«

»Das bildest du dir leider nicht ein. Du müsstest eigentlich auch wissen, warum.«

Liane senkte zerknirscht den Blick und wagte es nicht, Maria direkt anzusehen.

»Hey! Was ist? Ich habe euch beiden alles erzählt und absolut gar nichts weggelassen. Du hast mir versprochen, dass ihr mir helfen könnt.«

»Oh, Moment bitte, da muss ich jetzt mal nachhaken. Was hast du ihr versprochen?«, fragte Saalfeld, an Liane gewandt.

»Dass wir beide – speziell du – dafür sorgen würden, sie nicht als alleinigen Sündenbock für alles geradestehen zu lassen.«

»Pah«, rief Saalfeld aus. »Na toll! Das ist leider leichter gesagt als getan. Und ich möchte erneut betonen, dass dir dieser Gedanke mit Sicherheit auch schon gekommen sein müsste.«

»Aber warum denn? Ich habe euch doch alles erzählt. Das muss doch für irgendwas gut sein. Oder nicht?«

Liane konnte sich jetzt nicht aus der Verantwortung stehlen und schon wieder Saalfeld die unangenehmen Aufgaben überlassen. »Maria, ich habe dir vorhin schon gesagt, dass deine Taten strafbar sind. Du bist aus niederen Beweggründen widerrechtlich in ein fremdes Haus eingedrungen. Ich glaube, ich spreche für Kommissar Saalfeld und mich, wenn ich sage, dass wir dir in Bezug auf die Todesumstände von Herrn Cronjäger glauben. Es war ein bedauerlicher Unfall. Aber du hast ihn die Treppe runterfallen lassen und am Ende sogar noch eine Scheibe eingeschlagen, um deine Tat zu verschleiern.«

»Von der gezielten Verleumdung Herrn Willers' mal ganz zu schweigen«, merkte Saalfeld an.

»Das war doch nicht meine Idee. Das habe ich doch nur gemacht, weil Greve es von mir verlangt hat.«

»Aber du hast es gemacht. Ob auf Zuruf oder aus eigenem Antrieb, entscheidet lediglich über das Strafmaß, nicht aber über Schuld und Unschuld. Und jetzt kommen wir zum eigentlichen Problem.« Liane zögerte, weil sie Befürchtungen hinsichtlich Marias Reaktion auf ihre nächsten Worte hatte. »Es gibt für Ludwig Greves Rolle in dieser Geschichte nicht den kleinsten Beweis.«

»Wie bitte? Was für ein Quatsch! Ich habe es euch doch gerade erzählt. Ich würde das auch genauso vor Gericht wiederholen. Zählt das nichts?«

»Sie kennen Herrn Greve doch ganz gut, oder nicht?«, schaltete sich Saalfeld ein. »Glauben Sie wirklich, dass er das einfach so zugeben würde, nur weil Sie es behaupten? Der Mann hat eine Menge zu verlieren. Einen untadeligen Ruf, sein Amt als Bürgermeister und natürlich seine Ehe. Ich kenne ihn gerade mal seit drei Wochen, aber ich würde dennoch einiges darauf wetten, dass er alles abstreiten und Sie als Verrückte hinstellen würde. Und was glauben Sie, was die Willers dazu zu sagen hätten? Frau Maschmann hat leider vollkommen recht. Bevor der sich selbst ausliefert, lässt er Sie ohne Skrupel über die Klinge gehen, Frau Hinrichsen. Er wird Sie opfern.«

Maria brach in Tränen aus. Lianes Versuchen, sie in den Arm zu nehmen oder ihr einfach nur eine Hand auf die Schulter zu legen, begegnete sie aggressiv und schlug ihre Hände jedes Mal weg, sodass Liane selbst mit den Tränen kämpfen musste. Maria heulte so unversöhnlich, dass sogar in Saalfelds Miene deutliche Anzeichen von Besorgnis sichtbar wurden.

»Wir können das nicht zulassen«, raunte Liane Saalfeld zu und rieb sich die Augen.

»Das will ich ja auch gar nicht. Ich weiß aber nicht, wie wir das hinbekommen sollen. Ich rechne eher nicht damit, dass Greve plötzlich seine menschliche Seite entdeckt und alles zugibt, nur um es für sie etwas leichter zu machen. Du etwa?«

»Nein«, antwortete Liane bedrückt.

Sie stand auf und durchschritt den Raum, wie sie es zu tun pflegte, wenn sie an einem scheinbar aussichtslosen Punkt angelangt war.

»Du kennst ihn besser als ich. Meinst du, es würde etwas bringen, wenn wir ihn einfach mit unserem Wissen konfrontieren? Dass er dann, auch wenn es ihm noch so widerstrebt, zumindest der Vernunft gehorcht, um offizielle Vernehmungen bei der Polizei zu vermeiden und einen letzten Rest an Ehre zu bewahren?«

Liane schnaubte abfällig. »Der doch nicht! Der gerät nur in Rage und wird sich verbitten, dass du ihn mit einer solchen Ungeheuerlichkeit konfrontierst. Er wird das niemals freiwillig zugeben.

Außerdem ist er nicht dumm. Wenn wir so an ihn herangehen, weiß er sofort, dass wir uns darüber im Klaren sind, nichts von Wert gegen ihn in der Hand zu haben.«

»Vermutlich hast du recht«, murmelte Saalfeld und wandte sich Maria zu. »Und wenn Sie ihn einfach bitten, er möge das für Sie tun? Immerhin scheint ihm ja etwas an Ihnen zu liegen, so versessen, wie er auf die Liaison mit Ihnen ist. Sie erklären ihm einfach, dass Sie aufgeflogen sind und nun mit dem Rücken zur Wand stehen. Vielleicht weckt das ja seinen Beschützerinstinkt.«

»Du setzt also voraus, dass er so etwas besitzt?«, warf Liane zynisch ein.

»Darauf möchte ich mich lieber nicht verlassen«, sagte Maria entschieden. »Außerdem stehe ich dann ja auch noch in seiner Schuld. Er wird das zumindest so auslegen und bestimmt schamlos ausnutzen. Ganz ehrlich, da gehe ich lieber ins Gefängnis oder verlasse meinen Heimatort, bevor ich mich nur noch einen weiteren Tag dem Gutdünken dieses Widerlings aussetze.«

»Dann bin ich mit meinem Latein am Ende. Zumindest für den Moment«, resignierte Saalfeld.

»Müssen wir denn überhaupt weiter in dieser Angelegenheit herumstochern?«, fragte Liane. »Können wir nicht einfach alles so lassen, wie es ist?«

»Das ist ja wohl nicht dein Ernst«, erwiderte Saalfeld gefährlich ruhig und warf ihr einen zutiefst enttäuschten Blick zu.

»Ich weiß, ich weiß. Ich selbst habe überhaupt erst dafür gesorgt, dass es so weit gekommen ist. Das ist mir auch klar. Aber jetzt bereue ich es. Wenn ich auch nur geahnt hätte, dass Maria dafür am Ende so büßen muss, hätte ich nichts unternommen. Vieles von dem, was sie gemacht hat, war eindeutig nicht in Ordnung – aber das hat sie nicht verdient. Sie ist keine Kriminelle. Vielleicht ein bisschen verrückt und in den entscheidenden Momenten zu naiv, aber nicht kriminell.«

»Hey! Ich sitze hier und höre dich«, beklagte sich Maria.

Saalfeld hörte darüber hinweg und konzentrierte sich auf Liane. »Hörst du dir eigentlich selbst zu, wenn du so etwas sagst?«

Liane antwortete nicht und sah ihn stattdessen durchdringend an.

»Oh bitte! Sieh mich bloß nicht so vorwurfsvoll an. Du weißt ganz genau, dass ich das nicht einfach alles ignorieren kann. Versetz dich mal in meine Lage. So lange ist es bei dir noch nicht her. Du würdest für einen solchen Vorschlag mindestens genauso wenig Verständnis haben wie ich. Ich bin Polizist und somit dem Gesetz verpflichtet. Ich weiß, dass es Kollegen gibt, die sich selbst gewisse Spielräume zugestehen, aber zu denen gehöre ich nicht. Ich nehme das sehr ernst. Bisher habe ich geglaubt, du seist aus demselben Holz geschnitzt, und es würde mich ehrlich gesagt ziemlich betrüben, wenn du diesen Eindruck jetzt zunichtemachen wolltest.«

Liane wusste, dass er recht hatte – wieder mal. Und trotzdem war sie enttäuscht. »Schon gut. Ich dachte nur, du würdest uns helfen wollen.«

»Das will ich doch auch. Aber nicht, indem ich Fakten ignoriere und Straftaten decke. Das geht einfach nicht. Es muss einen anderen Weg geben. Wenn du eine Idee hast, wie wir Greve mit Mitteln, die nicht ausdrücklich illegal sind, dazu bringen könnten, die Wahrheit zu sagen, bin ich zu jeder Schandtat bereit und mit aller Kraft auf deiner Seite«, sagte Saalfeld aufgeregt und sah Maria an. »Im Wesentlichen natürlich auf Ihrer, Frau Hinrichsen.«

Liane wandte sich ab und schlenderte mit verschränkten Armen durch ihr Wohnzimmer. Greve dazu bringen, die Wahrheit zu sagen. Es klang so banal, war aber eine echte Herausforderung. Um das hinzubekommen, durfte Greve nicht wissen – nicht mal ahnen –, dass er sich womöglich ans Messer lieferte. Fühlte man sich den Regeln verpflichtet, würde man es nicht schaffen. Ein solches Unterfangen ließ sich nur mit einem wirklich guten Trick realisieren, einer glaubhaften Täuschung. Liane wusste, dass sie zur Täuschung fähig war. Sie hatte es in die Garage der Willers geschafft, als sie Frau Meister etwas vorgespielt hatte. Und gerade erst hatte sie Maria mit einem frei erfundenen Gentest zu einem vollständigen Geständnis verleitet. Beides war eigentlich leicht gewesen. Der Unterschied zwischen den beiden Frauen und Greve war jedoch, dass er weder arglos noch naiv war. Dieser Mann war ein anderes Kaliber, allein schon, weil er ihr von Haus aus nicht traute. Und allein würde sie es ohnehin auf keinen Fall schaffen. »Ich habe eine Idee, glaube ich. Ich werde Greve dazu bringen, dass er alles zugibt. Aber dafür brauche ich Hilfe, und zwar von euch beiden.«

Während man Maria ansah, dass sie sofort neue Hoffnung schöpfte, blieb Saalfeld immer noch misstrauisch.

»Wenn mein Beitrag beinhaltet, dass ich etwas Illegales oder sonst wie Verbotenes tun muss, will ich es gar nicht erst hören«, sagte er mit fester Stimme.

»Musst du nicht«, behauptete Liane und erklärte den beiden ihre Idee.

***

Während Maria praktisch sofort mit dem Plan einverstanden war, tat sich Saalfeld mit seiner Zustimmung etwas schwerer – wohl eher aus Bockigkeit denn wegen echter Bedenken, wie Liane vermutete. Dennoch stimmte auch er letztlich zu, sodass Liane und Saalfeld sofort die Umsetzung angingen und sich in Stellung brachten.

Als gute anderthalb Stunden später Lianes Handy klingelte, verspeiste sie gerade das letzte Stück einer Tiefkühlpizza, die ihr nicht sonderlich geschmeckt hatte, aber wenigstens satt machte. Sie wischte sich kurz die Finger an ihrem T-Shirt ab und nahm den Anruf entgegen. »Und?«, sagte sie nur.

»Ich war bei ihm. Ich glaube, er hat es geschluckt.«

»Wie hat er reagiert, als du es erzählt hast?«

»Er stand sofort unter Strom, wollte das aber nicht zeigen. Ich habe gemerkt, wie er versucht hat, sich gelassen zu geben. Oh, und gelobt hat er mich. Dafür, dass ich damit sofort zu ihm gekommen bin. Dann hat er mir versprochen, sich darum zu kümmern, sobald er die Zeit findet.«

»Schau mal an, ein Lob vom Herrn Bürgermeister«, spottete Liane. »Und weiter? Glaubst du, dass er sich wirklich noch etwas Zeit lässt?«

»Vergiss es! Der ist schon auf dem Weg, wie du es prophezeit hast. Ich habe mich zwei Häuser weiter hinter einer Ecke auf die Lauer gelegt. Vor 'ner Minute ist er mit rotem Kopf aus dem Gebäude gestürmt, und ich glaube nicht, dass er jetzt erst mal eine Runde Golf spielen geht.«

Liane lächelte grimmig. »Sehr gut. Soll ruhig kommen, der saubere Herr. Ich bin bereit für ihn. Jetzt bekommst du auch noch ein Lob von mir: Gut gemacht, Maria. Alles Weitere regeln wir. Ich melde mich, okay?«

»Danke, Liane.«

»Warte erst mal ab, ob der Plan auch wirklich funktioniert. Bei Greve muss man mit allem rechnen. Aber mach dir deswegen jetzt erst mal keine Hörner. Wir kriegen das hin. Bis bald.«

Liane beendete das Gespräch, biss ein letztes Mal von der enttäuschenden Pizza ab und wollte den Rest zur Spüle tragen. Gerade noch rechtzeitig dachte sie daran, dass sie jemandem etwas mitzuteilen hatte. Die Nachricht, die sie per SMS abschickte, lautete: »Botschaft im Ziel, er scheint auf dem Weg zu sein. Das Warten hat gleich ein Ende«, und ihr Empfänger war Jan Saalfeld.

Wenn Greve sich tatsächlich direkt auf den Weg gemacht hatte, um die Sache zu klären, konnte es nicht mehr lange dauern, bis er bei ihr vor der Tür stand.

Warten hatte sie schon immer gehasst, aber speziell in diesem Moment bereitete ihr jede verstreichende Sekunde ohne Türklingeln beinahe körperliche Schmerzen.

Sie wurde erlöst, als sie gerade den erneuten Einsatz ihres Alltagsvoodoos erwog. Wie es schien, reichte es inzwischen sogar, einfach nur daran zu denken.

Liane verspürte die gleiche positive Aufregung wie am Vormittag. Nur noch intensiver, wenn das überhaupt möglich war. Allein die Aussicht darauf, Ludwig Greve gleich möglicherweise mit Hilfe ihres Planes zu einem Geständnis bewegen zu können, versetzte sie in Hochstimmung.

Sie atmete einmal tief durch, strich ihr T-Shirt über dem Bauch glatt und ging zur Tür, um dem Bürgermeister Einlass zu gewähren. »Oh! Guten Tag«, tat Liane erstaunt, nachdem sie die Tür geöffnet hatte.

»Guten Tag, Frau Maschmann. Äh … wie geht es Ihnen heute?«

Sie wusste, dass er normalerweise gewandter war. Etwas schien ihm zuzusetzen.

»Gut.«

»Ah!« Er lachte aufgesetzt. »Gut ist gut«, fügte er an und lachte erneut, als hätte er gerade die geistreichste aller Wortspielereien zum Besten gegeben.

»Was führt Sie zu mir, Herr Greve? Sie wollen doch nicht etwa von mir massiert werden? Da bräuchte ich jetzt glatt erst mal 'nen Stuhl.«

»Massieren? Mich? Oh nein! Nein, vielen Dank, davon halte ich nichts. Wissen Sie, ich habe schon unzählige Massagen bekommen, und die haben mir alle nichts gebracht. Die Beschwerden blieben sozusagen«, erklärte er und lachte abermals sein künstliches Politikerlachen. »Es scheint bei mir nicht zu wirken.«

»Was schade ist. Tut mir leid, das zu hören. Aber wenn Sie keine Massage wollen – Sie haben doch sicher nicht nur deswegen den Weg hierher gesucht, um mich zu fragen, wie es mir heute geht, oder?«

Greve schaute gequält drein und stand offenbar auf dem Schlauch. Er wirkte hochgradig verlegen.

»Wollen Sie vielleicht erst mal reinkommen? Dann sieht nicht gleich jeder, dass Sie ausgerechnet mir einen Besuch abstatten. Ich denke dabei natürlich ausschließlich an Ihren guten Ruf«, stichelte Liane und trat zur Seite.

»Haben Sie denn gerade keine Kundschaft?«

»Wir würden hier jetzt nicht stehen und miteinander sprechen, wenn das so wäre.«

»Ja, dann wäre mir das in der Tat sehr recht. Vielen Dank«, erwiderte Greve mit dünner Stimme und betrat das Haus.

Sie führte ihn nicht in die Küche, wie sie es mit Besuchern normalerweise zu tun pflegte, sondern in den Vorraum ihres Behandlungszimmers. Dort ging sie hinter den Holztresen, um eine Barriere zwischen sich und Greve zu haben, legte die verschränkten Hände darauf ab und versuchte, möglichst neugierig auszusehen.

»Äh … ja. Also, weswegen ich hier bin. Ich habe nachgedacht. Wir sind ja in den letzten Tagen ein paarmal aneinandergeraten, nicht wahr? Daran bin ich sicher auch nicht ganz unschuldig. Das Amt des Bürgermeisters ist ein durchaus anspruchsvolles. Ihnen muss ich ja nicht erzählen, dass jeder seine Belastungsgrenze hat, und wenn die mal erreicht ist, reagiert man in bestimmten Situationen vielleicht nicht so, wie es –«

»Sie wollen sich bei mir entschuldigen?«, unterbrach ihn Liane.

Greve verschlug es kurz die Sprache. »Entschuldigen? Ich bei Ihnen?« Er lachte, diesmal echt und überheblich. »Aber warum sollte ich mich denn bei Ihnen entschuldigen? Ich möchte nur versuchen –«

»Sie haben mir die Polizei auf den Hals gehetzt, Herr Greve. Haben mir über Kommissar Saalfeld ausrichten lassen, dass ich kurz vor einer Anzeige wegen Amtsanmaßung stehe. Mag ja sein, dass Sie sich da nichts weiter bei gedacht haben, aber ich fand das überhaupt nicht lustig.«

»Nun, ich hatte mir schon etwas dabei gedacht. Es ist Ihnen vielleicht noch immer nicht so richtig bewusst, aber der Vorwurf war nach meiner bescheidenen Meinung absolut berechtigt. Ich wollte nur erreichen, dass Sie zur Vernunft kommen.«

»Berechtigt? Papperlapapp! Ich habe in den vergangenen zwei Jahren alles darangesetzt, dem ständigen Frau Kommissarin hier und Frau Kommissarin da ein Ende zu bereiten. Nicht ein einziges Mal habe ich mich seit meiner Kündigung als Polizistin ausgegeben. Ich habe auch versucht, Ihnen das in Gegenwart von Frau Meister klarzumachen, aber Sie haben es vorgezogen, mich einfach stehen zu lassen.«

Liane wusste nicht, ob sie sich glücklich schätzen sollte, dass sie ihre Verärgerung nicht spielen musste und somit wohl absolut authentisch wirkte. Zumindest fand sie es bemerkenswert, wie leicht es ihr in Greves Gegenwart fiel, biestig zu werden.

Sie zog ihr Handy aus der Tasche und tippte beiläufig eine weitere Nachricht an Saalfeld ein. Inhalt: »Alles gut?«

»Frau Maschmann, ich bitte Sie. Ich möchte wirklich nur versuchen, unser Verhältnis zueinander wieder auf ein normales Niveau zu bringen. Ruhig, gesittet und in aller Freundschaft. Es gibt wirklich keinen Grund, einen solch scharfen Ton anzuschlagen.«

»Lächerlich. Ich kenne Sie viel zu lange, um Ihnen das abzukaufen, Herr Greve. Es wäre das erste Mal, in all den Jahren, die wir uns jetzt schon kennen, dass Sie um ein gutes Verhältnis zu mir bemüht wären. So etwas machen Sie nicht ohne Hintergedanken. Und nun raus mit der Sprache. Was wollen Sie wirklich?«

Greve maß sie kurz mit ernstem Blick und ließ die Fassade der aufgesetzten Freundlichkeit fallen. »Na schön. Wenn Sie nicht wollen, kann ich ebenfalls anders. Also Klartext. Ich habe erfahren, dass Sie mal wieder die Gerüchteküche anheizen, indem Sie überall rumerzählen, jemanden zu kennen, der den Verantwortlichen für den Benzin-Anschlag auf den Garten von Frau Borchardt identifizieren kann. Angeblich wollte die Person es der Polizei melden und ist dabei irgendwie bei Ihnen gelandet. Eigentlich sehr verwunderlich, denn Sie geben sich ja nicht als Polizistin aus, oder wie war das gerade eben?«

Ihr Handy summte, als Saalfelds Antwort mit dem Inhalt »Bestens! ;-))« eintraf. Liane unterdrückte ein Lächeln und keifte: »Wer hat Ihnen das erzählt?«

»Das ist vollkommen unwichtig. Die entscheidende Frage ist, ob es stimmt.«

»Für mich ist das aber von besonderer Bedeutung. Dass ich es überall rumerzählt habe, wie Sie mal wieder unnachahmlich charmant übertreiben, stimmt nämlich nicht. Ich habe mit nicht mal einer Handvoll Personen darüber gesprochen, und ich will wissen, wer derjenige ist, dem ich nicht mehr vertrauen kann, weil er oder sie nichts Besseres zu tun hat, als es Ihnen brühwarm zu erzählen.«

Greve schüttelte entschieden den Kopf. »Nichts zu machen, Frau Maschmann. Und wie gesagt: unwichtig. Aber wenn ich Ihre Ausführungen richtig interpretiere, scheint es ja tatsächlich zu stimmen. Das war gerade ein wenig ungeschickt von Ihnen, wenn Sie mir die Bemerkung gestatten. Wie dem auch sei, ich möchte, dass Sie mir den Namen der Person nennen, die das angeblich beobachtet haben will. Und ich möchte von Ihnen wissen, ob diese Person Ihnen auch die Identität des angeblichen Täters verraten hat.«

Liane verschränkte die Arme und legte Trotz in ihre Mimik. »Das glauben Sie ja wohl selbst nicht. Mir wollen Sie nicht sagen, wer Ihnen das gesteckt hat, gehen aber wie selbstverständlich davon aus, dass ich Ihnen einfach so verrate, von wem ich das weiß? Machen Sie sich nicht lächerlich. Von mir erfahren Sie auch nichts. Üben Sie sich einfach in Geduld, dann kommen Sie von ganz allein dahinter.«

Liane hatte einen ersten schweren Treffer gelandet. Zornesröte schoss Greve ins Gesicht, sein Blick verfinsterte sich, und er schlug mit der flachen Hand auf den Tresen. »Wollen Sie mir etwa drohen, Frau Maschmann? Davon rate ich Ihnen ab«, knurrte er.

Liane lächelte ihn überheblich an, auch wenn ihr der Knall vom Schlag auf den Tresen in die Glieder gefahren war. Sie stützte sich mit den Unterarmen auf dem Tresen ab und schob ganz langsam den Kopf vor. »Zwei Dinge, Herr Bürgermeister. Erstens sollten Sie nicht vergessen, dass Sie sich hier in meinem Haus befinden. Ersparen Sie mir Ihr Autoritätsgebaren und benehmen Sie sich gefälligst, oder ich schmeiße Sie raus. Als ehemalige Polizistin bekomme ich das ganz problemlos hin, erst recht bei jemandem wie Ihnen. Ich hätte sogar Spaß daran.«

Zweiter Treffer. Greve zuckte zusammen und versteifte sich dann.

»Zweitens würde mich interessieren, warum Sie das als Drohung verstehen, wenn ich sage, dass Sie von allein dahinterkommen werden?«

Treffer Nummer drei. Seine Gesichtsfarbe ging in ein sattes Karmesinrot über, und er holte tief Luft – um sie schließlich ohne den eigentlich fälligen Wutausbruch wieder entweichen zu lassen.

»Wie wäre es denn, wenn wir uns darauf einigen, dass ich Ihnen den Namen meines Informanten verrate und Sie mir im Gegenzug den Namen von Ihrem nennen? Und Sie verraten mir, wen er oder sie da beobachtet haben will, vorausgesetzt, Sie wissen es. Dann hätten wir beide unseren Willen, und Sie wären mich danach sofort wieder los«, schlug er stattdessen vor.

»Ich verrate Ihnen den Namen nicht.«

»Das ist doch wohl –«, hob er an und schaffte es erneut, sich gerade noch rechtzeitig abzufangen. »Stimmt es, dass Sie vorhaben, dieser Person den Rat zu geben, sich mit ihrer Beobachtung an die Polizei zu wenden?«

»Kann schon sein. Warum interessiert Sie das?«

»Weil … weil nicht Sie diejenige sein sollten, die diesen durchaus klugen und richtigen Rat ausspricht. Sie sind nur eine Zivilistin, eine Dienstleisterin. Sie mischen sich schon wieder in Dinge ein, die Sie nichts mehr angehen. Das obliegt denen, die von Amts wegen mit so etwas befasst sind.«

»Also Ihnen?«

»Ja. Zum Beispiel.«

»Schwaches Argument. Aber selbst wenn es gut wäre, ich verrate Ihnen den Namen trotzdem nicht.«

Greve schlug nun mit der Faust auf den Tresen und konnte endgültig nicht mehr an sich halten. »Verdammt noch mal, jetzt reicht es mir aber! Glauben Sie, das ist ein Spiel? Sie nennen mir jetzt den Namen, oder ich werde Ihnen das Leben zur Hölle machen. Die Anzeige wegen Amtsanmaßung ist dabei nur einer von mehreren Schritten. Ich sorge dafür, dass Sie Ihr sogenanntes Gewerbe nicht mehr ausüben dürfen und Ihren kleinen Laden hier dichtmachen müssen. Und ich werde dafür sorgen, dass man Sie wegen Behinderung der Staatsgewalt drankriegt, weil Sie wichtige Informationen zurückhalten, die für die Aufklärung einer Straftat vonnöten wären. Ich lasse mich hier doch nicht von so einer kleinen wichtigtuerischen Masseurin vorführen, die nicht verwunden hat, wegen eines zu dünnen Nervenkostüms für den Polizeidienst ungeeignet zu sein.«

Es fiel Liane nun schwerer, äußerlich gelassen zu bleiben. Greves Atem stank erbärmlich, und er hatte bei seiner Tirade kleine Speicheltropfen auf ihrem Tresen und ihren Armen verteilt. Darüber hinaus war es ihr gelungen, ihn richtig in Fahrt zu bringen. Sie wusste, dass derart erregte Menschen zu großen Dummheiten fähig waren, sodass man immer mit allem rechnen musste. Erschwerend kam hinzu, dass Greve mit seinem letzten Satz den ersten Treffer bei ihr gelandet hatte. Sie ermahnte sich selbst, so kurz vor dem Ziel nicht das Heft aus der Hand zu geben. »Halten Sie sich allen Ernstes für so etwas wie den Polizeichef hier im Ort? Das sind Sie nicht, Herr Greve. Sind Sie nie gewesen. Zurzeit ist das Kommissar Saalfeld und sonst niemand. Ich glaube, Sie sollten Ihre Fernsehgewohnheiten überdenken. Weniger Serien und Filme aus den Staaten.«

»Ich werde hier nicht weggehen, ohne einen Namen von Ihnen bekommen zu haben«, brüllte er und unterstrich dabei jedes Wort mit einem Schlag auf den Tresen.

»Welchen Namen meinen Sie jetzt? Den meines Informanten oder den des hinterhältigen Arschlochs, das für das Benzin in Frau Borchardts Garten verantwortlich ist?«

Greve wich zurück, als hätte er an einen elektrischen Weidezaun gefasst. Langsam senkte er den Kopf, wie ein Stier kurz vor der Attacke auf den Torero. »Sie wissen es«, wisperte er.

Für einen kurzen Moment wusste Liane nicht, was sie an diesem Punkt machen sollte. Bestätigen oder ihn weiter piesacken? Sie traf eine Entscheidung und hoffte, dass es nicht die falsche war – und dass sie nicht zu lange gezögert hatte. »Was soll ich wissen?«, fragte sie so unbekümmert, wie es ihr möglich war.

»Sie wissen es«, sagte er erneut, etwas lauter als davor.

»Den Namen meines Informanten? Natürlich weiß ich den. Im Gegensatz zu Ihnen. Ich weiß auch noch eine ganze Menge mehr. Und ich genieße es, Ihren lächerlichen Wutausbruch deswegen zu beobachten.«

Greve wurde nun blass. Als er die Arme anwinkelte, um irgendetwas mit seinen Händen zu machen, verharrte er in der Bewegung. Liane bemerkte sofort, wie stark seine Hände zitterten. Das war zumindest nicht schlecht. Doch er hatte seine Tat noch nicht laut und vernehmbar zugegeben, und das war eindeutig nicht gut.

»Ich lasse mir das nicht wegnehmen«, sagte er langsam und bestimmt.

Liane war nun verwirrt und befürchtete, ihn zu verlieren. »Kleine Kinder neigen dazu, sich nichts wegnehmen lassen zu wollen. Übrigens neigen sie auch zu spontanen Wutausbrüchen.«

»Geben Sie sich keine Mühe, Frau Maschmann. Sie haben sich erneut verraten. Ich lasse mir das aber nicht wegnehmen. Nicht von einem nichtsnutzigen Spieler wie Heiko Willers und schon gar nicht von Ihnen«, sagte er merkwürdig ruhig und führte die Bewegung seiner Hände zu Ende, indem er sie in den Taschen seines Sakkos versenkte.

»Sie sprechen in Rätseln, Herr Greve.«

»Hören Sie gefälligst auf, sich dümmer zu stellen, als Sie sind«, fuhr er sie an und wurde darüber wieder etwas lebendiger. »Sie wissen doch längst, dass ich es war, der Frau Borchardts Garten verunreinigt hat, und haben mich schon die ganze Zeit für dumm verkauft. Kann es sein, dass Frau Hinrichsen mit Ihnen gesprochen hat?«

Liane fiel ein Stein vom Herzen, und sie frohlockte innerlich. Der zähe Mistkerl war endlich in die Falle getappt.

»Sicher hat sie das. Dann wissen Sie ja auch, warum ich es tat«, stellte er fest und erweckte den Eindruck, als wäre er mit diesem Umstand durchaus zufrieden.

»Nein, keine Ahnung. Aber ich höre Ihnen gern zu.«

Greve warf Liane einen Blick zu, den sie zuerst für blanke Verachtung hielt. Erst beim näheren Hinsehen bemerkte sie, dass es die nackte Panik war, die er mit allerletzter Kraft in den Griff zu bekommen versuchte.

»Ich sehe in der Tat viele Filme und Serien aus den Staaten. Am liebsten Krimis. Da sind die Bösewichte am Ende immer so freundlich, vor ihren Opfern oder vor der Polizei alles auszubreiten, was sie vorher angestellt haben. Natürlich nur für den Zuschauer und weil es im Drehbuch steht. Ich habe kein Drehbuch. Und, was noch wichtiger ist, es gibt hier keine Zuschauer.«

Liane wollte sich gleichgültig geben und eine weitere freche Bemerkung machen, aber irgendetwas an seinem Gebaren und speziell an dem Tonfall, mit dem er die letzten Worte gesprochen hatte, versetzte sie in höchste Alarmbereitschaft.

»Ich lasse mir das nicht wegnehmen«, wiederholte er. Leichenblass trat er einen Schritt zurück und zog etwas aus der Sakkotasche. »Ich wollte nicht, dass es so weit kommt. Das hier erscheint mir … unangemessen. Ich habe mich schon immer als Pazifisten gesehen, und es bringt mich schier um den Verstand, dass ich davon nun Abstand nehmen muss. Aber ich sehe keinen anderen Weg. Es steht einfach zu viel auf dem Spiel.«

Greve hielt eine Pistole in seiner rechten Hand, den Lauf auf den Boden gerichtet. Waffe und Hand vibrierten regelrecht, und es schien, als schaffte er es nicht, die Waffe auf sie zu richten. Als wöge sie mindestens zwei Zentner. »Ich … verspreche Ihnen, dass ich es kurz und schnell mache, wenn Sie mir jetzt bestätigen, dass Frau Hinrichsen mich verraten hat. Diese Gewissheit brauche ich.«

Liane wurde schwindelig. Ihr Gesichtsfeld engte sich ein, und ihr wurde speiübel. Sie konnte auch nichts sagen, weil ihre Kehle völlig zugeschnürt war. Stattdessen nahm sie überdeutlich wahr, wie sie nun selbst am ganzen Körper zitterte. Sie erinnerte sich wieder an die Warnung ihrer Freundin Beate, die Liane mit einem mysteriösen Fremden verknüpft hatte, der ihr scheinbar nachstellte. Nachdem sich jedoch herausgestellt hatte, dass dieser Fremde nur ein Urlauber war, dessen Wege sie zufällig ein paarmal zu oft gekreuzt hatte, hatte sie keine Gedanken mehr daran verschwendet. Nun schalt sie sich eine Närrin. Wie hatte sie nur so naiv sein können, eine mögliche Gefahr für Leib und Leben einfach auszuschließen? Wie hatte sie nur annehmen können, dass es ihr beim Spielen mit dem Feuer nicht die Finger verbrennen würde? Das wusste sie eigentlich besser. Mit ihrer Nachlässigkeit hatte sie sich nun in diese Situation manövriert, in der sie der realen Gefahr nichts Adäquates entgegensetzen konnte.

Dabei kannte sie sich mit gefährlichen Situationen nur zu gut aus. Bilder der beiden Jugendlichen tauchten vor ihrem inneren Auge auf, und erneut durchlebte sie in Sekundenbruchteilen den Moment, der inzwischen über zwei Jahre zurücklag. Den Moment, als der kleinere der beiden den Abzug ihrer Waffe durchzog und ihr in die rechte Schulter schoss. Danach nur noch apathische Hilflosigkeit und das stark zeitverzögerte Einsetzen des Schmerzes.

Damals war sie im entscheidenden Moment nicht vor Angst wie gelähmt gewesen. Damals hatte sie aber auch nicht ernsthaft damit gerechnet, dass der Kerl so dumm sein könnte, wegen eines lausigen aufgebrochenen Zigarettenautomaten ihren Tod in Kauf zu nehmen. Damals hatte sie die Lektion gelernt, dass Verhältnismäßigkeit der Mittel in erster Linie ein Begriff für Lehrbücher war, denen sich nur Polizisten, nicht aber bösartige, verrückte und verzweifelte Menschen verpflichtet fühlten. Das war der Grund für ihre Kündigung gewesen. Weil sie damit nicht klargekommen war.

Greves Aufmerksamkeit gehörte allein der Waffe in seiner Hand, an der er mit aller Kraft zu ziehen schien, um sie endlich in die Luft zu bekommen. Sein Zittern wurde dabei immer stärker, und Liane glaubte, eine Träne zu sehen, die sich von seiner Wange löste und zu Boden fiel.

Sie fand es ungerecht, dass ein nicht verarbeitetes Trauma eine so unglaubliche Macht über einen Menschen haben konnte. Und dass ihre Lektion oder Strafe, je nach Blickwinkel, mit der schmerzhaften Erfahrung von vor zwei Tagen offenbar noch immer nicht abgeschlossen war. Normalerweise hätte sie Greve problemlos überwältigen können. Die alte Liane hatte das unzählige Male trainiert und auch schon im scharfen Einsatz durchgeführt. Aber damals war sie noch nicht angeschossen worden.

Stattdessen wich sie langsam bis ans Fenster zurück und schrie aus Leibeskräften: »Jan! Waffe!«

Greve reagierte überhaupt nicht und starrte immer noch auf seine Hand.

Dafür sprang eine Sekunde später die Tür zum Behandlungsraum auf. Ein kampfbereiter Kommissar Saalfeld stürzte heraus, packte sich, nach blitzschneller Lagebeurteilung, den keinerlei Widerstand leistenden Greve und rang ihn routiniert zu Boden. Mit fließenden Bewegungen presste er ihm ein Knie zwischen die Schulterblätter, drehte ihm die Arme auf den Rücken und nahm ihm die Waffe ab. »Haben Sie noch weitere Waffen dabei?«, fragte er Greve streng, während er ihn schon abtastete.

»Nein«, ächzte Greve und gab vereinzelte Ausrufe des Schmerzes von sich.

Saalfeld zog ihn auf die Beine, als wäre er nur aus Papier, und bellte: »Arme hinter den Kopf!«

Greve gehorchte augenblicklich.

Saalfeld setzte seine Durchsuchung fort, ohne weitere Waffen zu finden. Schließlich zog er Greves Arme nach hinten, legte ihm Handschellen an, drehte ihn zu sich um und sagte: »Herr Greve, ich nehme Sie fest wegen der Bedrohung von Frau Liane Maschmann mittels einer Schusswaffe.« Dann packte er ihn unter der rechten Achsel und hielt ihn dort fest.

Liane stand, immer noch starr vor Angst, hinter dem Tresen und hatte sich noch keinen Millimeter bewegt.

»Liane? Es ist alles in Ordnung. Die Gefahr ist vorüber.«

»Es tut mir leid«, wimmerte Greve. »So furchtbar leid! Ich wollte nicht auf Sie schießen. Ich wollte Ihnen nur Angst machen.«

»Und dann? Dann wären Sie zu Frau Hinrichsen gefahren, oder nicht? Was hätten Sie mit der anstellen wollen?«, knurrte Saalfeld ihn an.

Greve ließ den Kopf sinken und sagte nichts mehr.

»Liane, bitte! Ich muss wissen, ob es dir gut geht. Ich würde diesen Mann hier jetzt gern zur Wache bringen, aber so lasse ich dich hier nicht zurück.«

»Du musst mir einen Gefallen tun«, sagte Liane langsam. »Sieh bitte nach, ob die Waffe geladen ist.«

Saalfeld schob Greve zu dem Stuhl in der Ecke und befahl ihm, sich zu setzen und sich nicht zu rühren. Dann zog er die Pistole aus der Hosentasche und ließ das Magazin herausschnellen. »Voll.« Danach zog er den Schlitten zurück und sah in das Patronenlager. »Aber nicht fertig geladen.«

Liane gab sich einen Ruck. Sie kämpfte mit den Tränen, atmete tief durch und ging wieder bis zum Tresen vor. »Das werde ich Ihnen niemals verzeihen«, schrie sie Greve an.

Anschließend wandte sie sich Saalfeld zu. »Bring ihn hier bitte weg. Und mach dir keine Sorgen um mich. Ich komme zurecht.«

Auf gute Zusammenarbeit

Maria Hinrichsen war nicht imstande, auch nur eine Minute lang still zu sitzen. Sie redete ohne Punkt und Komma, noch deutlich mehr und viel schneller, als sie es normalerweise zu tun pflegte. Dabei wippte sie mit den Füßen, knetete in ihren Haaren herum, trommelte mit den Fingern auf dem Tisch, an ihrer Teetasse und auf ihren Oberschenkeln, kaute auf ihren Nägeln und kratzte sich an allen möglichen Stellen ihres Körpers. Darüber hinaus hatte sie in der einen Stunde, die sie nun schon bei Liane war, ganze fünf Zigaretten geraucht und hielt die Schachtel schon wieder in der Hand. Sie strahlte eine derart aggressive innere Unruhe aus, dass Liane größte Mühe hatte, sich nicht davon anstecken zu lassen.

»Ich geh noch mal eine rauchen.«

»Wenn es dir hilft«, sagte Liane und war sich sicher, dass ihr zwei Minuten ohne Hyperaktivität in ihrer Nähe auf jeden Fall helfen würden.

»Kommst du mit raus?«

Das war noch so etwas. Maria konnte auch nicht allein sein.

Liane hatte allergrößtes Verständnis dafür, dass Maria zurzeit extrem aufgeregt war. Aber dass sie von ihr so mit reingezogen wurde, empfand sie als unangemessen harte Bestrafung. Mit dem Auftritt Greves, drei Tage zuvor, glaubte sie für die Reanimierung eines Einbruchs, der bei der Polizei eigentlich bereits abgehakt war, ausreichend gebüßt zu haben. Wie es schien, vertrat das Schicksal da eine andere Meinung, und wenn sie eines aus den letzten Tagen mitgenommen hatte, dann die Erkenntnis, dass sich dieses Schicksal nicht übertölpeln ließ. Schon gar nicht, wenn man es zuvor offen herausgefordert hatte.

Statt sich also zu verweigern, sagte sie: »Na klar«, und ging mit Maria auf die Terrasse, um ihre Leiden um die Freuden des Passivrauchens zu erweitern.

Die Luft draußen roch frisch und sauber, denn es regnete endlich mal wieder. Schon die ganze Nacht über hatte es geblitzt, gedonnert und wie aus Kübeln geschüttet. Die Temperaturen waren deutlich in den Keller gegangen, aber da das Haus von den vielen Tagen der Hitze extrem aufgeheizt war, empfand sie es als angenehm.

»So langsam könnte er aber mal kommen, oder?«, jammerte Maria und ließ den Rauch des ersten Zuges entweichen, der wie ferngesteuert den Weg zu Liane suchte.

»Sei nicht so ungeduldig. Es ist ein gutes Zeichen, dass es so lange dauert. Wenn er schon vor 'ner Dreiviertelstunde hier gewesen wäre, hättest du dir zu Recht Sorgen machen dürfen.«

»Ich weiß ja. Aber diese Warterei macht mich echt wahnsinnig«, haspelte Maria und sog gierig an ihrer Zigarette.

Eine Weile standen die beiden schweigend nebeneinander und sahen in den Regen. Liane wusste jedoch, dass dieser Moment wunderbarer Stille nicht von langer Dauer sein würde.

»Ist das denn wirklich sicher, dass sie Ludwig vorerst nicht aus der Haft entlassen werden? Ich meine, er ist doch immerhin noch unser Bürgermeister, oder nicht?«

Da war sie wieder. Die naive Maria, die sie kannte und mochte. »Greve ist nicht mehr Bürgermeister, Maria. Das ging alles ganz fix in den letzten Tagen. Der Gemeinderat war sich über die Parteigrenzen hinweg bemerkenswert schnell einig. Es wird sogar gemunkelt, dass Greves Parteifreunde noch die Ersten waren, die ihn so schnell wie möglich weghaben wollten. Jedenfalls haben die gleich am nächsten Tag beim Landratsamt den Antrag auf Amtsenthebung erwirkt. Und da sich die Landesanwaltschaft ebenfalls erfreulich kooperativ gab, war die Sache dann auch ohne großes Gerichtsverfahren schwuppdiwupp durch. Sollte man gar nicht meinen, dass eine solche Personalentscheidung in unserem Bürokratiestaat so schnell umsetzbar ist.«

»Gut so«, murmelte Maria und starrte wieder in den Regen. »Und … er hat dir wirklich nichts getan? Ganz ehrlich nicht? Du kannst es mir ruhig sagen. Du musst es mir sogar sagen. Immerhin hast du nur versucht, mir zu helfen. Das wäre dann also auch meine Schuld, und darum will ich es unbedingt wissen.«

»Du siehst doch, dass es mir gut geht, oder nicht? Mir fehlt nichts. Keine Blutergüsse, keine Schusswunden – ich bin absolut unversehrt. Dass er mich mit seiner Waffe bedroht hat, war zwar nicht angenehm, aber das ist mir ja bekanntlich auch nicht zum ersten Mal passiert.«

Liane gab sich wieder einmal härter, als sie war. Die Erkenntnis, eine offene Wunde in Form eines nicht therapierten Traumas mit sich herumzutragen, machte ihr durchaus zu schaffen und hatte sie große Teile der letzten Nächte gekostet. Ebenso wie die Umstände, die zu dieser Erkenntnis geführt hatten. Sie hatte bereits beschlossen, sich umgehend wieder in Therapie zu begeben, aber das wollte sie nicht jedermann auf die Nase binden. Schon gar nicht der gesprächigen Maria. Nur ihr Mann und der behandelnde Arzt würden darüber Bescheid wissen.

»Dass er überhaupt eine Waffe hatte«, empörte sich Maria. »Dieser Idiot.«

»Ja, allerdings. Mich würde echt interessieren, wie er an die Pistole gekommen ist. Einen Waffenschein hat er jedenfalls nicht, sodass er sie auch nicht offiziell erworben haben kann. Unser sauberer Herr Bürgermeister hat einigen Dreck am Stecken, wie es scheint. Bin gespannt, was da noch alles ans Licht kommt.«

»Wenn ich nur daran denke, dass ich mit diesem Mann –« Maria führte den Satz nicht zu Ende und schüttelte sich.

»Hier seid ihr. Da kann ich ja lange klingeln«, erklang eine männliche Stimme.

Beide Frauen drehten sich zu Kommissar Saalfeld um. Während Liane ihn anlächelte, zog es Maria vor lauter Anspannung die Mundwinkel nach unten. Der Moment, auf den sie so lange gewartet hatte, obwohl sie sich eigentlich davor fürchtete, war endlich gekommen.

»Sie erscheinen reichlich spät, Herr Kommissar«, stichelte Liane.

»Findest du? Es ging ja immerhin auch um einiges. Und wenn man etwas erreichen will, braucht das eben seine Zeit. Soll ich gleich hier Bericht erstatten oder lieber drinnen?«

»Wir gehen rein. Ich hab extra Kaffee gemacht, und Maria hat Kuchen mitgebracht. Komm jetzt also nicht auf die Idee, keinen Appetit zu haben.«

»Bei Kaffee und Kuchen verweigere ich mich nie«, behauptete Saalfeld und hielt den Frauen die Terrassentür auf.

Nachdem sich alle gesetzt hatten, stellte Saalfeld Blickkontakt mit der ziemlich blassen Maria her und begann zu erzählen. »Eins will ich gleich vorwegnehmen, um keine künstliche Spannung zu erzeugen: Die Sache ist noch nicht ausgestanden.«

Maria sackte direkt in sich zusammen und bekam feuchte Augen.

»Nicht gleich den Kopf hängen lassen, Frau Hinrichsen. Hören Sie mir erst aufmerksam zu und entscheiden Sie dann, ob Resignation angebracht ist. Als ich Herrn Willers mitgeteilt hatte, warum ich ihn überhaupt sprechen wollte, war er erst mal auf Krawall gebürstet und wollte sich auf rein gar nichts einlassen. Seine Frau schlug natürlich in dieselbe Kerbe, sodass ich schon befürchtete, mit leeren Händen zu euch kommen zu müssen. Trotzdem hat er sich bereit erklärt, mir zuzuhören. Also habe ich ihm Punkt für Punkt erzählt, was sich alles so zugetragen hat. Ich habe gleich mehrfach betont, dass Sie schon längst im Rückzug begriffen waren, als er dann wegen des Schlüssels auf Sie zukam und Sie damit direkt in die nächste Krise getrieben hat. Da spürte ich das erste Mal so etwas wie Betroffenheit bei ihm. Ihre nächsten Schritte und die Beweggründe dafür konnte ich allerdings nicht aussparen. Er ist clever und hätte das bemerkt, und wenn er sich erst verarscht gefühlt hätte, wäre die Sache sofort zu Ende gewesen. Er weiß nun also im Groben, was passiert ist und warum es passiert ist. Die Schuld an dem unerwarteten inoffiziellen Verhör am Flughafen habe ich auf meine Kappe genommen und zum Teil natürlich auch auf Greves Umtriebe geschoben. Das hat er mir so abgekauft. Mit anderen Worten: Er hat begriffen, dass er diesen Verdacht im Grunde nicht Ihnen zu verdanken hat.«

»Was soll denn das? Ich habe dir doch ausdrücklich gesagt –«, wollte Liane protestieren, aber Saalfeld würgte sie mit einer energischen Geste ab.

»Es waren meine Idee und meine Entscheidung, dorthin zu fahren. Wer mich tatsächlich auf die Idee gebracht hat, ist dabei vollkommen uninteressant. Da es anerkanntermaßen zu meinem Beruf gehört, Verdachtsmomenten nachzugehen, ist dieses Ärgernis jetzt offiziell vom Tisch. Und ob ihr mir das nun glauben mögt oder nicht: Am meisten hat er sich über den Mordverdacht geärgert. Weitaus mehr als über den vorgetäuschten Einbruch und sogar mehr als über den Toten in seinem Haus.«

»Ist er denn darüber immer noch verärgert?«, fragte Maria mit dünner Stimme.

»Natürlich. Deswegen sagte ich ja eingangs, dass die Sache

noch nicht ausgestanden ist. Langer Rede kurzer Sinn: Es ist mir zumindest gelungen, ihn von einer Anzeige wegen Sachbeschädigung abzubringen. Das Fenster möchte er natürlich trotzdem von Ihnen bezahlt bekommen, zumindest für den Fall, dass die Versicherung sich anstellen sollte. Da guckte seine Frau zwar schon etwas komisch, sagte aber nichts weiter dazu. Was nun jedoch den Tatbestand des Hausfriedensbruchs betrifft, ist noch keine Entscheidung gefallen. Fakt ist, dass Sie, zusammen mit einem Fremden, widerrechtlich in sein Haus eingedrungen sind, um in seinem Ehebett mit dem Fremden sexuelle Handlungen durchzuführen. Zu diesem Zweck haben Sie sich – ebenfalls widerrechtlich – seinen Schlüssel nachmachen lassen. Und zu guter Letzt ist der Fremde bei diesen sexuellen Eskapaden auch noch ums Leben gekommen. Das waren gleich mehrere schlechte Entscheidungen und daraus resultierende Verwicklungen und Katastrophen, die Herr Willers nicht so ohne Weiteres vergessen mag. Das kann ich ehrlich gesagt auch nachvollziehen. Ich habe trotzdem versucht, ihn an die guten Aspekte Ihrer gemeinsamen Vergangenheit zu erinnern, und ihm gleichzeitig klargemacht, dass eine offizielle Strafverfolgung Ihrer Person nur dann stattfinden wird, wenn er Anzeige erstattet.«

Saalfeld räusperte sich und nahm einen Schluck Kaffee, um dann fortzufahren. »Er ist sich nun also der Tatsache bewusst, dass Ihr Schicksal in seinen Händen liegt. Verzichtet er ausdrücklich darauf, sind Sie so gut wie aus dem Schneider. Die gute Nachricht in diesem Zusammenhang: Er hat das nicht kategorisch abgelehnt. Die schlechte: Seine Frau hat dafür überhaupt kein Verständnis und wird nach meiner Einschätzung alles daransetzen, ihn zu einer entsprechenden Anzeige zu bewegen. Darüber haben die beiden sich vor meinen Augen in die Haare bekommen, was ich als gutes Zeichen für Sie werten möchte. Zum Abschluss, kurz bevor ich gegangen bin, habe ich ihn gefragt, ob es etwas bringen könnte, wenn eine aufrichtig reumütige Maria Hinrichsen sich bei ihm und seiner Frau entschuldigen würde und ihnen gleichzeitig versicherte, sich nie wieder in deren Beziehung einzumischen. Es folgte das gleiche Spiel wie vorher: weder Begeisterung noch Ablehnung bei ihm, totale Opposition bei seiner Frau. Wenn ich Ihnen also einen Rat geben darf, Frau Hinrichsen, dann sollten Sie das persönliche Gespräch mit den beiden suchen. Entschuldigen Sie sich mit aller Aufrichtigkeit für Ihre Taten, ertragen Sie die Verwünschungen und Beschimpfungen, die speziell von Frau Willers kommen dürften, und vermitteln Sie den Eindruck, dass Sie über die jüngsten Ereignisse für alle Zeiten von derlei Eskapaden kuriert wurden. Das Ziel heißt: Anzeige vermeiden. Gelingt Ihnen das, sind Sie fein raus. Vermasseln Sie es – na ja, das können Sie sich selbst denken.«

Maria atmete schwer und knetete ihre Hände. »Ich muss eine rauchen.«

Sie sprang auf und war schon ein paar Schritte zur Terrassentür gegangen, hielt jedoch kurz davor inne und kehrte um. Mit einer linkischen Bewegung umarmte sie den auf dem Stuhl sitzenden Saalfeld, dem es vor Überraschung die Augenbrauen hochzog, und schluchzte: »Ich danke Ihnen vielmals.«

Dann führte sie ihren ursprünglichen Plan aus und verschwand auf die Terrasse, um mindestens eine weitere Zigarette zu rauchen.

Als sich die verwunderten Blicke von Liane und Saalfeld trafen, konnten sich beide nicht mehr beherrschen und brachen in verhaltenes Gelächter aus.

»Das haben Sie gut gemacht, Herr Kommissar. Auch von mir ein ganz herzliches Dankeschön. Für dein Vertrauen, für die Rettung vor unserem Exbürgermeister und auch für die Hilfestellung bei den Willers. Also … für Maria, meine ich.«

»Ich habe das gerade nicht erwähnt, weil sie ohnehin schon ein nervliches Wrack ist, aber deiner Freundin steht noch einiges mehr an Ungemach bevor. Was sie getan hat, wird sich hier im Ort definitiv rumsprechen. Ihr Ruf dürfte damit komplett ruiniert sein. Wenn sie das erst mal begriffen hat, wird sie hier niemandem mehr unbefangen in die Augen sehen können. So oder so, sie kommt nicht ungestraft davon.«

Liane nickte verdrossen. »Der Gedanke kam mir auch schon. Da kann man aber rein gar nichts gegen machen. Das muss sie einfach aushalten, so hart das auch klingen mag. Es war jedenfalls richtig von dir, ihr das nicht zu sagen.«

Saalfeld lächelte sie sanft an.

»Dass du dich aber zum alleinigen Sündenbock für den Mordverdacht gemacht hast, hätte es nicht gebraucht. Ich ziehe es durchaus vor, für meine Fehler selbst einzustehen.«

Saalfelds Lächeln verwandelte sich in ein süffisantes Grinsen. »Weiß ich doch. Aber wenn ich jemanden mag, kann ich nicht aus meiner Haut. Ich kann dir nicht versprechen, dass es nie wieder vorkommt, möchte aber meinen aufrichtigen Willen bekunden, dich bei zukünftigen Kooperationen zur gegebenen Zeit skrupellos in die Pfanne zu hauen.«

»Ich finde keine Worte, um dir zu sagen, wie viel mir das bedeutet«, erwiderte Liane gespielt emotional.

Saalfelds Miene wurde ernster. »Das war eine Reaktion, wie ich sie mir erhofft habe.«

Liane starrte ihn leicht verunsichert an. »Äh, sind wir noch im Scherz-Modus, oder war das gerade ernst gemeint?«

»Das war ernst gemeint. Als ich zukünftige Kooperationen erwähnt habe, bist du nicht gleich an die Decke gegangen. Vor einer Woche hättest du mir dafür noch was in den Kaffee getan, Scherz-Modus hin oder her. Mit anderen Worten: Ich habe dich am Haken.«

Reflexartig wollte Liane sofort dementieren und sich auf die von ihr angenommene Ernstlosigkeit des Gespräches berufen. Warum sie das nicht fertigbrachte, konnte sie sich selbst nicht erklären. Wollte sie sich allen Ernstes erneut Extremsituationen wie der mit Greve aussetzen? Wollte sie sich einfach nur beweisen, dass sie weit mehr war als eine einfache Dienstleisterin, wie Greve es allzu treffend ausgedrückt hatte? Oder war es gar die regelmäßige Gegenwart Saalfelds, vor deren Verlust sie Angst hatte? Vielleicht alles zusammen, vielleicht nichts von alledem. Alles, was sie zurzeit wusste, war, dass die letzten Tage einige unangenehme Erlebnisse für sie bereitgehalten hatten, auf die sie bequem hätte verzichten können. Sie wusste aber auch, dass es trotzdem Spaß gemacht und ihr ein Gefühl der Lebendigkeit verliehen hatte, das ihr in den letzten zwei Jahren abhandengekommen zu sein schien.

Aller Ambivalenz zum Trotz wurde das erneute Ausbleiben einer ablehnenden Reaktion von Saalfeld sofort registriert und entsprechend ausgenutzt. Er reckte ihr den Kaffeebecher entgegen und sagte mit feierlicher Stimme: »Auch zukünftig auf gute Zusammenarbeit, Frau Kollegin.«

Hauke Lindemann
BOTE INS JENSEITS
Broschur, 336 Seiten
ISBN 978-3-89705-600-8

»Humorvoll und witzig. Ein ganz besonderer Blick auf das irdische Leben. Hauke Lindemann ist ein spannendes und humorvolles Buch gelungen, welches den Leser auf eine unterhaltsame Art und Weise mit einer Mischung aus Krimi und Fantasy auf eine Reise in das Leben nach dem Tod entführt. Die ideale Lektüre für einen lauschigen Sonntag.« Elmshorner Nachrichten

www.emons-verlag.de